我和你的世界

俞莉
著

南方出版传媒
花城出版社
中国·广州

图书在版编目（CIP）数据

我和你的世界 / 俞莉著. -- 广州 : 花城出版社,
2018.7
ISBN 978-7-5360-8693-7

Ⅰ. ①我… Ⅱ. ①俞… Ⅲ. ①长篇小说－中国－当代
Ⅳ. ①I247.5

中国版本图书馆CIP数据核字(2018)第133720号

出 版 人：詹秀敏
责任编辑：陈宾杰　王铮锴
技术编辑：薛伟民　凌春梅
封面插画：丸子工作室
封面设计：荆棘設計

书　　名	我和你的世界 WO HE NI DE SHI JIE
出版发行	花城出版社 （广州市环市东路水荫路 11 号）
经　　销	全国新华书店
印　　刷	佛山市浩文彩色印刷有限公司 （广东省佛山市南海区狮山科技工业园 A 区）
开　　本	880 毫米 × 1230 毫米　32 开
印　　张	7.875　1 插页
字　　数	181,000 字
版　　次	2018 年 7 月第 1 版　2018 年 7 月第 1 次印刷
定　　价	36.00 元

如发现印装质量问题，请直接与印刷厂联系调换。
购书热线：020－37604658　37602954
花城出版社网站：http://www.fcph.com.cn

序

杨争光

在深圳的作家里，俞莉并不显前卫，她的小说一如她的为人，是实在的。

实在的文字，并不意味着老旧，也有它的尖锐。所以，在深圳的作家里，俞莉也是新锐的一位。

前卫有前卫的优势，却易于被作文的招式和观念左右，疏于对质的凝视。实在有实在的局限，却易于延续传统，直视现实。

中国小说艺术从20世纪80年代至今，就观念和手段的借鉴、创新上，几乎实现了与世界文学的全方位对接，成果不容小觑。但忙于观念与手段的对接，并未能让我们的小说艺术与世界文学并驾齐驱，也是显见的事实。80年代被奉为“先锋”的许多作品早已失去阅读的价值，应该是一个证明。

小说艺术不仅是观念的艺术、手段的艺术，还有比观念和手段更为紧要的东西。塞万提斯不可能有现代的小说观念与手段，却塑造了历久弥新的堂吉诃德，又有谁质疑过他的先锋性、现代性呢？契诃夫的小说也是。

这也许是俞莉一直执着于现实，不拒传统，甚至偏爱传统叙写的一个原因吧。

这一部《我和你的世界》也是。依然是当下的现实——现实的问题，现实的焦虑。其双线的叙写，城乡的呼应，其意也不在手段，而在质的严峻，甚至残酷。她是小说家，也是身在其中的当事人。小说家的俞莉没想以小说家的姿态，超然于眼见与亲历的现实。

但实在又是一位严肃、执着的小说家。

祝贺俞莉。祝贺《我和你的世界》出版。

2018 年 4 月 29 日

于梧桐山

目录

楔子

灯光很淡，衬得屋外夜色格外浓稠。在这一小片光源集中的床头，一位面容憔悴的中年妇女正捧着本旧影集凝神观看。这是焦海棠儿子童童的专辑，全是他的照片，小时候的居多，有了数码照后，冲印的少了。对每天在一起的人来说，成长和衰老往往是不知不觉的。照片是岁月的定格，它提醒着时间的流逝，快得惊人，简直可以让一个人改头换面。18 岁的童童眉毛变得浓黑，嘴唇上有一层绒绒的小胡子，圆中带方的脸庞，俨然成人模样，这和小时候是同一个人吗？焦海棠像重新发现一样备感惊讶，她从后往前翻，童童越来越小，也越来越可爱，翻到第一页，童童初来人世的第一张照片，肉团团的一个小人儿，圆睁着眼睛，和她深深对望。瞬间她的眼热了，伸开双臂想拥抱他。

第一章

1

生柯童童的时候焦海棠很是遭了一番罪，5 月 24 日下午进产房，26 日才生出来。预产期是 31 日，柯童童提前降临人世拜一盆脚气水所赐。正是初夏时节，大腹便便的焦海棠脚气病犯了，脚痒难耐，她去药店买了包“脚癣一次净”，回来放木澡盆里，温开水一冲，双脚刚伸进去，一股呛鼻的气味直冲上来，肚子立即翻江倒海起来。焦海棠“哎哟”一声，双腿眼见着浮肿，没办法挪出盆外了。全家人手忙脚乱，赶紧叫了辆三轮车，把她送到春谷县医院。医生见怪不怪，说，羊水还没破，还早，先住下来再说吧。

焦海棠疼了一晚上，母亲宋来香和丈夫柯大为哼哈二将一样守护在侧，她那间病房有四个床位，当晚没有人来，宋来香和柯大为各占一个铺，柯大为不久就打起呼噜来，宋来香基本没睡。身为女人，知道女人的罪。过去生孩子就是走鬼门关，生死隔一线。夜间，灯光暗淡，宋来香念念有词，来回走动，说要将“生死鬼”打走。母亲素来有些迷信。

第二天，焦海棠疼痛略好些，病房又陆续进来两个临产妇，有了同伴，焦海棠感觉没那么恐怖难挨了。医生进来查房，看到焦海棠笑嘻嘻的样子说，你恐怕还早。那两个产妇当天一前一后进了产房，很快都生了，她们平安无事，出来有说有笑的，不像刚分娩完的样子。焦海棠看着她们瘪下去的肚子羡慕不已。

肚子又开始疼起来，羊水破了，宫口开了四指。焦海棠疼得脸都变了形，身体直不起来，被送进了产房。给她接生的是个30多岁的女医生，一边检查一边发着指令，让焦海棠跟着她的指挥使劲。一万种疼痛袭来，焦海棠全身发抖，不听使唤，做人怎么可以痛成这样？不要活了！“生孩子就像拉大便，拉出来就好了。”医生在一旁说，焦海棠于是再发力，挣出了一小坨大便。“用力，再用力！看见小孩头发了！”女医生鼓励道，已经过了午夜12点，她也急了，生了这么长时间还没生出来。几个小护士围在一起，跟着打气。焦海棠全身汗湿，头发凌乱，她把柯大为的胳膊都抓破了，宋来香在一边作揖：“行行好，行行好，大慈大悲的医生，一定要救救我女儿啊，命就交给你们了。”女医生让小护士打电话喊主任，不一会儿来了个年纪较大、身量魁梧的女医生，她检查了一下，皱着眉头说：“这是脐带绕颈啊！”“那要不要实施剖宫？”年轻一点的女医生问。“都这个时候了，还怎么剖？”女主任让焦海棠继续使劲，她鼓励道，“快出来了，再用点劲”。彼时，焦海棠意识混沌，已经没了力气，她躺在产床上，任医生摆布，医生无奈，只得帮她用力，推按肚子。宋来香哭得眼都肿了，口里不停念着“阿弥陀佛”。柯童童在凌晨5点生出来的，头皮给产钳吸破了一小块，落地头是尖的，脸是紫的，不会哭了，医生倒提婴儿，拍打几下，小家伙这才“哇”的一声委屈地哭出来。焦海棠那会儿人事不知，随那些人怎么弄，甚至都没力气看儿子一眼。下边左一层右一层，缝了好多针，也不觉得疼，医生连麻醉都不用打了。这个儿子，她足足生了一夜。宋来香回家一趟，拎了一篮子红鸡蛋送给医生护士，又给两个接生医生各封了200元红包，感谢她们的辛苦。

焦海棠的姨妈宋来银来看她，责怪道：“人家事先送红包，你们倒好，生了以后再送，白送！遭这么大罪。”

宋来香也很后悔，那个女主任后来跟她说：“你们应该先照B超，小孩脐带绕颈三圈，当初就该选择剖宫产。我不知道你这个情况，这里也没有你们的孕妇档案。”

宋来香哪里知道现在生孩子还有这么多规矩，过去自己生焦海棠是请接生婆来家里的。生老二是到医院，很快也就生了。现在生个孩子竟有这么多讲究。

主任说：“孕妇从怀孕起就得建立档案，月月来检查。你们这样糊涂，生的时候才知道脐带绕颈，脐带绕颈很危险，知道不？重者会导致胎儿窒息身亡，轻者也会影响脑部发育。”

想想后怕不已，第一胎没经验，现在有了这个经验，也用不上了，即便放开政策，倒贴焦海棠20万，也不生了，这一胎把她给生怕了。

焦海棠出院回家后，无意中拿起“脚癣一次净”，看到后面的使用说明，“孕妇禁用”四个字，不由得一拍大腿，自己可不是天下最粗心大意的妈妈！儿子童童就是这样生生给提前逼出温暖的子宫，还脐带绕颈三圈，差点就没命了。“大难不死，必有后福”，焦海棠抱着童童又是后怕又是欣慰。

作为孕妇，焦海棠很马虎，没去医院检查过一次，没买过一本参考书，孕妇该注意的事项，她全没在意。怀孕期间，瞎吃瞎玩，毫无禁忌，麻将照打，一坐好几个小时，闲暇时跟在柯大为自行车后面，到处兜风。每周还雷打不动要从太平镇回娘家一次，那条路很颠，现在想来，童童脐带绕颈说不定就是给颠出来的。太平镇是春谷县工业重镇，凭山临江，焦海棠和柯大为同在那儿的水泥厂上班，厂是市属企业，效益不错，焦海棠是考招工进去的，柯大为比她早五年，是厂里招的第一批高中生。企业虽还不错，地方却偏。当然，照现在看，也不算远，三十来公里，但对从没离开过家门的焦海棠来说，却好似发配边疆。每天只有两班车，到了太平镇，还要再走几公里难走的坡路和土石子路，才到厂。

焦海棠是家里老大，下面还有个弟弟在读书，好不容易考上招工，自然不能放弃，家里也没本事给女儿找更好的单位，老焦剧团倒闭，无职可顶，宋来香在百货公司上班，找单位最多也只能批个“待业”。考上水泥厂，好歹有铁饭碗了。宋来香嘱咐女儿，不要在厂里谈恋爱，她要在县城给女儿找个好人家，以后争取回调。然而，事与愿违，焦海棠擅自和柯大为恋上了。也曾在县城相了几回亲，姨妈给她介绍过一个医生，大她八岁，焦海棠对那医生印象还不错，可人家没看上她，不知是嫌她太小，还是觉得调动麻烦，见过两次就没下文了。后来，又介绍过一个中学老师，对焦海棠颇上心，但焦海棠不乐意，嫌人不好看，还戴眼镜。年轻时的焦海棠外貌控、重感觉，看不顺眼的，不来电。而且，对介绍这种方式也颇不以为然，好像自己没本事找似的。她可是“厂花”，追求者一大把呢。柯大为符合她的审美，颜值颇高，属于琼瑶小说里那一类落拓男形象。他倒不是装出来的故意投其所好，而是天生就那样。别人热火朝天地找焦海棠玩，献殷勤，柯大为远远看着。这反倒吸引了她，觉得他深沉。柯大为有点像她曾经喜欢的一个男同学。那时候，厂里同宿舍的另一个女孩子也喜欢柯大为，动不动就去找他，焦海棠陪舍友一起去，结果，一来二去，这俩人倒谈上了。认识了之后，才知道，柯大为原来那样并不是玩深沉，而是没胆量。

焦海棠把柯大为带回家，父母自然不太满意，除了相貌过得去，家境一般，又在镇子上。

“以后你就在太平镇待一辈子吧。”宋来香恨铁不成钢地说。

“县里有好男人吗？好男人都被抢完了！好的也看不上咱。”焦海棠为自己辩护，并愤愤不平地举那个医生为例。

“你才 21 岁，就等不及了？”

说也白搭，女大不由娘。焦海棠谈了两年恋爱，23 岁结婚，24 岁生了童童。她天经地义地在娘家坐月子。婆婆倒是愿意伺候月子，可是太平镇没有县城条件好，宋来香不放心，就一个女儿，坐月子可是大事，弄不好，落下病根，就是一辈子。

焦海棠也不喜欢太平镇，不喜欢那个一天到晚灰扑扑的水泥厂。从某种意义上，她是因为寂寞才找的柯大为。厂在郊区，出门就是江，江边有一家造船厂，没有任何好玩的地方，连个大一点的商场都看不到。上班之余，她拉着柯大为陪她出来逛，江边的路都给她磨掉了一层。要买什么东西，还得去集镇上。小镇跑烂了，巴掌大的地方，一泡尿都能撒到头，太没劲了。

所以每到休息日，她都要不辞辛苦地往家跑，一开始是一个人，后来就两个人了。

宋来香夫妇不是那种威严父母，对孩子过于溺爱，也造成了焦海棠的任性，她先斩后奏，宋来香无奈，只好爱屋及乌，认了这个女婿。丈夫焦天白在剧团倒闭之后，无戏可唱，心情郁闷，团里的人都作鸟兽散，各找门路去了，有的进了厂，少数进了事业单位，有的给私人老板打工，还有一个过去给老焦唱 B 角的同僚，混进了职业唱丧队当起了吹鼓手。老焦唱了一辈子戏，搁不下脸面求人，这一辈子，除了唱戏，别的本领也没有。从轰轰烈烈的戏台上下来，摇身一变成为无人问津的闲人，失落可想而知。他变得愤世嫉俗，过去为了保护嗓子滴酒不沾，现在也不在乎了，又没什么酒量，两杯下肚，就脸红脖子粗。宋来香不给他喝，他说“何以解忧，唯有杜康”，酒成了他逃避现实的好东西。因为经济不裕，也只舍得喝点散装白酒。饶是这样，也被宋来香数落。她心疼钱，也心疼他嗓子。“反正也不唱了，嗓子要它何用?”因为落魄，他在家里地位也不同以往，过去拿折扇的手，现在拿起了大勺，渐渐沦为家里的大厨。对焦海棠带回来的对象，老焦自然不满意，自古才子配佳人，谁料到东床快婿是这么个平凡后生。工人大老粗不说了，又穷，还懒。每次进家门，也不会搭把手，把自己当成娇客，他反倒要烧给小字辈吃，什么世道？可不满归不满，也奈何不得，他唱了一辈子反对封建婚姻的戏，难不成到头来自己成为戏文中反对的人？何况，娇生惯养的女儿又哪里会听他的！只好自我安慰，女婿好歹有个铁饭碗，不像他，现在连饭碗都没了。

焦海棠的弟弟焦菊新也不喜欢柯大为，他觉得柯大为抢走了姐姐的爱，小时候，他是姐姐的“跟屁虫”，大一点的时候，他充当姐姐的保护神，而现在，他的位置被另一个人取代了。最烦的是，柯大为一来，就要和他挤睡一张床，让他不痛快。后来结婚了，不睡一张床了，直接睡在姐的闺房里，焦菊新更加不痛快，打心眼里认定柯大为是他们家的侵入者。

焦海棠婚后和婚前一样，一到休息就回娘家，以至于童童出生，还是在娘家。宋来香背后叹苦，说，人家姑娘找婆家，我们家倒好，霸着娘家不放手，又不是招女婿。带大姐弟俩，还要带第三代，一辈子累命。说归说，外孙出世，还是喜不自禁，女儿肚子争气，生了个带把儿的。

2

7 月，骄阳似火。焦海棠戴着白色太阳帽，抱着柯童童，右胳膊上挎个大蓝花布袋，里面零碎地放着几件自己的换洗衣服、童童的小毛衫、卫生纸、手帕、尿片、婴儿爽身粉、奶瓶等杂七杂八的物什，急匆匆地走出巷子。门口正好停着几辆待客的大野机，焦海棠朝其中一个看上去架座稳固一点的大野机司机招手。

“去哪儿，大妹子？”脖子上搭着一条旧毛巾的司机殷勤地掉转车头。

“汽车站。”

“好嘞。坐好了啊。娃儿这么小，要出门啊？”司机将焦海棠母子小心扶上车。双脚一蹬，撒腿儿跑起来。

柯童童睁着乌溜溜的黑眼睛，好奇极了。今天见到的景象完全不一样，妈妈这是要带他去哪儿呀？焦海棠将童童横抱在腿上，重重地吐了一口长气。刚才从家里跑出来太急迫了，简直像躲避跟踪的地下党，生怕被人认出绊住而走不成。这下好了，她逃出来了，解放了。焦海棠重重地亲了童童一口，小家伙挺争气的，带他出来，这一路没哭没闹，很配合。他望着妈妈，嘴角还笑呢，大概觉得挺好玩，是在做游戏。母子俩似乎有一种心照不宣的默契。

解放了，解放了！焦海棠真有一种逃出樊笼的畅快。这么多天，简直受够了。终于可以不用再看妈妈那张整天大事来临似的紧绷老脸，不用听她喋喋不休的抱怨了。她出了月子，自由了！可以回自己的地盘里去了。唉，千好万好，还是自己的窝好。

出门的时候，父亲在午睡，母亲在百货大楼还没回，她就是趁着这当儿溜走的。留了张字条，告诉他们她的去向。是的，她要回太平镇了。

大清早，宋来香从大菜市买菜回来，提了满满一篮子菜，鲫鱼、猪肘、青菜、毛豆、瘦肉、猪肝，满满当当。把该烧的，该炖的，分门别类地给老焦交代好，语气急匆匆的，像打仗，让人备感压力。

焦海棠正在水池里洗尿布，宋来香看见立即叫起来："放下，放下，哪个叫你逞能洗的？你刚出月子，不能碰生水。"

焦海棠说："已经42天了，不要紧的。"

"瞎胡闹，你生孩子吃那么大亏，还不得多养养。放下，赶紧放下。"

"我不是减轻你的负担吗？免得你又抱怨。"

"你洗几块尿片，我就轻松了？除非你不在娘家住，我看不见，管不到。"

焦海棠默默地咬了咬嘴唇。这话，母亲讲了不下一百遍，都怪自己赖在了娘家。

母亲抢过尿片接着洗起来，一边在炉子上烧艾叶水。今天要再给女儿熏一熏。艾叶熏澡是春谷县坐月子的风俗。满月那天已经洗过一次了。母亲说，多洗两次，去热毒。

水烧开了，母亲在小房里放下大木澡盆，打发焦海棠去熏蒸。天热，澡盆雾气缭绕，身上也不知是水是汗，直往下淌。那边童童也醒了，哭着要吃奶。宋来香像救火队员一样，跑去抱婴儿。焦海棠一着急，也不熏了，胡乱擦了擦身子，赶紧穿好衣服，过来喂食。

“哭就哭一会儿，你爬起来干吗？我辛辛苦苦绕了一圈大菜市，才找到这上好的艾叶。赶紧去洗。”

“不洗了，不洗了。”焦海棠不耐烦地说。母亲总是没事找事，外国人都不坐月子，不也照过。还熏什么艾叶，多此一举。

宋来香拉下脸来：“你不洗，我给童童洗。”她嫌女儿不知好歹，抱起童童，就着澡盆里还热气腾腾的水给童童洗起来。给婴儿洗澡可是项技术活，这个工作宋来香每天做两遍。很娴熟了，把婴儿仰卧在腿上，一手托着，先洗头、胳膊、上身，再挪过来洗下身。这个带把儿的小东西，宋来香疼得跟命根子似的。怀孕的时候，十个有九个猜焦海棠生女儿。“酸儿辣女”，焦海棠爱吃辣，不吃酸。“女儿打扮娘”，焦海棠怀孕之后，皮肤光滑细嫩，不长妊娠斑。宋来香也以为女儿怀的是丫头，要是小子的话，肚子是尖的，她怀老二就是。女儿却是个圆桶一样的大肚子。没想到童童把所有人都骗了。

只有焦海棠不觉得奇怪。她得意地说怀孕时做过一个胎梦，梦见一条小龙隐约从彩云中飞来。龙，可不象征儿子吗？怀孕五六个月，她看电视剧《天龙八部》，每次电视上一打斗，肚子就活跃起来，像在里面挥舞拳脚，动得特别厉害。只有男孩子才这么尚武吧。她坚定自己的判断。

谜面揭开，果然是个儿子。

“唉，儿子又怎样？累死累活，还不是给人家带。”宋来香一累起来，就忍不住唠叨，颇不甘心。

此刻，她一边给小家伙洗着澡，一边又开始抱怨：“前世遭来这辈子做牛做马。伺候完老的，再伺候小的。还不是给人家带孙子，又不跟我们姓。”

小家伙洗完澡，用浴巾包着，擦干净，扑上爽身粉，又吃了个饱，放到摇篮里，立即舒服地睡着了。宋来香全身汗湿，七月天，人不动都出汗，何况这一早上忙个不停。宋来香拿毛巾自己擦了一遍身，换了件衣服，出门上班去了。她那个百货公司不景气了，出租柜台，由私人承包，宋来香给人看铺面，时间上稍微灵活一些。她通常是上午忙完家里事，10 点过去，下午三四点再回家。

焦海棠已经计划好了，今天无论如何得离开了。

大野机很快就到了车站。12 点的班车，正好赶上。车厢里已经坐满了乘客，座位不够，几张备用的小板凳也都有人了，还有人坐在前面突出的发动机上。班次少，能装的都装上。

焦海棠抱着童童上了车，一个坐在前排的小伙子让了座。焦海棠连忙道谢。

“哎哟，这大热天的，抱着宝宝要出去啊?”旁边一位老大娘热心搭话，“这么小，才满月吧。”

“42 天了。”

“回娘家?”

“回自己家。”

老大娘咂嘴，以为她受了婆家的气：“唉，天气热，受罪哦。”

这么一说，焦海棠眼泪都快出来了。刚出来时的轻松自由感一扫而尽，她突然意识到自己的鲁莽，这一趟门出得有些任性。

车子发动起来，一颠一颠的，柯童童很快睡着了。

到太平镇的时候，已经下午 1 点多了。下了车，焦海棠意识到了问题的严峻，从这儿离厂还有好几公里路要走啊，而且，此时此刻，找不到一辆大野机、三轮车、摩托车。天又热，太阳在头顶上直射，大街上被晒得冒白烟。

焦海棠只好一咬牙，抱着童童一路步行，走在太阳底下。她用太阳帽遮着儿子，以免被刺眼的光线伤着。童童还没醒，小婴儿只能横抱，走了一段路，焦海棠就气喘吁吁起来，胳膊酸得不行，又换了一边，在路牙歇了一会儿，继续走。这一段路真是艰难，高低不平不说，还没有一棵阴凉的可供避暑的大树。拖拉机不时轰隆隆开过，扬起一阵灰尘。小家伙也越来越沉，他是个胖奶娃，出生六斤二两，现在都长到 10 斤多了。焦海棠浑身汗湿，觉得自己快撑不下去了。柯童童也热醒了，在怀里啼哭起来。他这一哭，焦海棠也哭了，搂着儿子，各种委屈袭上心头。

好不容易抱到厂里，焦海棠差不多都虚脱了，早有人看见她，跟柯大为通风报信了。

柯大为接过童童，又惊又喜又嗔："你真有本事，一个人就跑回来了。"

童童哭哭啼啼，饿坏了，焦海棠顾不得换下汗湿衣服，赶紧将奶头塞到儿子口中，小家伙狼吞虎咽地吮吸着，美美吃了一饱。

焦海棠指挥着柯大为打热水，放盆，夫妻俩给童童洗了一遍澡，换了小毛衫，放床上。焦海棠自己也洗了澡，吃着柯大为现下的面条。家里连鸡蛋都没有，柯大为说一会儿就去买，晚上他烧锅。

财务室的小王跑过来，喊焦海棠去接电话。

是宋来香打来的。她回家发现女儿和外孙不见了，老焦拿着女儿的字条，说她回太平镇了。宋来香急得直跺脚，你怎么放她走了呢？老焦铁青着脸，说，她这么大的人，难道还能把她脚拴住？不是你说的那些话，她待得好好的，怎么会跑走？老两口互相责怪，吵了一通。

“你怎么跑回去了？啊？作死啊！”母亲在电话里劈面骂来。

办公室有人，焦海棠不想让别人听见，捂着话筒，左右看了一下：“我满月了，回这边，自己也可以带。你和爸好好休息休息。”

“好，好。你有孝心！”母亲气结。

“我和童童都挺好的，你放心。”

焦海棠心虚地放下电话，回到家。柯大为抱着哭闹的柯童童在哄他，腿上挂着一线金黄，是从婴儿屁股蔓延下来的。才洗的澡，又弄脏了。焦海棠赶紧给小孩擦屁股，换尿片。

焦海棠发现宝宝的大便比平时稀，心下疑惑。因为哭闹，焦海棠只得又给他喂奶安慰。没想到，刚吃完，很快又拉了。

焦海棠心里着急，在家里还好好的，怎么刚到太平镇就这样了呢？这水土不服也太快了吧！

一个下午柯童童拉了几次，总是喂完奶之后就拉。夫妻俩抱着婴儿去了厂卫生所。

“你给孩子吃了什么？”卫生所一个姓戴的女医生问。

“没吃什么，就喂的奶呀。”

“你吃了什么？”

“早上吃了鸡蛋、粥，中午喝了鲫鱼汤，还有其他炒菜，然后就刚才回太平镇，吃了一碗面。”

“那就奇怪了，我这里也没办法化验大便。但看样子是食物不对劲，你可以去镇医院化验一下。哎，对了，你刚才说回太平镇，你今天出门了？”

“嗯，我从春谷娘家回来的，下午刚到，走了五里路，今天热坏了。不是热的缘故吧？”

戴医生神色一变，问：“你路上有没有给孩子喂奶?”

“没有，回家才给他吃的。”

“那你有没有把热奶给挤掉?”

“啊? 没有啊。回来他很饿，赶紧给他吃了。”

戴医生一拍大腿，说：“晓得了，吃了馊奶，吃坏了肚子。”

“馊奶?”焦海棠头一下子大了，又纳闷不已，还没有听说过奶有馊的。

“大热天，走了那么长的路，奶热馊了，你应该把前面两道奶给挤掉，再喂。”

焦海棠后悔不已。一晚上，柯童童拉了好几遍，还发起烧来。第二天，在柯大为的护送下，母子俩又乖乖回到了春谷。“作啊! ‘天作有雨，人作有祸’!”宋来香恨得咬牙切齿。

去附近的城关医院，医生开了一点止泻的药回家。吃了还是拉，宋来香听说城外一个外号叫“刘垂子”的医生专治小儿腹泻，就和焦海棠马不停蹄地奔过去，“刘垂子”在童童肚脐上撒些白粉，使劲一压，童童吓哭了，当头冲“刘垂子”撒了泡尿。“刘垂子”大人大量地说：“好，好，乖宝宝，尿了就好了。”结果还是照拉不误。胖奶娃一下子就瘦了一圈，人也没精打采，耷拉着脑袋，还发起烧来。宋来香迷信，认为是受了惊吓，要喊弄子里瞎眼王奶奶给喊喊。焦海棠完全失去了主张，如果这时谁说，把娃娃的屎吃下去能好，她一定毫不犹豫吃下去。老焦很生气这对母女的瞎折腾，请江湖郎中，搞迷信活动，像什么话! 主张赶紧送县医院去看。他的意见得到慌乱的母女俩的重视。一家人抱着小人儿，前呼后拥地赶到县医院。抽血化验，诊断是肠炎，脱水厉害，得住院吊水。给小婴儿吊水不是件容易的事，人太小，又胖乎乎的，静脉根本找不到，只好在头上扎，焦海棠不忍看。宋来香把童童抱到婴儿床上，小家伙不知道要干吗，睁着一双乌溜溜的眼睛东张西望，一开始还露出好奇的笑容，直到针扎下来，才意识到自己的可怕处境，“哇”的一声大哭起来。这一哭，小脸涨得通红，静脉更不好找，护士只管挑过来挑过去，童童哭得天昏地暗，焦海棠躲在外面哭，好不容易扎准了，哭声才止住。这样连续吊了几天盐水，终于好了。

焦海棠因为自己的任性让儿子遭了大罪。

当了母亲的焦海棠是没有权利像过去一样任性了。这是她从童童生病得到的深刻教训。的确，她也没资本任性，终究还得倚靠娘家。

3

柯大为经常对焦海棠说，如果我有钱，就给你请个保姆。他还说，如果有钱，我们就买带阳台的大房子，你说在春谷就在春谷，在太平镇就在太平镇，反正要大，就是你搞起卫生来太麻烦了，你那么爱干净。他还说，如果有钱，我保证一年给你妈补贴20万。

柯大为讲得信誓旦旦，非常真诚。但他的“钱”永远停在虚拟语境里，从没有兑现过。

焦海棠的麻友张红霞也爱开空头支票。张红霞说，她若是中了彩票，一定给焦海棠分一半。张红霞豪气干云地说了许多次，搞得焦海棠很过意不去，按照她中彩的次数和面额，焦海棠早已受惠于她一笔不菲的巨资了。

人穷爱吹牛。宋来香说柯大为“三斤半的鸭子二斤半的嘴”。

一天，焦海棠让柯大为把手并拢，仔细端详了半天，然后叹了一口气。她听人说，手指并拢后，指间有缝隙的，就是蓄不住财的人。柯大为的食指和中指间，空隙大得能漏下一颗黄豆。原来，天生命里不带财。

时下流行一个词叫“高富帅”，是女性择偶的理想标准。焦海棠想，“高”和“帅”其实都不重要，关键是“富”，有了这个核心，那两样不过是锦上添花，没有这个，一切归零。你瞧，柯大为倒是占了两样，唯独没有“富”，注定“屌丝”一辈子。柯大为不爱看书看报，也不上网，“屌丝”这个词刚流行时，他不明其义，就问儿子，屌丝是什么样儿？童童信口道，就你这样的。焦海棠觉得儿子简直是神回答。柯大为的一生，就是屌丝的一生。

生活中有屌丝逆袭的，有潜力股一跃成为黑马的，但柯大为显然不在此列，他不像他的名字那样，大有作为，而恰恰相反，碌碌无为一辈子。

凭良心说，柯大为不笨，念书时成绩还挺好，初中毕业考上中专，那会儿中专比今天的博士生还难考，整个镇子也出不了两三个。但因为年纪小，他妈舍不得，没让去，要不然命运也就改写了。人生有时不在于坚持，而在于选择。高中毕业，高考落榜的柯大为考进国有水泥厂，当了一名机修工，也算差强人意。如果不是后来国企改制，时代发生变化，他和焦海棠也能相安无事，不愁温饱，安安稳稳过一辈子。

可惜，人算不如天算，他们做梦也没想到，自以为端得稳稳的铁饭碗，有一天会不翼而飞，成为一无所有的下岗工人。

柯大为被时代抛弃是注定的，所谓识时务者为俊杰，柯大为不是积极进取型的那种，念书、考学、招工，一路走来，也算顺风顺水，让他觉得未来没有什么好担忧的，脚踩西瓜皮滑到哪儿是哪儿。厂里传出改制风声，许多精明的人都在为自己谋划出路时，他依然小曲照哼，麻将照打，觉得革命革不到自己头上来。

即使革来了，又不是他一个，怕什么，天塌下来，高个子顶着。及至最后时刻来临，才恍然大悟，过去优哉游哉的好日子过到头了。几万元钱的遣散费，买断了工龄，从此与这个他原以为可以依靠一辈子的厂再没有任何瓜葛了，他就像个孤儿一样被抛到了广阔的无边无际的社会中去了，从此得自谋生路。

对于柯大为，老焦曾有过一句评价，“文不能测字，武不能当差”。他告诫，做人得争口气，就跟演戏一样，有戏吃戏饭，无戏吃气饭，只有争气，才不会受气。焦海棠说：“你戏再好，不给你演了，争气也白搭。”老焦给女儿抢白一顿，不吱声了。焦海棠维护丈夫，每次父母说他，听了不高兴就回嘴。其实她心里也明白，他们并没说错。柯大为懒，又好面子，这两个缺点或许也不算大问题，但放在失去铁饭碗要自讨活路的今时今日，就成了他致命的短板，决定了他一生的穷。

下岗之后的柯大为不得不为自己找出路，那当儿开大野机是不少下岗工人选择的谋生手段。大野机，就是人力三轮车改装的，前面一个人蹬，后面搭个小帆布车篷载客。成本低，无需特别技能，勤快就行。春谷大街上呼啦一下子冒出一大批下岗工人大野机车队。柯大为嫌开那个丢脸，他好歹高中毕业，堂堂正正的技术工人，怎好混迹于那些没文化的人一堆，当黄包车夫？于是说服焦海棠，买了辆二手摩托。摩托车比大野机赚钱，又不丢人，别人看着还以为他兜风潇洒。但摩托车成本高多了，除了车钱，还得上牌，买保险，交这个钱那个费，一来二去，不仅不赚，反而赔了，只好又把摩托卖了；接着，又在春谷盘下一个小店，卖日用杂货，然而小城里这样的小店太多，他们又没有更便宜的进货渠道，经营了半年，一分钱没赚，还亏了本，又转给了人家。那时候水泥厂有不少下岗工人去江浙沪一带打工。

焦海棠托在深圳的老同学林雪燕帮忙，让她给柯大为想想办法，找份差事。柯大为去了深圳，结果不到一星期就打道回府。他说，林雪燕老公给他介绍的厂在宝安，住宿条件差，12 个人一间房，上下铺，打工的都是小年轻，他 30 多岁混在里面很别扭。而且，听厂里一个工人说，他们有三个月没发工资了。再有一点，柯大为没好意思说出口，深圳太遥远，他想家。柯大为就这出息，“三亩地一头牛，老婆孩子热炕头”，注定成不了大器。

去深圳的前一天，柯大为躺在凉床上，把柯童童抱着放在自己肚子上，依依不舍，焦海棠也以为将有好长时间见不着了，在一边悄悄抹眼泪。没想到柯大为转了一圈又回来了，令人啼笑皆非。好吧，要穷一家人也穷在一块吧。焦海棠不得不认命。

“畜生先会人后会（悔）”，这是宋来香爱说的口头禅。人往往要经历过之后，才会觉悟，挑老公原来是项技术活。让焦海棠刮目的是，有的女人在择偶方面似乎天生精明，有眼光。比如同学林雪燕，比如表妹苏琼，一个跟老公去了深圳，一个嫁到了上海。三个从小一起长大的人，道路竟是这样天差地别。她们攀了高枝飞了，而她们所鄙视的小城春谷，竟然成了焦海棠心心念念想回而回不去的地方。

从太平镇到春谷，这条路焦海棠来来回回连续颠簸了八年，这八年，宋来香为女儿能调回县城都跑断了腿，礼也送了不少，都打了水漂。水泥厂改制后，女儿女婿双双下岗，宋来香一不做二不休，跑到县政府，给县委刘书记磕头，请求无论如何得给女儿一份工作，否则一家人没活路了。那时去县政府上访、磕头的也不少，通常人还没进去，就给挡了回去。也是宋来香运气好，见着了书记，而书记又恰恰跟老焦是同一个村子出来的，还是个戏剧票友，一听是曾经当红小生焦天白的闺女，就批了条。焦海棠终于回到了春谷县城，进了自来水厂，当了一名水表工。

这也算是焦海棠因祸得福唯一一桩开心的事。

4

春谷县地处长江之南，隶属著名港口城市弋江，资源丰富，长江岸线绵延数十公里，水陆交通便捷。解放战争时期，百万雄师过大江，“渡江第一船”曾在此登陆。

春谷人通往南京、上海的铁路很早就开通了，弋江市有“小上海”之称，上海人上午流行什么，下午弋江就知道了，自然晚上也就传到了春谷。

春谷人爱讲排场，哪怕自己在家吃糠咽菜，出门也要给人递大中华。

讲究吃穿玩乐，春谷人永远有一种活活泼泼的生活气息。不管什么年代，都活得有滋有味，还总有余暇精神享受。戏剧团没倒闭的时候，大戏院动辄人满为患，《白蛇传》《秦香莲》《碧玉簪》《梁祝》那些老戏，春谷人没有不知道的，那是焦天白的黄金时代，他把地方戏“弋腔”唱到登峰造极；后来戏曲式微，大戏院变成了电影院，再后来，电影院变成了录像厅，再再后来，录像厅变成了网吧、游戏厅。春谷紧随时代潮流。交谊舞流行时，舞厅风靡一时。后来舞厅不时兴了，被 KTV 取代，舞厅只保留着两家老字号，是资深舞迷光顾的地方；余者都移到了露天，跳起了铿锵有力的广场舞。春谷人另一大普遍爱好是麻将，街上隔几步路就有一家棋牌室，大白天都能听到麻将声。有时，你会禁不住纳闷，仿佛一城的人不干正事，却玩得快活，不愁吃不愁穿，也不知他们哪儿挣来的钱。也难怪柯大为在深圳待不下去，那样一个瘴疠之地，怎么能和旖旎春谷相比呢！

春谷人自给自足享乐惯了，不到万不得已，才不愿意出去吃那份背井离乡的苦呢。

焦海棠是在离开春谷之后，才越发觉得春谷的好，每次从太平镇回来，她都要在春谷大街上来来回回逛个够，看看那些靓丽的时装店，到了什么新款式，前一季的衣服有没有打折。即便买不起看看也过瘾，在太平镇哪里能看到。她喜欢春谷大街上热闹的市井气息。

城关并不大，东南西北四条街，中间呈井字结构，最热闹繁华的就是那个“井”字中间地带，早些年，百货大楼、国营人民饭店、新华书店、大戏院、电影院，都集中于此，还有人民照相馆。那家老牌子的照相馆橱窗曾长时间地摆放过焦海棠一张扎着羊角辫的黑白照。都是二十世纪七八十年代的事了。现如今改头换面，却也更加繁华，里面密布的是商场、饭馆、发廊、养生馆、娱乐城、手机电器维修铺、美甲店、报亭、时装品牌专卖店等。

从中心往南走一段，就上了南门大桥，桥下有一条大河，叫南门河，横贯小城东西，是长江的支流。小时候，春谷人在河里淘米洗菜，傍晚妇女们的棒槌声此起彼伏。夏天，男人们在河里游泳消暑。6 月，梅雨季节来临，河水上涨，两岸人家随时做好搬迁的准备，春谷发过几次大水，全城内涝，出门要坐筏子。遇到空梅期，干旱，河床见底，有人穿着长胶靴下来捕鱼捞虾捉泥鳅。南门河那时每年都要淹死人，春谷人传水里有水猴，淹死的人是祭了它。春谷人吵架爱说“南门河没盖盖子，要作死就跳下去啊”，南门河就是那样一个让春谷人又爱又亲又怖的地方。那时河两岸人家都是砖瓦平房，临水的那面墙长满青苔，家家都有吊桶，可以直接提水上来。如今两岸的老房子全拆了，取而代之的是一栋栋新的建筑群，路面也重修了，河边修筑了长堤，两岸种着水柳，砌着供人休憩的水泥凉亭。只是，南门河反倒寂寞了，没有女人在那里淘洗，也没有男人小孩游泳嬉戏，南门河被人们遗忘了，河水也仿佛浅了许多，再没发生过淹死人的事了。走近了，能闻到一股子腥臭味。

过了大桥，继续往南走，尽头是杜鹃山，杜鹃山由许多山峰组成，连绵不绝，春天山坳里开着桃花、梨花、杏花，最多的就是杜鹃花，又名“映山红”，漫山遍野。是焦海棠小时候最爱爬的山，摘来满捧的映山红，插得家里到处都是，多余的捣碎，当胭脂和蔻丹涂在脸上和指甲上，是不含化学成分的天然化妆品。

回到井字口中心，朝西走，过了大戏院，就是焦海棠念书的城关一小，紧挨着父亲的剧团，学校常从剧团里借女演员来给学生排练节目编舞，那时学校文艺节目很多，焦海棠是跳舞队的台柱子，这方面她有天赋，从小看父亲演戏，经常去后台看女演员化装、贴片，有样学样。戏曲演员除了身段扮相，最重要的是唱腔。有一次，团里演青蛇的一个女演员，让焦海棠唱一段，焦海棠一张口，把那女演员笑得眼泪都出来了，她说，你这丫头，唱歌怎么比讲话还难听?！这也是父亲的遗憾，不然，早就教她学戏了。被女演员笑话之后，焦海棠从此再也不好意思在公众场合唱歌了。

沿着马路，继续朝西走，途经邮政局、大药房、农资公司、文化馆，一直到郊区的531部队。再往前走就是去乡下了。

从井字中心往北走，是一个露天广场，广场上有卖糖葫芦、羊肉串、糖炒毛栗、葛根等各种零嘴，以及一些吸引小孩的各种手工艺玩具。童童小时候每次从太平镇回来，都要跟妈妈到这儿来玩一玩。骑一块钱转一圈的音乐马，打打气球，套套项圈，或者买一把棉花糖。

从露天广场，朝北走，会经过焦海棠念中学的一中，还有县政府、公安局、法院，小城的政治中心地带，再往北走，就是火车站、汽车站。

春谷不大，就是东南西北这么几条街，焦海棠却怎么走也走不厌，真正是“读你千遍也不厌倦”。

5

这个焦海棠生于斯、长于斯的春谷，在她长大成人之后，竟不再属于自己了。回来不过是回自己的娘家。八年之后，她从太平镇调回春谷，也依然没有真正属于自己的家。早先房价没起来的时候，她和柯大为积攒的钱，加上买断工龄的钱，够买上一套小房子，柯大为却拿着那个钱开摩托、盘小店，七花八耗；后来房价蹭蹭涨上来，就再也买不起了。焦海棠只得一直住娘家。

童童四年级时，老师布置一篇作文，写“我的家”。童童用笔抵着脑袋想了半天，不知怎么下笔。老师启发说，“家”就是你和爸爸妈妈待在一起的地方，你住的房子，你生活的处所，和你待在一起的人。童童犯难，他住在外公外婆家，若说和爸爸妈妈在一起的地方，那就是小时候水泥厂的宿舍了。

那个家，他印象深刻。一间屋子，被一排木头柜分隔为二，外面算是客厅，有一张不太宽的沙发床、一张小饭桌、四个木头凳。里面是卧室，一张木制双人床、米白色组合家具、梳妆台、电视机。梳妆台下，放着他一桶宝贝玩具，里面有积木、汽车、枪、毛公仔等杂七杂八的玩意儿，每天都要反复倒出来玩好几遍，玩毕，自己收好放进桶里，这是妈妈反复叮嘱的，妈妈一向爱干净，容不得家里乱七八糟。童童从小就被训练，吃棒冰、西瓜得就着盆，不允许滴出盆外来。

屋子外面过道上放着铁皮煤炉，烧菜烧水都在那儿，那一排宿舍人家都是这样的。门口有两个公用水池，顶后面是公共厕所，人们要去那儿倒马桶。宿舍前面有一个篮球场，傍晚工人们下了班生龙活虎地在那里打球，打比赛。隔着篮球场，对面一排办公室，妈妈在其中一间上班，窗户正好对着家，童童一个人在家时，常对着窗口寻找妈妈的身影，妈妈警告童童不准去办公室找她，说影响工作，领导要骂，要扣奖金。妈妈原先是化验员，要三班倒，后来苦学打算盘，托人情，才弄了份不用上夜班的出纳差事。她的顶头上司主办会计，妈妈不仅工作上听命于她，生活上也常被差遣。听说怀着他的时候，还腆着大肚子给头儿洗被子呢。爸爸在车间那边。妈妈从不让他去厂区玩，说危险，脏，出过事故。那儿一天到晚灰扑扑的，天是灰的，地是灰的，机器房屋是灰的，连外面挨着的两块菜地也是灰的。妈妈有一年得了支气管炎，在厂卫生所打了一个月屁股针，密密麻麻的针眼就跟外婆纳的鞋底一样。厂里还有澡堂、食堂、卫生所、工人俱乐部、小商店、小菜市。家里要是来人，爸爸就跑到小菜市切两块板鸭或烧鹅过来。家属区后边有个托儿所，那儿也是童童极熟悉的地方，他一岁半就被送进那里，断断续续待了两三年。有好几次，焦海棠下班去接他，托儿所的小朋友大部分都被接走了，他一个人脏兮兮地在小滑梯上爬，所有的玩具都在黄阿姨自己的小孩那里。妈妈跟黄阿姨吵过嘴，妈妈一般不跟人吵架，嘴笨，人家说十句，她还不上一句。虽然妈妈很不喜欢水泥厂，但在水泥厂，也有很快乐的时光，因为那是他们一家三口在一起的时光。

现在童童回到春谷，在这里念书。春谷的这个家，是外公外婆的家，他在这里出生的，也在这里长大，从小就跟着妈妈两头跑。外公外婆家在春谷城东头，这里有几排老楼房，大院里早先住的都是剧团的人，后来大部分搬迁了。院子外面不远有个体育场，外公一早一晚都去那儿报到，早上打打太极，晚上散步听收音机。外公个子高，童童喜欢骑在外公脖子上高高在上地看下面的人。最疼他的是外婆，妈妈不在的时候，他跟外婆睡。他喊外婆“奶奶”，“奶奶”自作主张把“柯童童”改为“焦童童”，当然也只是口头上过瘾，念书填名单的时候还是写“柯童童”。妈妈有时候也喊他焦童童，她们喊他焦童童的时候，好像是在出一口气，不知她们气谁，大约是爸爸吧。不过，爸爸听不见，他不怎么在这边住，都在外边找活儿呢。这个家以前还有小舅，他当兵后，就回来少了。

他的家，到底写哪里好呢？

6

提起房子，焦海棠不免意气难平，现如今，房子就是硬通货，谁手里不要握两套才安心啊。周围的同事、麻友，也个个有房。就连远走高飞的林雪燕和表妹苏琼，现都又在弋江买了套新房子。偏偏土生土长的她，倒成了无房户。她那么爱收拾房间，看到别人家乱，都恨不得替人整理一番，可老天偏不肯给她一间自己的房。一想到这儿，气就不打一处来，都怪柯大为，没眼光，折腾来折腾去，赔光了钱不说，落得如今这下场。事实教育了她，这年头，最值得干的原来是存房子。

“‘夫有能，妻有贵’，你没修到好丈夫。”宋来香讲起女婿也是一头怨气。

焦海棠立即住嘴，她不能和母亲同仇敌忾地骂丈夫。母亲的那些话耳朵都听出老茧了，烦。可也没办法，谁叫她住人屋檐下。“女大不能留，留来留去留成仇”，这是指嫁不出的老姑娘。焦海棠嫁出去了，却还不得不赖在娘家。

林雪燕曾经跟她说过，她之所以一心一意要考上大学，就是为了离开家。林雪燕父亲是建筑社工人，母亲是蔬菜队的，没什么文化，骂起人来粗话连篇，嗓门又大，一条街都听得见。在春谷，骂人的话并不鲜见，总能碰到相骂的男人和女人，院子里吵嘴打架，骂街的话张口就来，“摊炮子的”“洋炮冲的”“杀千刀的”“小杂种”……哪家小孩子没挨过骂。偏林雪燕无法容忍，她恨透了这个粗鲁的地方。“将来有一天一定要离开它，离得远远的”。她果真做到了。

林雪燕和焦海棠是小学同学，中学也在同一所学校。焦海棠家住城东，林雪燕家在城西，两人结伴上学，林雪燕总提前从家里出发，来焦海棠家，约她一起去学校，不惜多走一段重复的路。她特别羡慕焦海棠有一个文雅的会唱戏的父亲，小时候，她跟着焦海棠一起蹭戏，看台上焦天白扮演的小生，戴着软巾，手拿折扇，风流倜傥，他唱“秦淮无语送斜阳，家家临水映红妆，春风不知人事改，依旧吹歌绕画舫，谁来叹兴亡……”那是《桃花扇》的一段唱词，听得人荡气回肠，仿佛穿越到了另一个时空。林雪燕对外面世界的向往就是从那个时候开始的。小学时期的林雪燕并不很起眼，她们都是跳舞队成员，焦海棠通常是主角，林雪燕不过跑跑龙套。进了中学之后，林雪燕突然出类拔萃起来，学习好，人也仿佛漂亮了许多，另外，她还被发现有一副天赐的好嗓子。

中学两人不在一个班，但还是相约放学一起回家。她俩在高中都分别开始了自己的初恋。焦海棠喜欢林雪燕班上的体育委员沈建华，林雪燕则和焦海棠班上的副班长苏南好上了。她们分享着各自的秘密，交流汇报对方喜欢的人在班里的情况。

焦海棠总爱拉着林雪燕陪她一起看篮球比赛，看球，目的是看沈建华。她们两个班比赛，焦海棠的表现简直就是本班的叛徒，眼里没有别人，只有一个沈建华。这让焦海棠不能不被本班同学唾弃。焦海棠管不了那么多，沈建华在球场上每一个帅气的动作，都令她心动不已。沈建华大胆不羁，他把球飞向她，在她递上去的时候，他居然敢在别人眼皮底下紧握她的手，让她羞得满脸通红。不过，令焦海棠苦恼的是，沈建华对她时好时坏、若即若离，他身边总不乏女孩儿围绕，他有本事吸引她们，就像吸引她一样。焦海棠拿不准，他对她说过的那些话，是不是也对别人说过。焦海棠常常为此茶饭不思。上课也总走神，成绩直线下降。最后毫无悬念地高考落榜，而沈建华却考取了一所体院。

焦海棠初恋失败，影响了她以后的择偶观，后来选择柯大为，除了他的外形与沈建华有相似之处，让她不由自主喜欢外，最重要的一点是，柯大为带给了她过去所没有的安全感，柯大为眼里只有她。

中学时代的恋爱基本上都是以分手为收梢，林雪燕和苏南也不例外，不同的是，这场恋爱并没有对林雪燕的学习造成太大影响，她依然以优异的成绩考取了华东一所著名的大学。倒是苏南，本来所有老师都预测他会考上重点本科，结果只上了一所普通中专。焦海棠同情苏南，他们都是情场上的输家。

林雪燕远走高飞，实现了儿时梦想。她在上海念了大学，后来又去深圳发展，在那里成家立业生子。

这个世界就是如此残酷，同样的起点，不同的道路。焦海棠在春谷连一套安身的住所都没有，林雪燕却已拥有了几套房产。

新近，林雪燕又在弋江买了一套。她说长三角，发展前景好，房子有升值空间，将来老了回来也有落脚点。

人家买房都做投资了，焦海棠却连个窝都没搭起来。不免自叹命苦，尤其觉得对不起儿子童童。这个拼爹娘的年代，童童拿什么和别人比啊？她不甘心。好在，她这一辈子还有最后一搏，那就是儿子。

谁说女人只有两条命，一条父母给，一条丈夫给？其实女人还有一条命，就是儿子。

第二章

1

公寓楼27层。林雪燕气喘吁吁地爬到楼顶，靠在天台围墙边，一边摸着滚圆的快炸裂开来的肚子，一边眺望着远方。这是深圳傍晚的天空，高远而辽阔，白云有时连成片，有时堆成垛，变幻出无穷姿态，西边的晚霞还未隐退，正是一天中最美妙的瞬间。林雪燕每天这个时候都要上来，看一看深圳的云天。为了宝宝能顺产，她不辞劳苦坚持爬楼。她发现深圳的天有时很低，低到那些云层似乎触手可及，有时又显得特别高，高不可攀。云彩千变万化，气象万千，充满着诡谲壮丽的意味，像不可预知的未来。

林雪燕注视天空良久，又低头朝下瞥了一眼，立即将目光收回。下面是深南大道，车河被葳蕤的绿化带隔开，玩具模型一般的汽车连成线不见首尾，持续地流动着，与深南大道平行的是滨海大道，一样车流穿梭，只是更远更小，从高处俯视，就好像小时候，她观察微小的成群结队奔忙的蚂蚁，生出一种旁观者的怜惜。朝下看一会儿，头有点晕。这个千里迢迢投奔的城市，让她有一种置身梦幻的感觉，这深不可测、汹涌如海的城市，她没想到，最终会在这儿落脚，工作、成家、生子。她就是那如蚁人群中的一员，站在高处，格外渺小。

不错，这不正是她想要的吗？从小就向往着离开春谷，向往着远方，现在如愿以偿了。

念大学的时候，林雪燕很用功，和高中一样，周围同学忙着恋爱交游，她也无动于衷。那时她还不能忘记高中的一段初恋。尽管从没有明确表白过，可彼此心领神会。他们一起上晚自习，虽然不在一个教室，却总心照不宣地在同样的时刻出来休息。他们会利用那短暂的休息时间，说几句话，他给她整理需要的资料，他的字很漂亮。她借参考书给他，他还书的时候，里面会夹自制的书签，或者一枚红叶，他是个心思细腻的男生。那红叶，让她又惊又怕，喜忧参半。晚修结束后，他们一前一后走出校门口，避过众人耳目，再走到一起。他和她并不同路，却总是要将她送到家门口，月光下的柏油马路，行人稀少，路两旁是经年的苍老梧桐，少年心事不可言说，怀着希望，也怀着惶恐。有一回，梧桐树上掉下一条俗名叫“洋辣子”的毛毛虫在林雪燕的胳膊上，她吓得不轻，苏南赶紧替她把毛毛虫拿掉，白白的胳膊上很快红肿了一条，又痒又辣，苏南用手指蘸着唾液小心地替她轻抹，那是他们最亲密的一次接触。那异样的甜蜜感觉，林雪燕想忘都忘不掉。她从来没有被一个人这么小心对待过。爸爸妈妈都没有，他们太粗糙。是苏南给了她一份少女的矜贵。

后来分手了，其实也谈不上什么分手，都没有真正承诺过。苏南考得不理想，他是个极自尊的人。上大学之前，他们见了最后一面，苏南送给林雪燕一本精美的笔记本，扉页上题着四个娟秀的字“前程似锦”，林雪燕送了他一本影集，里面有自己的黑白毕业小照。他最后一次送她回家，林雪燕走了很远，回头看，他还孤独地站在那儿。读大学之后，他没再给她写一封信，她的信也不回。

“把你留在路边，我无情地离开，踩下脚底油门，就这样挥挥手离开……”大一的时候，中秋联欢晚会，林雪燕清唱了这首歌，唱的时候，眼前一直浮现着苏南的面容，眼眶不由自主地润湿了。

她素来好强，野心勃勃，本来填报的是经济学专业，却被录到冷门历史系，这让她不甘。她知道将来分配时，家里也没本事帮到她，要想不回到原籍，一切得靠自己。她努力学习，争取拿奖学金，后来又凭着好歌喉进了学生会。大三时，和物理系联谊搞活动，她认识了周志诚。他身上有一股苏南所没有的狠劲和执着，歌也唱得好，嗓子富有磁性。他是物理系学生会宣传部部长，两个系联谊办救灾募捐晚会，晚会上他和林雪燕合唱《请跟我来》：

> 我踩着不变的步伐，是为了配合你的到来。在慌张迟疑的时候，请跟我来。我带着梦幻的期待，是无法按捺的情怀，在你不注意的时候，请跟我来。别说什么，那是你无法预知的世界，别说，你不用说，你的眼睛已经告诉了我。

募捐晚会很成功，而对周志诚和林雪燕来说，最大的收获是，得到了彼此的垂青。

周志诚比林雪燕早毕业一年，上海没留下来，又不想回江西原籍，就去了深圳，他有一个学长在深圳一家电子公司搞研发，介绍他进去。

林雪燕第二年毕业，在上海浦东一家中学当了一年代课老师，然后随迁到了深圳。那当儿，周志诚已在电子公司做了两年，他给林雪燕在公司的企管部找了一份文员职务，没有编制，临时性的，一个月1000元钱的薪水，没有想象的高。别人说，刚来都这样，在深圳凭本事吃饭，企业收入差距大，努力就会进步。

孩子的到来是一场意外，打乱了林雪燕的节奏。

2

拿到那张怀孕化验单，“阳性”两个蓝色章印字体让林雪燕站立不稳，面如死灰，担心害怕的事被证实了。这个孩子不能要！他不在她的计划之内。自己在这个城市还立足未稳，没有房，没有户口，公司刚跟她续聘了三年合同，企文部的领导吴处长刚夸她工作不错，策划的文案有新意，写的讲话稿基本拿来就能用。说好好干，有户口指标就给她进。吴处长还强调，他不喜欢进女员工，倒不是重男轻女，而是女员工太麻烦，一结婚就要生孩子，一生孩子工作就要中断，在林雪燕之前，他已经炒掉了好几个女工了。林雪燕心想，女人不生孩子，你从哪里来？口上却说，请领导放心，她起码三年之内不会要孩子的，和老公说好的。

没想到……老天这样恶作剧。

把怀孕的消息跟周志诚一讲，他的第一反应竟是傻乐。

“你不是说三年不要孩子吗?”林雪燕气呼呼地质问。

“这是天意！我们有孩子啦!”周志诚沉浸在喜悦之中，为自己身份的升级而激动不已。

没想到他那么想当爸爸！他们有过君子协定，防范不可谓不强。没想到，千防万防，还是中彩了。

“我要工作，这孩子不能要，必须打掉。”

“我上面两个姐姐，我妈就我这个儿子，她要是知道我们有孩子，不知有多高兴呢。”

“等我工作稳定了，户口调进来了，再要也不迟。”

纠结了半天，周志诚似乎清醒过来了，他同意打掉胎儿。

去到医院，妇科门诊排着许多女人，她们脸上的表情，焦虑、恐惧、漠然、凝重……在这儿，不管你是女职员、女干部、女教师、打工妹，此刻只有一个共同的身份“女人”。

终于轮到林雪燕了。还是那个胖胖的中年女医生，上次给她开单化验的。当时拿到化验单，林雪燕当即说不要，那个女医生说，你回去跟你老公商量一下，再做决定吧。

她现在做出决定了。

“真不要了？”女医生有点可惜似的看着林雪燕，“头一胎就不要？唉，许多人想怀都怀不上。你们这些女孩子！”

“做人流，还是药流？”医生又问。

“哪一个不痛些？药流是不是好一点？”林雪燕怯怯地问。

“药流就是吃药打胎，分两次吃，药吃下去肚子也会疼。如果一次流不干净，还得再过来清宫。不过，你是头胎，过去没怀过，可能会流得干净。药流贵一些。还有，药流之后，一年内最好不要再怀孩子。”

光是听着这些话，林雪燕都发抖。

林雪燕选择了人工流产。

在产科外面等，条凳上坐着一排等待流产的女人。

门里不时传来一声号叫。过一会儿就有下一个进去，再传来一声号叫。做完了手术的人，一律轻飘飘苍白着脸脚步不稳，仿佛裤裆里夹着什么东西，微张着腿走出来。房门半开着，林雪燕忍不住瞥了一眼，只见一个女人张着双腿躺在妇检床上，身上盖着一块医用护垫。那人做完了，等善后。林雪燕靠近一点朝里瞅，另一台妇检床上，医生护士正在给另一个妇女刮宫，号叫声从那张嘴里发出。林雪燕吓得赶紧退回到座位上。外面条凳上等候着的女人都听到那骇人的声音，她们脸上呈现出恐惧又无奈的神情，有的互相聊起天来，试图打发这恐怖时光。那些表情，令林雪燕想到在三禽市场上，那些待宰的活鸡。

位置在前进，下一个就轮到林雪燕了，越是接近，心跳得越厉害，快要蹦出来似的。一个做药流的女孩进去了，她手里提着一个透明的塑料袋，进去打消炎针，出来的时候，空着手，那塑料袋不见了，她对陪伴她的一个女孩说："她们就把那胚胎扔到垃圾桶了。"

林雪燕听得骇然，腿肚子直打战。终于在轮到她的最后一刻，她冲出了医院。

不做了，不做了。她不要当杀人犯！她不能杀死自己的孩子！

外面阳光灿烂，花红草绿，世界如此美好，天地豁然开朗。

她——不——做——了！

3

怀孕的过程很艰辛，她不敢给公司请假，不敢告诉公司她怀孕了。瞒一天是一天，就像自己怀的是见不得人的私生子一样。工作更加卖力，早孕反应很厉害，恶心、反胃，吃得不对，就全吐出来。尤其是早上，空腹刷牙，卫生间里肥皂、洗发水的味道她闻不得，一闻就想吐，连黄胆水都吐出来了，那些无辜的气味不知怎么就得罪了她。但是，一到公司，她就正常了，做报表、写策划、搞收发、接待来宾、端茶倒水、开会、跑外勤等。有时还要加班加点。

林雪燕瞒得很好，没人发现她的异样，头几个月，肚子也不显，尽量穿宽大的衣服，想吐的时候，就冲进卫生间。

最后终于纸包不住火了。她和周志诚提着一袋水果和两条烟，一起去了吴处长家。从没登门给人送过礼，走在路上林雪燕头都不敢抬，领导家的住址，是周志诚打听到的。

他们趁着黑，做贼一样，生怕遇见熟人。

吴处长家很大，客厅里栽种着高大的发财树，巴洛克风格的大沙发显得富丽堂皇，是那种本地人特有的令外来人特别羡慕的优渥。看到这两人上门，他皱着眉头，也没给倒水。

林雪燕更加羞愧，真是自取其辱啊！自从得知她怀孕之后，吴处长就这副表情。他一定是怪她欺骗了他，说好三年不要小孩的。她这次过来，就是想向他解释，向他求情。

周志诚给吴处长递烟，吴处长生硬地说，他晚上不抽烟。周志诚讷讷地笑了笑，收回了烟，脸上青一块白一块。

林雪燕忍住羞愤，开口道："对不起。"

"你不用对不起，这件事，你没有对不起。但是，你手头的工作怎么办？你到现在才来跟我说，我一时到哪里找人接替？"

"对不起。"林雪燕再次说道，"我也不是故意的……我就是不想影响工作，才……"

"能不影响吗？你马上一走，这一摊子事，叫我一下子找谁？企业现在进人的指标卡得严，其他几个人都各有分工。"

林雪燕低着头，她确实给领导带来麻烦了。

吴处长重重吐了口气。周志诚说："雪燕本来也不想要的，都去医院了，后来……遇到了一点变故，才又……唉，都怪我，爸妈想抱孙子，他们年纪都很大了，就我一个独子。”

吴处长瞥了周志诚一眼，不知是提起父母想抱孙子，还是怎么的，他的口气缓和了一点。

“当初，你们部门领导找我，要给你解决家属问题，说你是个很优秀的人才，公司要照顾，我答应了。本来，我这个部门多久不进女员工了。雪燕呢，工作也还不错，胜任得很好，我还准备好好重用。谁知道，才一年，就要孩子，太急了。”

“是，是。我们是太急了。”看到领导口气松动，周志诚连忙自我检讨。

林雪燕说，她保证不会太影响工作，她要一直工作到最后，产假也不会休满，尽量减少对工作的损失。

从领导家出来，林雪燕疲惫地靠在周志诚身上，这一关过了，领导虽然生气，但终于还是网开一面，没有按照以前的惯例，炒她鱿鱼。

在深圳，女人一怀孕就失业的情况太多了。

林雪燕保住了饭碗，保住了孩子。可是，她没有胜利的喜悦，有的只是屈辱。她想起曾经喜爱的作家萧红的一句话：“女性的天空是低的，羽翼是稀薄的，而身边的累赘又是笨重的。”

4

林雪燕站在天台边，眺望着远处。周志诚在家的话会陪她一起爬楼，他现在是电子厂模具部负责人，比较忙，时不时还要出差。最近他母亲也过来了，林雪燕眼看着就要生了。

预产期已到，还没有生产的迹象。自从决定要这个孩子之后，林雪燕反而心踏实了，她买了孕妇指南、妈妈手册，逐月对照，还买了音乐光盘，进行胎教。

肚子一天天隆起来，大到不能再大。

医生检查说，头还没入盆。怎么还没入盆呢？林雪燕很着急。她上楼都很吃力，大腹便便，看不到脚，周志诚不准她一个人爬楼。她骗他说坐电梯。实际上还是坚持爬楼，不运动宝宝不肯出来啊。

她喜欢看深圳辽阔深邃的云天，喜欢看远处与云天连成一片的大海，看云海之中连绵山峦。“荡胸生层云，一览众山小。”她已经为肚里的宝宝想好了名字，不管是男是女，就叫云瀚，周云瀚。多大气的名字，林雪燕拍拍肚子，嘴角露出一抹微笑。

尽管天天辛苦爬楼，还是没能自然分娩。预产期过了五天，不能再等了，去医院，照了 B 超，胎盘轻度钙化，赶紧住院，选择剖宫产。

通上导尿管，打了麻醉，整个生产过程不到半个小时。林雪燕像待宰的羔羊一样，瑟瑟发抖地躺在手术台上，眼睛睁得大大的，她听到肚子被划开的声音，羊水腾地冒出来，听到医生在说话，紧接着一阵嘹亮的婴儿啼哭声，孩子降生了！林雪燕眼角流下激动的热泪。

“是个小男孩。”医生将胎儿抱给林雪燕看一眼，一个粉红的、有着黑漆漆头发的小小娃儿，漂亮健康。这是她诞下的，生命真不可思议啊，一种自豪感令她嗓子眼儿发堵。她和儿子今生在这个世上第一次相见了。

婴儿过秤，七斤二两，是个胖小子。

医生护士将母子俩从手术室推出来，周志诚和婆婆一拥跑过去，喜上眉梢步步紧随地跟牢抱着婴儿的小护士。林雪燕被晾在一边，一个护士笑道，这家人只顾小的，不顾大的。刚晋升的新爸爸激动过了头，有了儿子，忘了老婆。林雪燕哭笑不得，伤口实在太疼了。

病房里住着四个产妇，那三个生的全是女孩。四个小孩中，云瀚最能睡，那三个小女婴此起彼伏的哭闹丝毫不影响他。

医生用通奶仪给林雪燕通奶，手把手教她怎么哺乳。过去林雪燕不明白为什么书上形容一个人用力，说使出吃奶的劲儿。现在明白了，每次一吸，林雪燕痛得钻心，皮都给吸破了。好在慢慢也就适应了。

林雪燕凝视着睡在旁边小婴儿床上的儿子，这个小生命，多么神奇啊！他会梦哭，梦笑，醒来时，还认真地和她对望着，仿佛在思索，这个人到底跟他有什么样的紧密关系。

产假没休满，两个月不到林雪燕就上班了，这是事先答应领导的。一上班，奶水就不能正常地供应，有时想到宝宝要吃不能回，衣服都洇湿了。有天她加班处理材料回家很晚，云瀚在奶奶怀里，一听到她的脚步声，立即委屈地瘪着小嘴，张开手。林雪燕抱起儿子，小家伙一含到奶头立马睡着了。婆婆说，小家伙一直在吵，喂米糊也不吃，要睡觉了，非要过一下瘾。林雪燕很抱歉，可是，又有什么办法呢？

5

云瀚说话早，一岁不到就能很清晰地区分出“叶叶”和“爷爷”的不同。奶奶喜滋滋地说，这孩子开窍早。

林雪燕在一本育儿书上看到，妈妈要多逗孩子说话，孩子说话就会早。所以，林雪燕有事没事就爱逗引儿子。云瀚似乎很喜欢跟妈妈说话，每次林雪燕一逗，他就手舞足蹈，咿咿呀呀地呼应着，“相谈”甚欢。

云瀚很依赖妈妈的声音，喜欢听歌睡觉。

门前大桥下，游过一群鸭，快来快来数一数，二四六七八……

小汽车呀，真漂亮，真呀真漂亮，嘟嘟嘟嘟嘟嘟嘟，喇叭响，我是汽车小司机，我是小司机，我为祖国运输忙，运输忙……

小燕子，穿花衣，年年春天来这里，我问燕子为啥来，燕子说，这里的春天最美丽……

月儿明，风儿静，树叶儿遮窗棂，蛐蛐儿叫铮铮，好比那琴弦声……

世界上的儿歌都给她唱遍了，有时唱着唱着自己瞌睡唱来了，小家伙还在那儿眯着眼笑，他似乎在故意拖延妈妈陪伴的时间。林雪燕口干舌燥，不免上火，她还有事要做呢。小孩子真是缠人精。那会儿全家还挤在一间房，公司租给员工的公寓楼单间宿舍，中间拉个帘子隔成两间。婆婆睡外面的沙发床，林雪燕一家三口睡里面。当了母亲之后，再也睡不成一个囫囵觉了。

尽管很累、很辛苦，但那一段时间是林雪燕日后回忆起来，和儿子在一起的最甜蜜、最幸福的时光，被一个人全然地需要、信任和依赖，世界上恐怕找不到第二个吧。

林雪燕经常想起云瀚小时候的一桩糗事，忍不住会笑出声来。

那会儿，云瀚一岁半，有一天林雪燕饭后剔牙，她有颗坏牙，还没来得及补，经常卡东西，她用牙签挑出一粒米饭。云瀚正趴在林雪燕腿边玩，林雪燕举着牙签给他看，小家伙竟然毫不迟疑一口吃了下去，他以为妈妈喂他呢。林雪燕笑得要命，抱着儿子使劲地亲："你个馋嘴的小傻宝！"云瀚看妈妈因自己而乐不可支，就仿佛立了功一样，表情很怡然自得。被一个人全然地需要、信赖，这感觉真是太美妙了。

林雪燕上班很忙，到点要打卡，云瀚早上醒来，第一件事就是找妈妈，若发现妈妈不在家，会躺在床上哭半天，不容任何人近身，直到哭累了没指望了，才准许别人抱他起来。有几次，他醒来，正好林雪燕要走，他拉着妈妈不放手，林雪燕狠狠心，挣脱开来，奔出门外，老远都能听到儿子的哭声，那哭声令她肝肠寸断。

这一幕一幕总在林雪燕的记忆里，每每想起来，清晰如昨，她和儿子曾有过的亲密无间的好时光。

6

从妈妈肚子里蹦出来，到现在为止，我和妈妈分别最长的"家庭吉尼斯纪录"是三个月，那时，我才两岁半，我体会到没有妈妈的度日如年的生活。

在我回老家的前天晚上，简直开心死了，天真地认为妈妈和我要像汽车兜风一样，去坐飞机兜风了。

第二天，我兴高采烈地唱着《小兔子乖乖》上路了。当时，我和奶奶一进安检，妈妈就像被点了穴位一样不动了，恋恋不舍地望着我。我仿佛发现了什么，跟着伤心起来，可坐飞机的喜悦很快就把伤心给冲跑了，我的脸由阴转晴，仍旧开开心心地上了飞机。

短暂的开心随着下飞机就荡然无存，我这才考虑到"妈妈怎么不见了"的事情来。

"妈妈呢？"奶奶被问住了。

“你妈妈忘带东西了，要回家去取，过三天就来。”

要是现在，我肯定不会被骗，可那时，我才两岁半，大人一说，我就信了。

从没和妈妈分别过，太想妈妈了。一天天，我都扳着手指数，好不容易到了第三天晚上，由于激动，我睡一段，醒一段。偶尔，我醒着的时候，听见妈妈和奶奶的电话声。

“喂，瀚儿还好吧?”

“嗯，挺好的，行了，不多说了，他好像醒了，我去看看。”奶奶说完便走了过来，我连忙把眼合上，奶奶给我把被子往上提了提，怕打扰我，就走了。

奶奶走了以后，我回忆妈妈的声音，眼睛湿乎乎的，心里又爱又恨，感觉被大人耍了，又非常伤心，一种很别扭的感觉，想着想着，就睡着了。

后来，我不知道自己哪根神经断了，或者说适应了，妈妈多次打电话想和我说话，我都拒绝了，奶奶犟不过我，只好把电话给挂了。

三个月过去了。人说母子连心，一点不错。那天下午，好像上帝特意安排的一样，我小睡醒来，看见一个非常熟悉的身影。难道是妈妈?还是我看错了?我揉揉眼睛，啊!不是幻觉，真的是妈妈!在这激动人心的时刻，我却没有像大家想的那样，也不知出于什么心理，我像平时一样淡淡地说:“我们待会儿上山散步吧。”就去换衣服了。不一会儿，我们就到了我天天和爷爷爬的那座山。我脸上很平静，心却跳得厉害。“你看那儿——一只特大号蚂蚁!”我顺着妈妈指的方向，哇!好大的一只蚂蚁!个头有妈妈的一个小指头那么大!我像是得了解药一样，回过神来，抱住妈妈。

我和妈妈逗着蚂蚁玩，发出开心的笑声，这笑声回荡在山间……

这是云瀚三年级时写的一篇作文。林雪燕是在废纸篓发现的。这篇文章老师给打了满分。儿子的文章勾起了林雪燕酸楚的回忆。

三个月，不，实际上是整整三年。

其实婆婆老早就想带云瀚回老家了，断奶之后就提出，林雪燕不肯，又拖了两年，这两年也是艰难，三代人挤一间小屋，奶奶牢骚满腹，一不高兴就嚷着“回去”，到最后，她的身体也造起反来，水土不服日趋严重，不能吃这里的菜，饭量也有所减少，发展到最后，只吃药不吃饭。周志诚最后下了决心送母亲和儿子回老家，那当儿也是他自己面临人生抉择，要不在单位继续干下去，要不自己开公司。周志诚选择了后者。哪个来深圳的人不想自己当老板发财呢？周志诚一向野心勃勃，穷是要被人看不起的。在深圳，这个唯利是图的地方，发财是硬道理。

林雪燕只得忍痛和云瀚离别。有整整一个月的时间，林雪燕都处于失魂落魄的恍惚状态，她在醒来的早上，一拿起电话，眼泪就扑簌簌流下来，电话那头，她能听见儿子的声音，仿佛感应一般，不管多早只要她来电，儿子就会醒。婆婆不让她老打，说浪费钱，还引得孩子哭。后来她再打，奶奶就说云瀚在玩，不接电话了。

看来儿子在那边已适应了，林雪燕慢慢地也断了念想，集中精力投入工作中。她原本就是好强的人，儿子不在身边，更加一心一意地卖力干活。由于工作出色，终于进了户口，两年后调到集团公司企业文化部，专搞文案策划、企业宣传，兼编撰内刊。

三年，在深圳，往往能创造一个传奇。有人一夜暴富，有人倾家荡产；有人高楼大厦，有人露宿街头。

周志诚和林雪燕的故事并不新鲜，在这个充满传奇的地方，他们不过是极其平凡的一对。

三年，他们在深圳站稳了脚跟，买了新房，也有了车。

7

废纸篓是林雪燕盛怒之下踢翻的。那天晚上，从钢琴老师家回来，林雪燕的脸上铅云密布。老师布置的几个练习曲目，云瀚一个也没弹好，汤老师非常生气，说再过两个月要考级，这样下去，休想通过。汤老师这周没布置新内容，让他继续练习上周布置的内容，必须过关。云瀚低着头，不吭声。这节课，他被从头骂到尾，其实每一节课都少不了骂，区别只在于骂的多少而已，钢琴课对他来说是一种煎熬。余光瞥到母亲凌厉的眼神，像两把飞梭过来的小刀子，剐得人生疼，老师的怒气和妈妈的怒气叠加起来，形成一股强大的气压场，压得人透不过气来。他只想尽快地结束，最好能像奥特曼那样会隐身法立即消失不见才好。

汤老师说，为了确保能过级，他可以来家陪练，考级前的这段时间跟一跟。这孩子看来不盯着不行。

林雪燕答应了，陪练又是一笔开销。

“说吧！还要不要继续学琴？”回家后的审讯开始了。

“要。”云瀚小声地回答。他不能说不要，那样的话，等待的将是更大的训斥。

“还好意思说要，我看你是压根儿不想学了。这一周怎么练的琴？全是唬鬼！我忙，没时间看着你，你就这样不自觉啊！你说你每天都在小房间里做什么？这周的课又白上了！一节课 40 分钟，200 元。从一年级开始，上到现在，花了多少钱！你自己掰着指头算算！”

林雪燕越说越气：“人家王子豪都过了五级，陈鹏也过了四级，你到现在三级都还没过！”

云瀚低着头，这两个人都是他同学，他们都是同一个钢琴老师教，每次都被用来参照对比。可是，他们比他学得早啊。一个四岁就学了，一个五岁，他六岁才开始。

“不错，他们是比你早学一点。但不在早晚，人家多用心！你不是听汤老师说了吗，哪个都比你练琴认真勤奋！你瞧瞧，人家王子豪坐在那里，就像个钢琴小王子，那架势，你怎么就学不来？马上就要考级了，你总得争口气啊！这么不自觉，非得要老师盯着陪吗？又要花钱！”

“我不要老师陪。”云瀚嗫嚅道。

“不要陪，你管得住自己？”不说还好，一说，林雪燕火更大。上一次，他在小房间练琴，林雪燕在电脑上处理加班材料，听得不对劲，跑进去一看，果然一只手在琴键上瞎弹，一只手在下面翻偷偷带进去的漫画书。他总是这样跟大人玩猫捉老鼠的游戏。

云瀚悄悄往自己的房间溜去，他害怕妈妈说着说着会动手，她的声音越来越高，这是要打人的前奏。

“站住！”

云瀚乖乖站住了。

“你给我保证，从现在起好好练琴！”

云瀚没吭声。

“你不说话是不是？那就是不肯好好练咯？行！那就不练了！钢琴也不要了！”儿子不肯示弱的表情激怒了她，林雪燕一下子冲到钢琴边，作势要砸钢琴。云瀚赶紧扑过去，抱住妈妈，他知道钢琴很贵，是他的一件大玩具，当时妈妈买来的时候，他欢喜得不得了。

林雪燕被儿子紧紧抱住动不了，恼羞成怒，飞起一脚，将旁边的废纸篓踢翻。纸屑垃圾散落一地。云瀚惊惧地看着妈妈，眼里闪着泪花。

这样的场景已经上演过不止一回了，林雪燕不由得悲从中来，到底还要不要继续学下去，她有一种深深的无力感。

儿子三年不在身边，她想尽可能地让孩子跟上深圳的节奏，要弥补的实在太多了。他来的时候土里土气，一口江西土话，26个英文字母都认不全。林雪燕给儿子一口气报了好几个兴趣班，美术、书法、英语，本来还要报游泳、滑冰，好在这两样儿子在江西自己学会了。钢琴是林雪燕最在意的，她自己从小爱唱歌，喜欢音乐，苦于家里穷，没得学，现在有条件了，无论如何得让云瀚学。钢琴是音乐之王，可以开发大脑，锻炼意志，修正仪态，深圳许多孩子都在学，云瀚不能落伍，她希望培养出儿子卓越的绅士气质。记得刚买回钢琴的当儿，云瀚的小手在琴键上弹出一串叮咚之声，他开心的笑声还在耳边，那时他是欢喜的。没想到，短短三年不到，钢琴变成如此让人痛苦不堪的东西。

钢琴课对云瀚是煎熬，对她未尝不是，老师批评儿子，等于批评家长，她坐在一旁很尴尬。自从儿子来了之后，她已经把额外的应酬减低到不能再低，可远远不能像别的全职妈妈那样做到全陪。老周当然指望不上，整天扑在厂里，经常回家了，云瀚都睡着了。

累，太累了。累一点其实倒不怕，怕的是看不到希望和收获。云瀚太不听话，不争气了。三年不在身边，的确错失许多。唉，这样辛苦，要不就不学了？省得大家都不开心。刘姐不是说嘛，给孩子多学一样东西，等于给自己多套一样绳索。可是，能不学吗？就一个孩子，辛苦挣钱，不就为他？刘姐不也给她女儿报了小提琴、芭蕾、舞蹈、美术、朗诵等五花八门的课程。她女儿比云瀚大三岁，小提琴已弹到六级了。林雪燕不甘心、更不愿意承认云瀚不是这块料。儿子小时候多聪明，那么有灵气，很早就开口说话，很早就能认阿拉伯数字，会背唐诗，乐感也好，她一唱歌，他就跟着节奏手舞足蹈……唉，怎么现在变得如此顽劣难整，再也不是过去给她带来欢乐和骄傲的宝贝了。

林雪燕整理自己踢翻的垃圾桶，在一堆废纸卷中看到了云瀚的这篇作文。读着读着，眼泪不由自主地流下来。

云瀚在小房已经睡着了，林雪燕良久地坐在他的床边，凝视着他的小脸，这张脸无辜可爱，腮边还有一点泪痕，偶尔抽出一口长气，嘴唇动一动，好像吃了什么东西。林雪燕忍不住把脸贴上去。

“妈妈。”云瀚睁开眼，叫了一声，又睡过去了。他的声音那么亲昵平和，毫无芥蒂，好像之前的怄气全没有发生。林雪燕抚摸着儿子的头，眼睛又湿了。

8

林雪燕经常会重复做一个梦，梦中总是这样的场景：她和云瀚一起走路，走着走着云瀚不见了，到处都找不到，她从梦中着急醒来，发现是梦，那种失而复得的心情真是百感交集。

之所以常做这个噩梦，是一次经历留下的后遗症。那年云瀚过 10 岁生日，林雪燕和老周带他去香港迪士尼乐园玩，正是万圣节，地方虽不算大，但人特多。古木参天，鸟语花香，各种大型游乐设施，仿佛进了童话世界。老周拿着导游图一边看一边指引，云瀚逮着什么玩什么，兴奋得要命，和米奇合影，骑旋转木马，看3D电影，“飞越太空山”，接着“巴斯光年星际历险”，玩得灵魂都出窍，在江西他从没见过这些。下午时分，老周接到一个电话，说工厂有事，不得不提前返深。林雪燕只得一个人领着云瀚继续玩，寸步不离地跟着，人太多，她必须确保儿子在自己的视野之内。一天下来，累得够呛。出来时，天已经黑了，香港的夜盛大而繁华。好容易出来一趟，林雪燕想顺便给自己买点化妆品，正好看到马路对面有一个莎莎店，就领着云瀚过去，让他在门口等她。小小的店里挤满了人，香港哪儿哪儿都是人，林雪燕在里面挑选，化着精致妆容的店员用港版普通话不厌其烦地给她推荐着新产品。等林雪燕买好东西，发现云瀚不见了。林雪燕瞬间慌神，化妆品放在台上也不要了，冲着门外大声呼喊，潮水一样一堆一堆的人，不见那个小小的身影，林雪燕当场哭了起来，一边哭一边朝前奔去，四面八方，云瀚会走哪一条路？他没有手机，她的手机也没开通香港信号，即便他有机会给她电话，到哪儿找她呢？他会不会遭黑社会绑架？……恐怖的想象令林雪燕浑身发抖，她希望自己像孙悟空一样吹一根毫毛，有万千个自己出来布在每个路口，她害怕自己南辕北辙越找越远，却也无法做到原地安然不动。只凭着本能往前冲，也不顾周围人投过来的异样眼神。香港人个个行色匆匆，没有人停留下来，也许此地奇怪的人常常有，大家习以为常，也或者把内地人看作异类，不愿碰触。林雪燕左边找了一条街，又折返找右边，不顾红灯跑到马路对面去找。看不见云瀚，林雪燕心直往下沉。她又冲回莎莎店，突然间，在收银台边，看见云瀚正可怜巴巴地站在那里。林雪燕一把扑过去，把云瀚紧紧抱在怀里，腿肚发软，带着哭音道：“你到哪儿去了？要把我吓死啊？”店员小姐夹着白话说：“呢个係你个仔啊？他刚才在门口张望，我就猜一定係你仔了，你冲出去化妆品还在哩度。”林雪燕擦着眼泪，连连说谢谢。这些昂贵的化妆品此刻一钱不值。

回去的路上，林雪燕一直紧紧地拽着云瀚的手，云瀚也紧贴着妈妈，刚才惊吓不小，在莎莎店门口，他等妈妈买化妆品，等了一会儿，妈妈没出来，他去旁边的电子产品小店去看，过了一会儿再回莎莎店，没见到妈妈身影，就着急了，要出去找妈妈，那个阿姨说，你妈妈找你去了，你就在这里等，她的东西还在这里。云瀚等了很久，才见到妈妈。

这件事给林雪燕落下的病症就是时不时会做云瀚走散的噩梦。

那天回去后，少不得跟老周吵了一架。

她和云瀚到家，老周还没回来。林雪燕心里有气，不是他在香港撂下他们娘俩，哪会有今天的惊魂？

安顿好云瀚睡觉，林雪燕浑身散了架一般躺在床上。

钥匙开门声，老周回来了。他经常晚归，可是，从没有像今天这样，让林雪燕生气。

“你还晓得回家啊？干脆别回来算了。”

“不回来我去哪儿？你还没睡？”

“云瀚今天差点弄丢了，你知不知道？”林雪燕腾一下坐起来，满面怒容。

“怎么回事？”

林雪燕把经过说了一遍，可是，她无法还原当场的感受，而且最气的是，她无法让老周感受到她的感受。

“谁叫你去买化妆品呢！”

他只会指责她，林雪燕很气：“我买化妆品犯法了吗？我可曾有时间逛过商场？同事们动不动就来香港购物，买化妆品衣服，我好不容易来一趟，还说我？讲好今天陪云瀚去迪士尼的，你倒好，中途跑了，把我们丢下！有你这样当爸爸的吗？你自己说说，云瀚长这么大，你陪他玩过几回？”

“唉，我不也是没办法吗？今天的确是计划好好陪儿子玩一玩的，否则我也不会跟你们去香港了。谁知道厂里有事呢。”

“有事，有事，你哪一天没事？”

“做的一批产品出了问题，给退了回来，我要是不回去处理，麻烦大了，客户得罪不起。”

周志诚说毕，脸色严峻，进了浴室冲凉去了。

林雪燕仰面躺在床上，望着天花板，深深叹了口气。

第三章

1

天蒙蒙亮，春谷还在沉睡着，没有风，白天的酷热经过一夜的沉淀，渐渐遁消了踪影。马路是铅灰色的，比白天显得宽广悠远。朝阳还没升起，这是一天中最清凉的时分，短暂而又迷人，就像昙花，惊鸿一现，让你想抓都抓不住。大多数人还在梦里，在梦的边缘。

焦海棠起得早，她踩着紫色女式自行车，深吸了两口气，然后使劲一蹬向小城的北郊骑去。作为供水公司女工，抄水表是她每月要完成的最主要任务。夏天热，焦海棠想趁太阳出山之前把水表抄完。

她跑的是城郊，路远，早上没什么人，单车骑得飞快，风在耳边呼呼作响。

郊区住户散乱，也荒凉。一些田埂路有牲畜踏过的深深浅浅的痕迹，农田荒草相杂其间。车子不好骑了，焦海棠干脆下来推着走，天还早，只有夏虫寂静的鸣叫。人们多半还没起来，大门无声无息地闭着。焦海棠挨家逐户打开那些生了锈的水表，仔细辨认、抄下上面的数字，然后再往人家门缝里塞进水费单。不少人家的水表藏在草丛里，她像工兵找地雷一样小心翼翼地勘探着，冷不防就会被草底下覆盖的水坑沾了一腿的泥水点。抄水表是个脏活儿。这户人家水表锁在大铁门院子里面，焦海棠只好大声敲门，“抄水表——抄水表——”喊了几嗓子。一条狗被惊动了，十分警惕地冲她“汪汪”直叫，焦海棠吓坏了，她怕狗，偏偏郊区许多人家爱养这种凶神恶煞身大力魁的狗。

“我是来抄水表的。”焦海棠一边避让，一边对狗解释，她希望狗放心，不要把她当成冒犯主人家的坏人。狗并不领会她的意思，叫得更凶。焦海棠花容失色，都快哭了，幸亏及时出来了一个老头，将狗唤回。

每个月总要这么担惊受怕几回，以前焦海棠在城里抄，路近，好一点。后来张经理来了，把她和陈凤娇对换，陈凤娇抄城里，她抄城外。张经理和陈凤娇相好。和焦海棠一起进来的那一拨女工，本事大的，坐办公室，开空调聊天，只有初中学历的李丽，因为嫁得好，老公在政府上班，就被安排管记账的活儿。焦海棠虽是高中毕业生，在这儿学历算高的，却也只能抄水表。当初她是县一把手批的条，领导以为她来头很大，一开始对她态度客气，后来搞清了底细，家里并无后台，父亲不过是个没落戏子，走了狗屎运，也就不把她当回事了。

每个月抄水表的那几天，就跟焦海棠做姑娘时痛经一样，总要让她难受一下。当然，过了那几天也就好了。总体来说，自来水公司算是个不错的单位，能进来已属万幸，否则跟柯大为一样，两个人都没稳定职业，多可怕。得感谢妈给书记磕的头，感谢爸一辈子戏没白唱。

那一片住宅终于抄完了，天已大亮，一看手表，8 点了。估计童童还没起床。放假，小孩子醒得晚。焦海棠去菜市顺便给童童带回早点，他喜欢吃邱师傅家的包子。快到门口时，焦海棠从斜挎的小包包里掏出一把小塑料梳，把贴在头上汗湿的头发散下，刮了两刮，重新扎起。一早上跑了三个小时，腿都软了，脚底也磨出泡，一走路生疼。身上也湿答答的，焦海棠用纸巾擦着头和脖子上的汗。

“抄完了？还没吃饭吧?”邱师傅从店里走出来。

“再不完，我就完了!”焦海棠把自行车停好，走进门里，一屁股坐下，长长舒了口气，用手扇着风。

邱师傅将电风扇开到大挡，盛了一碗稀饭和一盘小笼包，递到她面前。焦海棠会心一笑，一边喝着稀饭，一边吹着风。邱师傅脖子上搭着一条毛巾，看着她吃，偶尔招呼一下别的客人。早餐高峰期已过，他差不多快忙完了。开早点铺的，就图个早上，三四点起床，揉面，和馅，包饺子，蒸馒头。抄水表的这几天，焦海棠怕自己早上起不来，跟邱师傅打了招呼，叫他早上给自己打电话，当闹铃。

两人去年在春风棋牌室认识的，焦海棠是那里的常客，有固定几个牌搭子。那一次来了个新人，就是邱师傅。邱师傅爱碰对子，焦海棠跟在后面吃了不少牌。

“你这么爱对牌?”焦海棠眉开眼笑。

“是啊，我喜欢碰对子，见到对子就走不动路了。”邱师傅声音含着笑意，他嘴角下生着米粒大小的梨窝，说话总像带笑，原来男人长梨窝也很有魅力的。

那天焦海棠运气还是不太好，老输，邱师傅也一样。坐在对面的张红霞说焦海棠今天赌场失意，马上情场要得意了。也不知她是开玩笑有口无心，还是眼睛毒，看出点什么来。

打了几回麻将，两人熟了，邱师傅就常来焦海棠家玩。那会儿，父母家正在拆迁，老两口在南门大桥下租了一间小平房，焦海棠则在东门和平旅社旁边租了间小屋，带儿子住里面。柯大为那会儿在外面给一家运输公司跑营运，不怎么在家。

邱师傅是弋江人，在春谷初来乍到，没什么朋友，认识焦海棠之后，常找她聊天。邱师傅说，打麻将其实和人生差不多，运气相当重要。有的人牌好得不得了，能成很多牌，可就是不开，有的人只有一个机会，偏偏就得到了。人生也是这样。

邱师傅的话说到焦海棠心坎上了。她不由得拿自己作比，远的像林雪燕就不说了，近的如李丽、陈凤娇，还有麻友于淼等，相貌学历哪个比自己强呢？可她们活得全比自己好，衣服左一套右一套，打麻将，手伸出来都是亮赤赤的金银珠宝。只有她，到现在连个安乐窝都没有。这不是命吗？跟麻将一样，起手的牌并不坏，可就是不开牌。

邱师傅说，人比人气死人，要想开些。他说自己曾在市纺织厂工作，做过团支部书记、工会主席，到处跑，吃香喝辣，什么世面没见过，还被单位选派到大学进修。那年，市里招干，他差点要走，老婆不让，没想到后来纺织厂说倒就倒了。只好自谋出路，在弋江不好意思待，跑到春谷来开包子店。本来有一手好牌，出坏了张子，这不也是命吗？“不要泄气，不到最后，谁也难说自己没有翻盘的机会。”

不愧是做过团支书的人，挺会开导人的。焦海棠对邱师傅蛮佩服，觉得他有学问，也会体贴照顾别人，不像柯大为好高骛远。说起柯大为，焦海棠没少怄气。下岗之后，这个不愿做，那个不愿做。开摩托亏本，开小店亏本，东晃荡西晃荡，搞得家里一穷二白，前年花钱考了驾照，想自己买车开出租，后来实在买不起，才找了个运输公司去打工。东奔西跑的，这些年眼见着他钱只出不进，焦海棠愁得白头发都长出来了。她一个月 600 元钱，不够开销，童童上初中了，花费越来越大。生活捉襟见肘，每每看到李丽、陈凤娇炫耀自己的新衣服、新包包、新首饰，都有说不出的羡慕嫉妒恨。她们也经常来棋牌室，唉，那儿赌的不仅是麻将输赢，也是人生输赢，还是个大秀场，她们晒美丽，晒富贵，晒恩爱。有时候，焦海棠真不想去棋牌室了，免得受刺激，可是，又管不住自己，麻将就像鸦片，让人上瘾，也让人忘忧。毕竟那里的乐趣还是多的，三教九流的人都有。为了吸引来宾，棋牌室一日三餐在里面开伙，供玩牌的人吃，吃了人家的饭，就不好意思走了，留在里面继续打。有的一家子几个都来，棋牌室成了他们另外的一个家，吃喝拉撒都在里面。建筑社的赵奶奶给自己算了一笔账，她一年输了 3000 元，但是，想一想，在里面吃了一年，也差不多了。为了招徕生意，有的棋牌室还搞一些大酬宾活动，比如送客人两刀卫生纸、一块肥皂什么的。总的来说，棋牌室还是焦海棠愿意光顾的地方。

棋牌室里认识了邱师傅，焦海棠的生活有了某种不同。

2

张红霞说，女人有一样东西最值钱，也最不值钱，别把自己当个宝。张红霞有着放浪的声名。小时候，她是父母教育焦海棠的反面教材，这个比焦海棠大两岁的邻居，自小就是个太妹，成绩一塌糊涂，初中就跟男生鬼混，纯洁的小伙伴们都敬而远之。后来，张红霞结了婚，不安于现状，去沿海某城市待了几年，也没搞到啥钱，只带了部电话机凯旋。她举止打扮十分前卫，涂鲜艳的口红，化烟熏眼妆，抽烟喝酒，无所顾忌。她老公熊卫东，也没个正经职业，爱赌又酗酒，喝醉了，就打她，骂她烂婊子。有时半夜都能听到张红霞家传来杀猪般的号叫。张红霞到底不堪忍受，离了婚，女儿扔给寡居的奶奶，自己倒过起自在日子来。张红霞长得漂亮，又风骚。男人见她，如蚊子闻血，都想叮一口。春风棋牌室就是她的小男朋友郑三子开的，钱也不一定挣很多，却像供奶奶一样，紧着张红霞吃穿。

“好花不常开，好景不常在……”张红霞最爱唱邓丽君的歌，配着那血红的嘴唇，一股子妖魅之气。她泡歌厅，时常约焦海棠一起 K 歌，都是男人买单，她男朋友众多，且有本事间错开来，不撞车。焦海棠不由得对她刮目相看，和自己曾经瞧不上的人玩到一起，也是料想不到。从前的爱憎以及道德观念在这个巨变的世界面前发生了天翻地覆的变化和逆转。

比起那些道貌岸然的人，焦海棠觉得张红霞起码活得真实坦荡不虚伪，虽然也穷，却我行我素，开心潇洒，她说像她们这样的人，这个世上唯一能支配的、属于自己的就是身体，她说得坦荡无邪。跟张红霞在一起，焦海棠也学会了喝酒。焦海棠其实并没什么酒量，喝酒实打实的，不像张红霞会赖酒、装疯。因此，哪怕啤酒，她也能醉倒。

有一次晚上打麻将焦海棠抄近道回家，一不小心，路边的沙子打滑，摔了个大马趴，正好邱师傅在后面看见了，赶紧把她扶起来，膝盖手掌都破了，还沾了许多沙子。焦海棠疼得龇牙咧嘴。邱师傅扶她去了大药房，买了消毒碘酒、创可贴、棉签，替她涂抹上药。他细心地将每一粒沙子清干净，还怕她疼似的，用嘴对着轻轻哈气。焦海棠不由得一阵感动，这么细心的男人她还是第一次遇见。这以后邱师傅就成了她的护花使者了。

有一次邱师傅请客，焦海棠喝醉了。

事后，焦海棠很后悔，难受了好一阵子，仿佛某种宝贵的东西丢失了，她发誓以后再不了。可是，这事儿一旦开了头，就好像城门失守，要关紧就比较困难了。

她觉得自己不再有颜面了，堕落了。然而，面子这种东西，你越看重就越受它束缚，一旦不看重，反倒豁然开朗了。就好比唱歌，自从八岁唱歌被父亲剧团的女演员笑话，就再也没唱过歌了，是张红霞让她重新开了口。当焦海棠喉咙发出第一声，她感到一种从未有过的解放和轻松，仿佛什么东西被打开了。焦海棠唱歌的时候，别人都停下来，听她唱，不是她唱功太好，而是她走音太厉害，别人实在没法跟，只有乖乖听她唱完。现在的她，不介意别人的眼光了，也不怕大家笑话，她唱她的，有一种旁若无人的快乐。

“昨天怎么样？赢了还是输了？”焦海棠吃完一个包子，问邱师傅，她这两天抄水表，没去棋牌室。

“输了。”

“臭！”

“这两天连着输。”

“手气不好，就避过这阵风呗。”

“妈的，早上累得哼，晚上带人分。”（方言，意思是早上干活很累，晚上打麻将，钱都给人分去了。）邱师傅自嘲道。

焦海棠笑道：“谁叫你打麻将？活该！”

“不打牌又能干什么？”

焦海棠没接邱师傅的眼神，吃罢早餐，给童童打了个包，蹬着车赶回家。

童童已经起床了，正在刷牙。

焦海棠把包子放在桌上，又从冰箱里拿出一盒纸装的牛奶。儿子个头快超过她了，正在长身体，特别能吃。焦海棠每次批发买牛奶，一大盒 18 小袋，不到 10 天就能喝完，每个月光喝奶就要花上百元。这个钱是省不掉的。李丽说她儿子牛奶就当水喝呢，她儿子跟童童一样大，长得比童童高壮。这让焦海棠一想起来就揪心。

都怪童童小时候爱生病，底子弄薄了。

满月之后的肠炎开了个坏头，以后隔三岔五地就往医院跑，成了医院常客。不知道别人家孩子怎么带的，童童稍微有点风吹草动就感冒发烧咳嗽，搞得焦海棠都成了半个医生，只要她手往童童额头上一放，大家都紧张，因为她总能先于别人发现不良的苗头。那些药名、剂量，她也了如指掌。童童一生病，家里就鸡犬不宁，大人们互相埋怨争吵，治病的对策也不统一，是吃药还是打针、去哪家医院等，争得不可开交。人家感冒发烧，通常吃吃药也就好了，而童童一般不打针就拿不下来。

七岁那年，童童发烧，40 度，在春谷吊了两天水，烧没退，一直昏昏沉沉。医生害怕是脑膜炎，让他转院。焦海棠和柯大为连夜赶到弋江大医院，挂急诊。抽血化验，焦海棠从没见过抽血竟然从大腿根部，医生说要抽动脉血做血气分析。无法用语言形容焦海棠那时的心情，她担心童童养不活。在弋江医院住了七天院，有三天是在过道加床，都没怎么合眼睡觉，还好诊断并不是脑膜炎。烧退了以后，焦海棠一颗心才放下了，也能吃下去一口饭了。她在医院打两份盒饭，一份给儿子，一份和柯大为分着吃。

一场病花了他们不少钱。她一直记得那个夏天，她和柯大为在医院脏兮兮的垃圾桶边分吃一份盒饭的情形。

唉，养大一个孩子不容易。好在马上念中学了，身体也好起来，得加强营养，把过去的亏空给补回来。

童童在吃包子，油汪汪的肉馅吃得很香，油都从嘴角边溢出来，焦海棠递了张纸巾给他擦去。

“吃完饭写作业，不能老看电视，下学期就念初中了，学习一定不能放松。妈妈这辈子就指望你争气。”这些天放假，童童电视机前待得有点多。

“知道了。”

焦海棠接了一桶水，把拖把浸湿，再拧得干干的，开始拖地。

“妈妈，你歇会儿吧。”童童很懂事，知道她刚抄完水表。

“妈妈不累，这地几天没拖了。”哪怕住这么个破房子，也要搞干净。这方面焦海棠洁癖得近乎强迫症了，举个例子，比如她躺床上，如果一睁眼，发现书架上一本书歪斜了，哪怕再困，也一定要爬起来，把它扶正才能安心睡。童童讲究卫生的习惯也是给妈妈逼出来的，他吃零食绝不撒一地，自己的小书桌也收拾得整整齐齐，不像别的孩子那样，乱七八糟。

“赵老师家开始办英语补习班，要不要报个名?”别的能省，学习的钱不能省。

“我不报，她补的是小学的，没用。”他倒这么清楚。

“那你自己把初中的书预习预习。”

童童点点头，把书包拿出来，开始做作业。焦海棠给他买了几本初中的复习资料，又找人借了一套初一的书。童童学习还是蛮自觉的，这让焦海棠深感欣慰。平时的教导没有白费。童童小小年纪就知道，家里穷，他唯一的出路就是把学习搞好。

“妈妈，陆超买了辆新单车，变速的。”

“多少钱啊？”

“一千。”童童吐出这两个字，伸伸舌头。

焦海棠知道儿子一直也想买辆新单车，要上中学了，学校离家有好一段路。焦海棠曾说要把自己的单车给儿子用，童童心里老大不愿意，嫌她车旧，还是女式的。

12 岁的儿子已经懂得讲究，焦海棠是个好强的人，她尤其不想委屈儿子。只是，一千，也太贵了，一个月的工资都打不下。

“等你爸下一趟回来，赚了钱再说，好吧？”

“爸什么时候回啊？”

“说好这几天回的，昨天又打电话，说运输队最近忙，要加班运货。”焦海棠叹了口气，柯大为在外面也辛苦，世间的财不好挣啊！

3

邱师傅来了，提着一捆菜。

“妈妈，‘田螺先生’来了。”童童叫了一声。

这雅号源于邱师傅的勤快，他经常过来学雷锋做好事帮忙家务。邱师傅不仅包子做得好，菜也烧得一流，据他吹牛，有次去饭店吃饭，嫌人家烧得不好吃，就自己动起手来，结果饭店要高薪聘他当大厨。邱师傅说，以前在厂里出去吃得多，摸出道道了，爱吃的人爱做。现在一个人在春谷，烧了也无趣，于是就到焦海棠这儿来展示厨艺。

焦海棠爱干净，但怕烧锅，以前在太平镇，柯大为烧得多，回春谷，跟父母住一起，也是吃现成的。现在邱师傅来了，乐意烧锅，还经常自带菜蔬，最可贵的是，他烧好了，自己还常不吃就走了，说店里还有许多剩余的包子，不吃第二天就坏了。焦海棠和童童叫他田螺先生。

“今天烧个田鸡给你们吃。”邱师傅走到锅灶边，屋子很小，锅灶在外边的小耳房。邱师傅怕油烟呛到里面，把门带上，一个人在那边忙活。焦海棠不时打打下手。童童在房里写作业，好像一家三口的样子。她不知道别人有没有议论，也管不了那么多了，她需要钱，需要爱，这个男人填补了这一块，她也许跟张红霞一样，变成别人眼里下贱的女人，可她有时想，对她好的人，她拿什么回报呢？她又有什么呢？如果身体还能让喜欢她的人喜欢，她又何必小气？她现在对这个身体并不看重。即使自己清清白白，别人也一样会议论，算命的曾说她长了一张桃花脸。有一次，走大街上，一个女人扑上来，上去就抓破了她的脸，惹来一圈人围观。那女人是木匠老婆，原来那阵子木匠在焦家打纱门纱窗，他老婆不知怎么捕风捉影，怀疑焦海棠勾引她老公。焦海棠气呆了，忘了还口和还手，还是旁人拉开的。木匠后来赔礼，说他女人有神经病。焦海棠气得一天吃不下饭，让柯大为去教训那女人，柯大为却息事宁人地说算了，人家神经病，有啥好计较的，苍蝇不叮无缝的蛋，言下之意焦海棠有责任。为此焦海棠很是生了丈夫一回气。在她和邱师傅还没有什么的时候，许多人看她的眼神就认定她有什么。焦海棠现在反倒不在乎了，既然你们说有，那就有吧。这年头，你没钱，人会耻笑你；你贞洁，没人给你立牌坊。她焦海棠一不偷，二不抢，人家男人要献殷勤，愿意给她烧饭，帮衬她，爱嚼舌就嚼去吧。

焦海棠走到外边，见邱师傅满头大汗，脖子上挂着毛巾，不时拿起来擦一把。田鸡已经洗好，他用剪子把它们剪成一块块的，冷不防剪破了手。殷红的血汩汩地冒出来。焦海棠赶紧找来创可贴，给他贴上。“怎么这么不当心哪？”

“看错了，把手当成青蛙腿，娘的。”

“什么眼神啊！那你歇会儿吧，我来烧。”

“不妨事。”

邱师傅带伤烧好了菜，用毛巾擦了把汗：“下午要回一趟弋江。”

“干吗？想老婆了？”

“儿子要开家长会。”

“不是还在暑假吗？”

“下学期升高二。马上要开始补课了。”

“哦，那店子怎么办？”

“让小二顶两天。”

“我去买瓶啤酒来。”焦海棠跑到隔壁小商店，提了两瓶冰镇啤酒来。

“一瓶就行了。”

“我也喝点。”

桌上一盘炒田鸡、一盘茭白肉丝、一个凉拌皮蛋豆腐，还有一碗丝瓜蛋汤，色香诱人。

“田鸡是保护动物哦。”童童流着口水，不忍下手。

“没事，要赖就赖那卖的。”邱师傅给童童夹了一筷子。

“没有买卖就没有伤害。”

“嘿嘿，童童懂得多啊！来，吃吧。”

童童的环保意识被诱人的香味打败了。

邱师傅喝了一大口啤酒：“冰，爽！”

焦海棠也喝了一大口。

菜吃得七七八八。“唉，我这么能吃，是不是又长胖了？”喝了酒的焦海棠面色酡红。

“胖点好。”邱师傅笑嘻嘻地看着她。

“胡说！我要减肥。”

“吃完饭才说减肥，没诚意。”

“谁叫你菜烧得那么好吃。”

“怪我咯？”

焦海棠眯了眯眼，叹了口气。

吃罢饭，焦海棠洗碗，童童缠着邱师傅，要他猜字。邱师傅有一样绝活，会猜字，不管谁在纸上写一个字，捏成一团，叫他猜，他捏啊、揉啊，一猜一个准，人人称奇。这事儿曾惊动了电视台，要采访他，他拒绝了。焦海棠问他为什么不接受采访，上电视就成了名人了，成了名人就有钱了。邱师傅说，他可不想抛头露面，那些话筒啊，摄像啊，一对着他，就不行了。这项绝活邱师傅轻易不使出来，他说很费功力，给母子俩表演过几回，每次猜完，焦海棠发现他脸色煞白，坐的椅子也会被汗洇湿，果然是消耗巨大。

“邱伯伯手切破了，不能猜。”焦海棠制止了童童。

歇了一会儿，焦海棠送邱师傅出去，顺便去棋牌室打麻将。水表抄完了，下午没事。童童在家学习，不用烦神。

棋牌室正好三缺一，焦海棠来得及时。张红霞今天没上桌子，在里面殷勤服务，行使着老板娘的职责，端茶兑水。她身着黑色 V 领弹力紧身丝光棉 T 恤，牛仔短裤，头发盘得高高的，鬓角垂下一两缕卷曲的发丝，所到之处，一阵香风，胸前二物颤颤巍巍。难怪郑三子沉迷其中不能自拔，张红霞对带动棋牌室人气有贡献。那些来消遣的人，即使吃不上豆腐，饱饱眼福，过过嘴瘾也是快乐的。

“拜托，张大奶奶，你这样子晃来晃去，老夫都打不下去了，光顾着看你了。”年过半百的李光头说道，他又输了。

“闭嘴！调戏老板娘，胆子不小。”坐在对面的徐九经道。

“能和张大奶奶睡一觉，死了都值。”李光头涎着脸对走过来的张红霞说道。张红霞抬手就给了他一掌，掌在额头上，既有教训，也有撒娇的意思。

大家更来劲了。徐九经又开起焦海棠的玩笑，问：“邱老板没来？”

焦海棠回了一个白眼。

4

打麻将时间过得快，几圈下来，就到了吃晚饭的光景了。郑三子请的厨娘已经烧好饭了，招呼大家去吃，吃完晚上继续开场。焦海棠瞧了一眼矮桌上的饭菜，黑乎乎的梅菜烧五花肉、青椒炒豆干、青菜豆腐，还有腌的小鱼干、咸菜。不值什么钱，但看上去很下饭，大家一起吃起来更香，打麻将其实也是过一种集体生活，张弛有度，劳逸结合，乐趣都在其中。焦海棠吞了一下口水，抑制住肚子里蠢蠢欲动的馋虫，怎么饿得这么快呀？焦海棠有点痛恨自己的好胃口，照这么下去，真要发胖了，那可是爱美的她不能容忍的。

麻友们就像在家里一样，纷纷起身去拿碗盛饭，搬个小凳子坐一溜儿，边吃边聊。也有的回家吃去了。这些牌友天天到棋牌室报到，比上班还守时，不过根据个人时间，有的上白班，有的上晚班。焦海棠今天上的是下午班。

“不在这儿吃了？”张红霞问。

“去我妈家。”

“好吧，又有油水捞了。晚上去阿波罗 K 歌，去不？我叫你啊。”

“你这里走得开？”

“一会儿郑三子就回来。”

“那好，到时你给我电话。”

出了棋牌室，外面一股热浪扑过来，今年热的时间够长，从出了梅开始，一直热到现在，都快立秋了。

焦海棠径直朝大桥那边走去，和童童说好的，让他写完作业直接去外婆那里吃晚饭。今天他们煲了老鸭汤，叫娘儿俩过去吃。

南门外也到处有拆迁，过了大桥，穿过一条里弄，母亲租的房子就到了。这里比焦海棠租的还要破旧，连水泥地都没有，黑黝黝的泥土路，被鞋子踩得发亮，老两口已经住了半年了。

“怎么才来？童童没和你一起？”宋来香问道。

其实才 6 点，但宋来香是个早惯了的人，通常 5 点半就开饭了。他们休息得也早，住一块的时候，常因生物钟不同，焦海棠总要被唠叨。

“打麻将去了吧？瘾这么大，一天都不能歇。这大热天的，在家陪陪童童不好吗？你以为打麻将能发财？别到时亏得连裤子都没得穿。”母亲看不惯焦海棠一天到晚泡棋牌室。

“谁指望打麻将发财了？不过消遣消遣，不然你叫我干吗呢？童童自觉，他才不需要我陪。”

焦海棠没好气，母亲总爱管人，她又不是小孩。这母女俩爱犯冲，不在一起互相惦记，在一起又容易起呛。

正说着，童童来了。

母女俩即刻都换上笑脸迎了上去。

“刚经过自行车店，我看到陆超的那种车了。”童童满脸羡慕地对着妈妈说。

“陆超什么车？”宋来香问。

“变速山地车。”

“多少钱？”

“一千。”

“乖乖隆地咚，一辆自行车要那么贵！”外婆直摇头。

“那是山地车，变速的。”童童解释。

“陆超爸爸做生意，家里有钱！你可不要跟他比！”宋来香对童童说道。

童童眼里的小火苗瞬间暗淡下来，焦海棠心里有点刺痛，仿佛看见儿子在车铺里念念不忘的样子。“别急，等爸爸回来，我们一起去看看。”

宋来香不以为然地撇撇嘴，想说什么，终于又忍住了。

“开饭了！”焦天白端了一锅香喷喷的老鸭汤上来。他佝着背，白色圆领老头衫被汗洇湿了一大片，小拇指不自觉地翘着，多年舞台习惯，改不掉。当年英俊的小生成了头发花白的老柴翁，他应该在戏台上羽扇纶巾的呀。焦海棠想，她要是有钱，就帮父母请个保姆，住宽敞的大房子，父亲照常唱他的戏，戏院没得唱，就在家里搭台子唱。唉，钱！钱！钱！什么都得要钱。

“再过几个月，我们就搬回新房子了。”宋来香说，“今天跟你爸又去看了下装修市场。”

“不是装修队统一装吗？”

“是统一装啊，我们想省一点，有些材料不要那么贵的，这房子花了不少钱了，拆迁费都搭进去，也还不够。”

“不要省，既然装就弄好一点。”

“说得轻松，哪有那么多钱？你弟弟还贴了 1 万，我哪敢要他的钱？他还没成家。将来自己还要买房子呢。”

焦海棠心情越发烦闷起来，刚才打麻将赢了 200 元的喜悦一扫而光，什么都帮不到父母，还要靠着他们。

“等柯大为回来，你叫他过去新房子看看线路、开关，我打算每个房间装一顶吊扇。”

“嗯。”焦海棠都不好意思提装空调，没钱，说了也是空话。

5

吃罢晚饭，沿着南门河畔朝家走。大桥上的霓虹灯都亮了起来，春谷最近在搞灯光工程，夜色中的大桥，远望像一道彩虹，下面的水被灯光映照着，波光荡漾，有种迷离的感觉，是白天所没有的景致。

这条河，这座桥，她走了几十年，几十年就这么过去了，真快啊！

河两岸竖起了许多新建筑，新楼盘，可是那密匝匝的房子却没有一间是她的。

手机响了起来，张红霞打来的，她在阿波罗，让她过去。

将童童送回家，他白天写了许多作业，晚上可以看会儿电视了。

“不要离得太近，小心近视。”

“知道了。”

“图书馆借的《小王子》可以看一看。”焦海棠也没看过这书，只听人说好。

“知道了。”

安顿好童童，焦海棠洗了把脸，抹了点脂粉，出了门。

阿波罗在春谷城中心井字地带，就是曾经的大戏院边上，灯火璀璨，一到晚上很是热闹。

焦海棠找到指定的那个大包间，里面有不少人，除了张红霞和大胖子徐律师，其余都不认识。一个中年男人正和一个穿红裙子的年轻女人对唱《敖包相会》，其余的人，有的坐着喝啤酒，有的站着跳舞。张红霞也在跳，被另一个大胖子搂着，肚子都连一起去了。

一见焦海棠过来，徐律师便站起来，拉开跳舞的架势，邀请她入池。

“我先喝口水啊。”焦海棠笑道。

“来来来，喝这个。”徐律师递了瓶冰啤酒。

焦海棠喝了一口，就跟徐律师跳了起来。焦海棠唱歌不行，舞跳得好。徐律师是一次饭局中认识的，喜欢和焦海棠搭舞，他社交多，三教九流都认识，经常有酒局应酬，好吃好喝都喜欢叫她。男人有个随叫随到的红粉知己脸上有光。对焦海棠来说，免费的吃喝不要白不要。

一曲下来，那个红裙子的小姑娘霸着麦克风，又接着唱第二首《月亮之上》：“我在仰望，月亮之上，有多少梦想在自由地飞翔，昨日遗忘，风干了忧伤，我要和你重逢在那苍茫的路上……”红衣女歌喉惊人，大家都忍不住喝彩，拍手叫好。

焦海棠问徐律师，这女的是谁。徐律师头凑过来，悄声道，原来是电视台的播音员，被副县长看中，副县长倒台后，女的混不下去，调到省里。现在是回家探亲，正好有省里来的人，就一起过来了。

难怪嗓音那么好，还有一股高高在上瞧不起别人的落难公主的清高气质。焦海棠今天路走多了，脚疼，不想跳舞，就跑去点歌机边选歌。前边已经排了好多歌了，红衣女唱完，张红霞唱，她嗓子有点哑，模仿的是梅艳芳。唱完之后，又有男的接着和红衣女对唱。焦海棠将自己的歌插了队。

电视画面打出四个字《香水有毒》，这是焦海棠新近学会的一首歌。

我曾爱过这样一个男人，他说我是世上最美的女人，我为他保留着那一份天真，关上爱别人的门，也是这个被我深爱的男人，把我变成世上最笨的女人……

这首柔美的歌被焦海棠唱得曲不成调，大家连舞都没法跳了，几个没见过焦海棠的人都惊讶地笑了，红衣女更是嘴角朝下，露出一股不屑的鄙厌，太自不量力了，这样的嗓子还好意思插队。只有徐律师笑嘻嘻地鼓掌道：“唱得好，有进步！”

焦海棠不管不顾，唱得很投入，歌声里，她想着，柯大为该回来了吧？他身上不会有别人的香水味吧？

6

立秋那天下午，天空很稀罕地打了一声干雷，春谷所有人都听到了，抬头看天，原先一直白花花的天发黄了，“人黄有病，天黄有雨”。这个夏天热够了，快落雨吧。

“正月水满塘，四月草头黄。二月干一干，三月宽一宽。立夏小满正栽秧。立秋下雨人欢乐，处暑下雨万人愁。”

焦海棠想起小时候背过的天气谚语，记不全了，只想起这么几句。

傍晚时分，一阵大风吹来，雨就哗哗地下起来。焦海棠从单位出来，没带伞，紧赶慢赶往家跑，还是被雨劈面淋了一身。一立秋，风和雨给人的感觉立马不同，打在身上特别清凉，焦海棠平脚掌，跑不快，干脆就不跑了，雨下大了，像千万条银丝从天空抛将下来，织成一张密密麻麻的大网。大街上熙熙攘攘的人一下子不见了踪影，平时在外面拉着板车摆摊的小贩也早收了家伙。焦海棠就近在工行门口的屋檐下避雨，两座石狮子威猛地蹲在前面，任大雨鞭挞着大地。

柯大为说今天回家的，到现在没来电话，也不知到家了没？电话也打不通，焦海棠不免心下焦急。

待了一会儿，雨势不减，只得又冲进去，赶到家，浑身湿透。童童正站在窗前看雨，见妈妈回来，赶紧开门。柯大为还没有回来。焦海棠用木澡盆放水，洗了澡，又洗了头。租的房子，没有装太阳能热水器，洗澡只能在澡盆里洗。中午在厂附近的理发店洗了头，本来不用再洗了，但淋了生水，不洗不舒服。

用热毛巾擦干身，换了一套白底绿豌豆点绵绸睡裙，头发披散在肩，年前烫过的，不太卷了，她也不护理，洗了之后，才看出卷花来。

“老爸什么时候回来？”童童回到书桌前，一边写字，一边问。

“说是今天啊。这么大雨，唉，真是的！”焦海棠又打了几个电话，还是没有打通，更着急了，烦躁地淘米洗菜。

中午在隔壁饭店里称了板鸭，分了两份，她还做了红烧肉，放小冰柜里存着，现在只要炒个青菜、烧个汤就行了。

柯大为是天黑到家的，一身灰不溜丢的衣服，头发贴在脑门上，像只巨大的落汤鸡，他一回来，就把小屋给填满了。

焦海棠让他赶紧换衣服，别着凉了。柯大为用冷水擦了一把，换了衣，走到童童身边，摸摸儿子的头：“吃了没？”

“他吃过了，等你回来还不饿死？”

“雨太大了，车子开得慢，路上还看到一起交通事故，堵了老久。”

“给你打了那么多电话，急死人，为什么总打不通?”

“没电了。”

“那你也不知道往回打个电话啊？下这么大雨。”

“怎么打，那么大雨，也找不到公用电话亭。”

“你老这样，知不知道人担惊受怕?”

“有啥好害怕的，大老爷们一个。”

饭菜又热了一遍，柯大为抿了一口白酒，夹了块红烧肉，仿佛品尝到人间第一美味般绽开满足的笑容，仿佛生活中全部的乐趣即在于此。这个下岗工人，杂货佬，摩的司机，运输队车夫，她的丈夫，现在老了不少，常年风吹日晒，皮肤黑了，难怪熟人开他玩笑，叫他“阿富汗”，是中年人的体形了。他饭量大，一碗辣椒酱都能吞下去两碗饭，又是油性皮肤，皱纹不多，只有笑的时候眼角额头才显现出来，最出老的地方是额头，发际线朝后移了许多，白头发也杂在其中，十分刺眼。香喷喷的米饭，妻儿在侧，就是对他辛劳的回报，他要求不高。焦海棠辛酸而又愧疚地看着他。

晚上，儿子睡着了，焦海棠给柯大为铺好折叠床。柯大为从包里掏出一沓钱来，焦海棠数了数竟有 4000 元，不由得眉开眼笑。这次他带了这么多钱来，可从来没有过的。

“可以给童童买辆单车了。”

“你也买件衣服。”柯大为道。

焦海棠心里漾过一阵暖流。

屋门关得紧紧的，外面的风声雨声隔得很远，都听不到了。

第四章

1

在公司里处理完老总第二天急用的材料，天已经黑了，暮色中器宇轩昂的大楼只有寥寥几盏亮着的灯。以前，林雪燕就属于那少数灯亮到最后的人，她的好强刻苦为她赢得了深圳户口，赢得了数年先进工作者的声名，也赢得了领导的信赖和收入的增加。能者多劳，她所在的企业文化部，人员比别的部门都少，活儿却干得相当漂亮，她负责编纂的内刊影响不俗，是同业中的翘楚，虽然挂名不是她。领导曾允诺，以后主编位置就是她的。此外她还承担了文秘、办公室杂勤等诸多活儿。公司经常接待来访的要人嘉宾，林雪燕常随同左右……然而，这都是过去的事了，随着云瀚的到来一切都发生了改变。她不再是自由身，不再大包大揽地把所有活都扛下，不再无拘无束地随叫随到。她由一个拼命三娘变成一得过且过分子。企文部又招了个年轻精干的女员工，领导“阿萍长”“阿萍短”地使唤，就跟当年使唤她一样，阿萍是曾经的她。现在阿萍正在隔壁办公室加班，那里还亮着灯。

林雪燕收拾好包包，三步并作两步飞奔出公司大楼。下班高峰已过，人流车流都少了很多。街灯准时地亮起来。林雪燕恨不得一步飞回家。都7点了，钟点工小王大约已经回去了。小王每天给她干三小时活，搞卫生，做饭。

“妈妈你为什么不接我？人家小朋友都妈妈接，还带好吃的。”云瀚跟她嚷过几次。

“人家妈妈不上班，有时间，你妈妈要上班挣钱啊！”林雪燕半是骄傲，半是内疚。她看过小学生放学的情形，一大堆家长，阵势浩大地等候在校门口，像赶大集。一等下课铃响，校门打开，久别重逢般地迎上去，寻找着自家的小宝贝，许多家长手里还拿着准备好的水果、点心、牛奶，犒劳似的献上……

林雪燕从没有时间参加这个接送大军队伍，她下班晚。林雪燕有时觉得现在的中国家长们真是太小题大做，小孩子放个学，至于那样隆重迎候吗？她小时候家长从来不管的，也不见别人接。“你那是什么年代？现在治安有那时好？绑架小孩案子还少？”人家马上反驳她。

说得是，今非昔比。

学校离家并不远，林雪燕不太担心绑架那样极端的事发生，何况现在校门口都有值警。只是当儿子发出这样的诉求时，内心还是感到愧疚，别人能为孩子做到的，她不能够。

林雪燕大步流星地赶路，冷不丁一个滑着滑轮的十二三岁小女孩从身边飞驰过，“追啊，你追我啊！”小女孩一边扭头对后面紧跟而来的一个同样滑着滑板的小男生叫道。就像一阵风，两个孩子呼啦而过。林雪燕心怦怦跳了两下，谁家的娃，这么晚还在外面野，多危险啊！

林雪燕不由得想起云瀚，他也是个贪玩的，溜冰鞋、滑轮都有，在小区里经常横冲直撞，不是这里挂彩就是那里挂彩，上次那个膝盖，旧伤未好，新伤又添。她威胁他，这么多疤痕就当不了飞行员了。飞行员是他的一个梦想。

放了学云瀚总要在楼下疯玩一阵子，小王做好饭再叫他。林雪燕下班早的话，可以在小区里看见他玩。大多数时候，就像今天一样，天黑了，小区变得相对安静。

语文课文抄两遍，默写课后生字词，练习册第5到第8页，日记一篇，预习第6课；数学课后练习第1到第5大题，订正作业；英语UNIT6课文背诵，单词抄5遍，听力练习。

这是手机上老师布置的作业，这种布置作业形式是这个可爱时代的新发明，云瀚进入小学，学校就要求加入校讯通，家校互动，便于联系。林雪燕每天都要收到这样的提醒，一听到短信声，就好像孙悟空头上的紧箍咒，被唐僧念了一下。刘姐有次苦笑，对她说，这作业分明是布置给家长的嘛，小时候都没这么认真过，到老了得做家庭作业。

的确，现在家长不好当，白天在公司上班，晚上在家里上。没办法，你的孩子，你不能放任不管。云瀚学习不自觉，林雪燕不回来，他不会认真做。她回来得晚，他就做得晚。现在三年级的作业量还真不小，有一回竟然陪他写到晚上11点，还要练琴。林雪燕没法不焦急。

她火急火燎进家门，云瀚正在看动画片。小王已经走了。

林雪燕二话没说，关了电视。“赶紧的，做作业去，先把要自己写的部分写完，一会儿我给你报听写，放听力。作业写完还得练琴，快！”将云瀚催赶到房间，林雪燕去饭厅吃晚饭。他们一家三口吃饭有点像流水席，分期分批吃，小王和云瀚是第一拨，她是第二拨，周志诚最晚，时常还不在家吃。扒拉完饭，洗了碗筷，林雪燕又进了云瀚房间。他正在写数学，作业本上有两个通红的×。

“又错了？”林雪燕皱起眉头。

过去，云瀚做题，都是林雪燕先检查一遍，错的给他指出来。后来老周说了她，说这是代替孩子作业，不利于他提高。老师打×，他才会长记性。

可是，这又真刺心。云瀚并没长记性，被老师批评多了，反而不愿意做数学了。

老师家长会上表扬那些给孩子认真检查作业的家长。

林雪燕心下说，家长都检查了，你老师倒省事，若家长都做了老师的事，还要老师干吗？“有的家长有意见，嫌麻烦，说工作忙，这个，我们能理解，现在谁工作不忙？再忙，孩子的事也是大事。你们家长要配合，尤其是小学生，学习习惯养成不好，长大就更难。就一个孩子，你们都嫌累，我们老师要管那么多孩子怎么办？不要以为孩子送到学校，交给老师就行了，这是错误观点。有些家长这方面就做得很好……”

一番话说得家长个个点头附和，老师是对的。你的孩子你能不管？你敢不管？这世界就像赛跑，决不能输在起跑线上。许多家长不仅搞课内的，还搞课外的。林雪燕深感惭愧和焦虑，她总是忙不过来，陪儿子的时间远远不够。何况中间还缺损了几年。一步跟不上，步步跟不上啊。

“喏，这是老师让带回来，让家长填写。”云瀚把书桌上的一张打印好的A4纸递给妈妈。

是一张小学生家庭作业问卷调查。

1. 您的文化程度：初中（ ） 高中（ ） 中专（ ） 大专（ ） 本科（ ） 研究生（ ）

2. 您的家庭结构：三代同堂（ ） 核心家庭（父母与子女）（ ） 其他类型（ ）

3. 您家里谁负责照顾孩子：父母（ ） 父亲（ ） 母亲（ ） 祖父母（ ）

4. 您最关心孩子学习的哪一方面：学习成绩（ ） 作业习惯（ ）

5. 您家里有多少书？

6. 您孩子有放学回家就做作业的习惯吗？

7. 您对孩子在学校表现的了解的程度如何？了如指掌（ ） 基本了解（ ） 不了解，那是老师的事（ ）。

8. 您了解孩子情况的方式：看考试成绩（ ） 听孩子汇报（ ） 和老师联系（ ） 没了解过（ ）

9. 您除了书面作业，还有给孩子额外补充作业吗？

10. 您怎样对待孩子作业？督促孩子做，自己不检查（ ） 让孩子自己做，然后检查（ ） 不过问（ ）

11. 你的孩子喜欢上学吗？

林雪燕认真地填了起来，填到第 11 条，她愣了一下，他喜欢上学吗？

林雪燕想起一年级时云瀚蹦蹦跳跳去学校的情形。校园里的每一处似乎都吸引他，同龄的小伙伴、大操场、门口粗壮的大榕树、生态园里的恐龙模型……一切都让他乐而忘返。

开学的时候，班主任赵老师问同学们一个问题：“你们喜欢学校吗？”所有的孩子都答“喜欢”，然后老师问了第二个问题：“你们为什么而读书？”小朋友们答不上来，问到云瀚，云瀚傻呵呵地说道：“好玩。”赵老师笑了，她告诉大家一个故事，在100年前，有个孩子是这样回答的，“为中华之崛起而读书”，这个人就是开国总理周恩来。

同学们都流露出崇敬的目光，他们还不太懂“崛起”的含义，却也有一种自愧不如的敬佩，那是这个问题的最佳答案。

“瀚儿，你喜欢去学校吗？”林雪燕问道。

云瀚瞥了妈妈一眼，拿捏了一会儿，给了一个妈妈所需要的答案。

“你觉得学校好玩吗？”

云瀚没有回答。

2

林雪燕大学刚毕业那会儿在上海代课，单位有个大姐，跟她一个科组，对她很照顾。林雪燕喜欢和她一起聊天请教问题，有时下了班，单位的人约着打牌、吃饭或逛街什么的，大姐却总是推辞，说孩子在家做作业。林雪燕觉得扫兴，也很不解，怎么孩子在家，她就不能出来？现在，她当了妈妈，自然就明白了。原来，女人一旦有了孩子就有了束缚，再也不能自由自在，只顾自己了。孩子就如同她登飞机随身携带的身份证，没带上，就感到空落落。

飞机在云中穿梭，林雪燕还嫌不够快。从成都飞深圳，晚点了两个多小时。等待是一种煎熬。林雪燕痛恨出差，一出差，家里就天下大乱。指望周志诚照顾云瀚，无疑是麻绳捆豆腐——别提了。

走的时候再三交代："这两天晚上你早点回，检查作业，别忘了签名""督促云瀚练琴""10 点钟之前，让他睡觉""半夜最好起来一趟，看他被子蹬了没"……

"知道了，你放心去好了。"老周不耐烦，女人家真是婆婆妈妈，话说一遍就够了。

可林雪燕怎么放得下心！哪一次出去，老周能按照她说的执行？就像这次，她出去才四天，老周就有两个晚上超过 10 点回家。

她在外遥控指挥，可老的小的都不听她的。

手机里的那么多作业，即便出差在外，手机也每天忠实无误地给她布置作业。林雪燕心急如焚。对云瀚来说，爸妈不在家，这大好的时光，他一定玩疯了！

从机场赶回家，已经晚上 11 点了。她没让老周去接，只希望老周早点到家督促孩子。短信告诉他了，飞机晚点。

可老周直到她回家都还没回来，云瀚也没睡，他一听妈妈回来，立即从里屋捧着语文书出来，叫了声"老妈"。几天没见到儿子，林雪燕狠不起来，她知道云瀚的书本一定是才拿出来的，做样子的。

"你还没睡！作业写完了？我来检查签字。"

云瀚略带慌张地拿出作业本，然后躲进冲凉房洗澡去了。

一塌糊涂！字写得也不规范，还偷工减料，听力预习那些肯定是没做了。林雪燕憋着气，今天太晚了，没法给他弄了。

安顿好云瀚睡觉，林雪燕这才收拾自己的行李。

老周回来了，已是午夜 12 点。

"北京来了一个客户，陪到现在。"

“一天到晚都是客户客户！客户比你儿子重要是不是？我不在的这两天，求你陪一下儿子，你就这样陪！”林雪燕不由得火大。

“没办法，生意得做，客户是衣食父母啊！”

“一天不陪就耽误你生意了？”

“你老说陪小孩读书，你天天陪，又怎样？能陪他一辈子？你这样等于包办，小孩要让他自己成长，你不能什么事都代替他。”

林雪燕盯着丈夫越发来气，他不认错，还振振有词：“你这是逃避责任，让他自己成长？几个孩子是自己成长的？你以为小孩子他自然而然就能长成你所希望的那个样子？你不要给他锄草、施肥、去虫？将来，他要是恰巧长得好，你坐享成果，他要是不好呢？你怪谁去？”

“你既这么不放心，不如干脆在家，不上班得了。我不是说过吗？你在家，我可以养活你们。省得你整天跟我吵，拖着我！我一个大男人，总得在外面做事啊！”

周志诚眼睛有血丝，这两天，他大概也辛苦。林雪燕叹了口气，唉，谁都累。不是没想过辞职的事，主编一职迟迟没给她，空着，另有人虎视眈眈，她现在早已不能像过去那样表现出色了。可是，到底不甘心哪，好不容易一路读书读出来，来到深圳，打拼到现在，难道就此放弃？难道她的人生价值最后就落得在家陪孩子？

3

“《弟子规》抄完了。”云瀚嘴里咕哝了一句，又翻身睡去。他在说梦话。林雪燕给儿子掖了掖被子，看着他熟睡中眉头还皱着的小脸，不由得叹了一口气。

一本写字簿放在小书台上，是抄好的《弟子规》。

那天晚上，她陪领导视察集团下属企业，在外面吃饭。接到小王电话，说云瀚还没回家，都 7 点了，她得走了，还有别人家卫生要做。

林雪燕心里一沉，连忙给班主任莫老师打电话。莫老师大为吃惊："什么？这么晚还没到家？我今天也要找他呢。这小子今天做值日，逃掉了！怎么到现在还没回呢？你这儿子，不是我说，实在太无法无天了。班上就数他最淘！我刚接手他这个班，一下子就记住他了。"莫老师电话里趁机数落了一通，然后让林雪燕等儿子回家后再告诉她一声。

林雪燕急急忙忙跟领导请了假，中途离席，赶回家。这孩子野哪儿去了呢？真是越来越胆大。

云瀚没配手机，这会儿去哪儿找他呢？正像困兽一样，电话响起，是一个同学的家长，也在问孩子有没有回家。紧接着又来了几个电话，都是云瀚同学的家长，这几个孩子都是常和云瀚一起玩的。

看来不是他一个人。林雪燕稍稍松了口气，但还是悬着心。快到 8 点，云瀚才一脸泥点、水草，汗涔涔跑回家。

"去哪儿疯了？这么晚！你要把人急死啊！"林雪燕拿着鸡毛掸，气呼呼地吼道。

云瀚避让着，他有一肚子欣喜要告诉妈妈，今天去红树林了，看到了黑脸琵鹭，还拍了照，同学带了单反。那黑脸琵鹭多珍贵啊，生物老师上次说，黑脸琵鹭是国家二级保护动物，现在世界上总量才 1000 多只，黑脸琵鹭冬天的时候会来气候暖和的地方过冬，深圳的红树林就发现过。云瀚和同学们早就想去寻找了，好不容易等到今天，同学弄到相机，才约了下午放学一起过去。好激动啊，他们在那里等了一个多小时，终于看到了，也是运气好。

红树林人不多，先后来了三只黑脸琵鹭在滩涂觅食，就在离自己不远的水岸上。云瀚和小伙伴们激动得心都要跳出来了。

林雪燕一听他去了红树林，更是恼怒，那儿是海滩，万一掉下去，或者被蛇咬了，失踪了，可怎么得了？这娃胆子实在太大了！

林雪燕给老师打了电话，告知孩子回来了。莫老师在电话里“嗯”了一声，说，知道了，别的家长也打过电话，明天到学校再去收拾他们。

林雪燕一听“收拾”二字，心又“咯噔”了一下，她知道这个新班主任的厉害。刚接手没几天，就曾给过云瀚一个下马威。

那是一次课间操，云瀚因回头讲话，被莫老师揪出队伍，亮相在全校面前，回来后，又利用班会，让他站在讲台上，发动全班同学揭发他的“劣迹”，批斗了整整一节课。那一天，云瀚回来蔫蔫的，一问话，眼泪都要流出来了，问了半天才得知事情的原委。林雪燕喜忧参半，儿子淘气，她管得累，终于碰到一个厉害老师了。可是，看到儿子那委屈的样子，又心下不忍，晚上给老师在家庭联系册上留言时，委婉地提了一点意见，希望老师能注意方法，不要伤孩子自尊。

莫老师第二天回复了，说这个班，她刚接手，必须下大力气整治，那些天正在整顿课间操，他们班的队伍从来站不齐，每次都在年级倒数，她还请了体育老师给他们训练队形，云瀚明知故犯，必须杀一儆百。“我虽然年轻，不过当老师也有十几年了，云瀚妈妈，谢谢你来教导我啊！”

莫老师的回复令林雪燕不舒服，但又不好怎样，毕竟儿子在她手里。经过一段时间的观察，发现儿子倒是乖了一些，作业也写得工整多了。“写不好，老师要罚抄啊！我们母老虎最会这一手，沈子轩有一天被罚抄 10 遍《弟子规》呢。”云瀚说。“母老虎”是莫老师的外号。

云瀚说，同学都怕罚抄，莫老师罚起来太可怕了，经常罚到天黑，不抄完不准回家。

这次云瀚难逃一劫。

莫老师说，云瀚逃避值日去红树林，是带头人，首犯，还唆使同学偷了父亲的相机，节选本的《弟子规》，他一个人抄 20 遍，其他同学抄 10 遍。

云瀚在学校写到天黑，还没有过关。他偷偷用复写纸，还用两支笔，同时写。莫老师何等厉害，发现了他的伎俩，大怒，别人都放回家，留他一个人抄，她带着女儿一边吃饭，一边陪着他抄。云瀚抄得饥肠辘辘。

最后，莫老师要回家了，才打发云瀚回去，说周末在家，继续完成，抄 50 遍，少一遍都不行，家长签字。

弟子规　圣人训　首孝弟　次谨信　泛爱众　而亲仁　有余力　则学文　父母呼　应勿缓　父母命　行勿懒　父母教　须敬听　父母责　须顺承　冬则温　夏则凊　晨则省　昏则定　出必告　反必面　居有常　业无变　事虽小　勿擅为　苟擅为　子道亏　物虽小　勿私藏　苟私藏　亲心伤　亲所好　力为具　亲所恶　谨为去　身有伤　贻亲忧　德有伤　贻亲羞　亲爱我　孝何难　亲憎我　孝方贤　亲有过　谏使更　怡吾色　柔吾声　谏不入　悦复谏　号泣随　挞无怨　亲有疾　药先尝　昼夜侍　不离床　丧三年　常悲咽　居处变　酒肉绝　丧尽礼　祭尽诚　事死者　如事生……

林雪燕翻着书桌上的练习本，50 遍，一本练习本全写完了，她数了又数，没有偷工减料。林雪燕怀着矛盾纠结的心情，在最后一页签上自己的名字。

4

有这样一位妈妈第一次参加家长会，幼儿园老师说：“你儿子有多动症，在板凳上连三分钟都坐不了，你最好带他到医院去看一看。”

回家的路上，儿子问妈妈，老师都说了些什么，她鼻子一酸，差点流下眼泪，因为全班 30 位小朋友，唯有他表现最差，唯有对他，老师表现出不屑。

然而，她还是告诉儿子：“老师表扬你了，说宝宝原来在板凳上坐不了一分钟，现在能坐三分钟了。其他妈妈都非常羡慕妈妈，因为全班只有宝宝进步了。”那天晚上，宝宝破天荒地吃了两碗米饭，并且没有让她喂。

儿子上小学了。家长会上，老师说：“这次数学考试，全班 50 名同学，你儿子排第 40 名，我们怀疑他智力上有些障碍，您最好能带他去医院里查一查。”

回去的路上，她流下了眼泪，然而当她回到家里，却对坐在桌前的儿子说：“老师对你充满信心。他说了，你并不是个笨孩子，只要细心些，会超过你的同桌，这次你的同桌排在第 21 名。”

说这话时，她发现，儿子黯然的眼神一下子充满了光，沮丧的脸也一下子舒展开来，她甚至发现，儿子温顺得让她吃惊，好像长大了许多。第二天上学，去得比平时都要早。

孩子上了初中，有一次家长会，她坐在儿子的座位上，等着老师点她儿子的名，因为每次家长会，她儿子的名字在差生行列，总是被点到。然而，这次却出乎意料，一直到结束，都没有听到。

她有些不习惯，临别去问老师，老师告诉她："按你儿子现在的成绩，考重点高中有点危险。"

她怀着惊喜的心情走出校门，此时，她发现儿子在等她。路上她扶着儿子的肩膀，心里有一种说不出的甜蜜，她告诉儿子："老师对你非常满意，他说了，只要你努力，很有希望考上重点高中。"

高中毕业了。第一批大学录取通知书下达时，学校打电话，让她儿子到学校去一趟。她有一种预感，她儿子被清华录取了，因为在报考时，她给儿子说过，她相信他能考取这所大学。

她儿子从学校回来，把一封印有清华大学招生办公室的特快专递交到她手里，突然转身跑到自己房间里大哭起来，边哭边说："妈妈，我知道我不是个聪明的孩子，可是这个世界上只有你能欣赏我……"

这时，她悲喜交加，再也按捺不住十几年来凝聚在心里的泪水，任它打在手中的信封上……

这是林雪燕在网上读到的一篇文章，当时看了，忍不住眼眶湿润，这个妈妈太伟大了，她要向她学习。她将这篇文章打印出来，放在自己专门的文件夹里，林雪燕的文件夹里现在收藏了许多这类亲子文章，什么《好妈妈胜过好老师》《哈佛家训》《孩子的关键期》等。可是，看归看，一到生活里，一碰到实际问题，就全抛一边了。总是说起来容易，做起来难。

都说好孩子是夸出来的，赞美会让白痴变成天才。她总是责骂的多，想起这一点，她不由得恨自己，不要说跟文章中里的这位妈妈比，就是跟焦海棠比，她也差远了，她们俩通电话，常常是她在投诉儿子，而焦海棠则在夸奖孩子。比如最近，她说她儿子又考了第一名了，还当了班长。

林雪燕心情烦闷，她也想夸一夸儿子，可是，夸无可夸。云瀚总令人生气，如果他是文中的那个不聪明但听话的小孩，或许她也可以做到不气馁。然而，实际情况恰恰相反，云瀚有很好的资质，几乎所有的老师都夸他聪明，却紧接着都有个转折词，他太不听话了，老师们对他都很头疼。

小学六年，云瀚换了四个班主任，都是女的，一个比一个厉害。其中有一位称病请辞，说他们班太难管了，累得更年期都提前了。而云瀚就是让老师累病，提前更年期的罪魁祸首之一。每一次家长会，她就跟那个文章中的妈妈一样，坐立不安，儿子总是在批评的名单之列。

有一次，云瀚生病，没到校。数学老师说，今天全班上了最安静的一堂课。这话是同学妈妈学给林雪燕听的，林雪燕心里很不是滋味。在老师眼里，儿子岂不就是害群之马，是弄坏一锅粥的老鼠屎？刚上任的班主任莫老师也说过跟那篇文章中老师一样的话，你儿子三分钟都坐不住，是不是有多动症？现在空气污染太厉害，食品也有问题，多动症也不奇怪，每届都有那么几个。

林雪燕还真带儿子去了一回医院，检查看到底有没有铅超标。那一次，儿子因为上课讲话，课间操又逃操去生态园抓鸟，还和同学打架，被班主任数罪并罚，停课半天，让林雪燕领回家反省，好好背一背《小学生管理手册》。莫老师说，她儿子太难管了，她也没有办法，黔驴技穷了，去检查一下有什么生理毛病吧，还举例子说学校某个孩子行为异常，后来查出原来有多动症，领回去治疗的。

云瀚被罚是常有的事，罚抄作业，罚扫地，罚背书，罚站黑板，罚单独一人坐“贵宾席”，什么都领受过。他似乎也罚麻木了，没什么感觉了。

可是勒令停课，还是头一次。云瀚有点受不了，林雪燕更受不了，偌大的学校，别人都在安安静静地上课，她的儿子被可耻地领回家。

林雪燕向单位请了假，要带儿子去医院。

“我不去，我要上课。”云瀚赖在校门口不肯挪步。

林雪燕拽着儿子的衣领，使劲地搡了搡：“你还要上课？好笑！”要不是当着大街，她都会巴掌上头了。在外人眼里，她是个文雅的知识女性，儿子却总有本事每每逼出她泼妇潜质来。这么多年，她努力改造自己，不让自己成为妈妈那样粗鲁的人，她以为她改造过来了，原来根本没有，她知道此刻自己面目狰狞，气急败坏。

云瀚被母亲的样子吓唬住了，他领教过妈妈发起火来歇斯底里的样子，只好乖乖地咬着嘴巴跟妈妈去了医院。他也怀疑自己得了多动症，否则，怎么就管不住自己呢？他在座位上，不由自主就坐不住，就要做小动作，就要讲话，他知道不好，可真不是存心的呀。

抽血化验，各项指标完全正常。

林雪燕说不出是喜还是悲。

5

林雪燕在云瀚小学六年级的时候转了学，转到离家有两站路的实验学校，这是一所在云瀚入小学前一年才创办的新学校，九年一贯制，位于富豪云集的红湾区。

这所学校的校长上官先生是从内地师范大学引进来的一位小有名气的教育专家，曾在某个山区支教三年，获得全国“五一劳动奖章”，有自己独特的教育情怀和理念，他主张减负，反对唯分数是举。他说，连小学生都被绑架在分数排名上，这个社会还有什么前途，他甚至说“玩是孩子的天性”。

无疑，这是教育界振聋发聩的声音，深圳红湾区大胆引进他，彼时正是素质教育，课改呼声强烈的当儿。红湾区有不少高尚住宅，这些事业有成的家长是追寻新教育方式的热心拥护者。

入小学时林雪燕曾考虑过让云瀚进这个学校。上官先生的教育理念和举措很吸引她，她还特地到学校考察过，一走进校园，花香扑鼻，清脆童音发出琅琅书声，学校最引人注目的两处地方，一个是庄重肃穆的大礼堂，墙壁上悬挂着上官校长精心挑选的世界名画，走进去恍如进了知识的圣殿，令人想起久远的充满理想主义的大学时代。在这座大礼堂里，开展过多次小学生的表演活动，也邀请过许多全国知名学者专家来做过报告，还在周末的晚上定期给老师们放映经典老电影。在礼堂的隔壁，是一处优雅的咖啡书吧，这是学校图书馆之外的读书茶歇圣地。实验学校推崇书香校园，鼓励孩子阅读，更积极推进教师阅读，处处营造读书的氛围。

实验小学上课时间每节课比别的学校少五分钟，放学也相对早一些，作业也不让老师留太多，放学后有各种各样的社团可参加。

学校还定期举办亲情文化节、生态文化节、游戏文化节、天堂鸟读书活动，走进来感觉像是都市里的田园。

林雪燕当时就喜欢上了，要给云瀚报名，周志诚不同意，他说，你愿意拿孩子做实验吗？这个学校才办一年，将来如何都不知道，减负不过是空话，不比学习成绩的学校，你以为可以行得通、办得久？将来孩子还要不要中考？要不要高考？你要面对中国国情。

“红湾区那么多孩子在这里上呢。看他们都很快乐的样子。”

“你跟那些富翁比？人家有的是钱，大不了将来送出国。”

周志诚虽然平素对林雪燕给云瀚上这个兴趣班那个培训班不以为然，但在选择什么学校问题上却态度坚决，他不相信什么素质教育。周志诚的一番话让林雪燕打消了念头，她的确不敢拿唯一的孩子来冒险，最后还是给云瀚选择了就近的凤凰小学。

林雪燕没想到的是，在云瀚读小学最后的一年，当初的这个愿望竟然实现了，实现得那么被动和无奈。

五年级春夏之交发生的一桩事是这次转学的直接导火线。

那天是美术课，在美术室上课，教美术的张老师也是女的，小学总是女老师特别多。张老师脾气坏，几乎每堂课都要发火。班上只要有一个人说话，她就不讲课，罚全班同学站。她说，你们坐着不舒服，就和我一样，站着。我一天站四五节课，你们还不体谅，那就一起站着吧。这种株连九族的做法还蛮有效，因此，在所有的副科当中，美术课算纪律好的了。

那天又这样站了几分钟，没声音了，才让坐下。

但张老师很快又不高兴了，有同学忘了带美术学具。张老师命令那学生站到外面。大家不敢吭声，空气变得很静，偏这时一只蝴蝶飞进来，孩子们的注意力不由自主地被蝴蝶牵走了，发出一阵骚动，蝴蝶飞到云瀚头顶上，云瀚一把捉住了，同学们尖叫起来，兴奋莫名。张老师更加生气，把讲台重重地敲了一下，同学们这才余音袅袅地收住声。

正巧，班主任莫老师这时从教室外经过，眼尖的同学发现莫老师的身影，立即咳嗽一声，全班同学心领神会，迅速端正了身体。

但这次莫老师不是来查岗，她是要找几个同学商议下周文化节的演出事情。时间紧，她想利用下午的副科时间排练一下。

张老师正在气头上，冲着班主任没好气地说："你叫吧！最好都别上了，反正也上不下去了！学生捣蛋，不想上，副科嘛！你们班主任也不重视！美术还学它干吗？"

莫老师像被打了一巴掌似的愣在那里，过了几秒钟的工夫，她挥了挥手，让那几个已经出来的学生回到班上。

教室里鸦雀无声。莫老师冲张老师点点头，又冲大家说了句："放学后回教室，一个不准走！"然后，凛然离开了。

美术课终于结束了。

从美术教室回班级，大家神情严肃，大事来临般地端坐在位子上。

莫老师站在讲台前，脸上板结了一层冰霜，可怕得要命。她已经沉默了五分钟了，同学们没有一个敢动的，纷纷低着头，手心冒着冷汗。

终于，老师伸出一只手，示意班长过去，对他说："去！准备几张纸条，到老师办公室，让每个任科老师写出课堂上最闹的五位同学，回来交给我……"

"你们——"莫老师望着大家说，"每个人也拿出一张小纸条来，写出你们认为最不守纪律的五位同学。"

班长回来了，带着各科老师的字条。而这边同学们的字条也交了上去。

在黑板上画正字。大家心提到嗓子眼，班级里笼罩着一股奇怪的紧张气氛。

害群之马被揪了出来。

云瀚位列第一，他得到每一位老师的“认可”，和一大半同学的“抬举”。

其他同学都放学了，莫老师让五位同学按票数多少站成一排。

莫老师的脸不自然地抽动着，突然就坐在讲台上哭了起来。云瀚和几个同学站在底下又惊又怕，不知所措。许久，莫老师整理好面容，站在云瀚的面前，说：“刚才我像是被美术老师扇了一记耳光，现在，我也要扇一下你们！你们同意吗？”

大家都同意了。

于是，一个巴掌扇过来。云瀚半边脸热辣起来。接下来，每个人都挨了一巴掌。

临了，莫老师对他们说了很多话，讲了很多道理。

“这件事，你们违反校规的事，你们大家已经认识到错误了，我就不打算告诉你们家长了，放你们一马，你们呢，也就别回去和家长说。我相信你们会改好的。”

五个小孩齐齐点头。

云瀚没有告诉林雪燕，她是从别的家长那里得知的。林雪燕气得浑身发抖，对这个莫老师，她早就不爽了，虽然云瀚淘气顽劣，可是自家的孩子由你来打的吗？只听说过选三好学生画正字，从没有听说用来选差生的。这件事也引起不少家长的议论，家长们说孩子回去很不舒服，对自己投出的那一票不是滋味。林雪燕告到了教育局。对于体罚，教育局是一票否决。莫老师被学校炒了鱿鱼。

林雪燕并没有胜利的喜悦，这是两败俱伤的举动，学校老师的议论也传到她耳边，大意是这个家长厉害，以后谁敢管她小孩。云瀚成了学校里被人戳戳点点的小孩，就是他，导致一个老师更年期提前，一个老师炒鱿鱼。

林雪燕不得已给云瀚转去了红湾实验小学。

6

云瀚小时候是个话多的小孩，好像就是从决定转学开始，突然变得沉默起来，那个暑假一直闷闷不乐。

林雪燕想了不少办法，陪他看电影，带他去主题公园玩，还请假带去贵州玩了几天，看黄果树瀑布、水帘洞。云瀚不像平常那样活跃，看上去很听话，带他去哪儿就去哪儿，很配合，就是不开笑脸，也不怎么说话，神思出游的样子。

“你不开心吗？是不是不想转学？”林雪燕问。

云瀚闪烁着眼睛，回避着妈妈的目光。

“你看着我！”

林雪燕声音并不大，只是略略高一点点，云瀚却仿佛被吓住了一样，抬起头，又迅速低下来。

“听妈妈说，瀚儿，转学没什么不好，那所学校妈妈以前去过，很不错。对你肯定更适合，你会交到许多新朋友的。”

云瀚没有吭声。

“你可以重新开始，你会成为一个优秀的小孩。”

云瀚眼睛亮了一下。

“妈妈相信你，相信你会变好的。”林雪燕趁热打铁，她过去给予儿子的鼓励太少了。眼下，她感觉到这一点的重要。

云瀚注视着妈妈，他的眼珠水汪汪的，很黑亮，眼白带点天空蓝，两道眉毛乌漆漆的，尽管显得严肃，小脸还是稚气可爱，只是面色不那么水润，有点儿干巴，上次体检营养状况评价一栏才是“中”，想到这一点，林雪燕很自责。看他小时候的照片，胖嘟嘟，粉嫩嫩，水色好得要命，自从老家接回深圳，云瀚似乎就开始瘦下来，一个重要的原因，吃得没有以前好。林雪燕太忙，早餐像打仗，中午也顾不上做，一开始给云瀚在学校报了午托班，在那里吃饭睡中觉，但后来老被投诉，说饭不好好吃，觉也不好好睡，打扰到别的小朋友。四年级开始，云瀚就不在学校午托了，找了家私人午托班，伙食也不太好。云瀚养成了爱吃零食的毛病，尤其喜欢吃泡面、炸鸡腿一类不健康的食品。上次带他去测微量元素，的确也有她自己的担心在，儿子吃了太多的垃圾食品，没想到结果还算正常。为了云瀚的吃喝问题，林雪燕跟老周抱怨过好多次，老周主张请个保姆。林雪燕又不同意，认为保姆太费钱了，小时候都没请，这么大了再请，划不来，白天上班的上班，上学的上学，一个外人在家里，想着都别扭。所以就一直请了个小时工，每天来做一顿晚餐，搞一搞卫生。比起小区里那些精心为孩子的全职妈妈，林雪燕差老远了。

有一次路上碰见从菜市场回来的邻居汪姐，她拎着满满一塑料袋的菜。在林雪燕印象里，似乎任何时候见到她，手里都有菜。汪姐拉着林雪燕，热心地介绍她将要实施的晚餐做法。因林雪燕曾向她请教过烹饪，所以，每次见面，便自觉地当起老师来。她那天要煲鸡汤，就起劲地介绍她的做法，放黄芪、党参。她说，小男孩长身体，要注意进补，用田七和花蟹一起煲，效果特别好。汪姐的儿子比云瀚大两岁，长得高高壮壮，看上去远不止大两岁，而她夫妻俩都不高呢。可见是吃出来的。

“不要让你小孩吃零食!”汪姐正色地说，“那个对面小店不像话呢，就赚小孩子钱，卖肠粉、鸡翅、酸辣粉，还有一元一杯的汽水，很不卫生啊，又没营养，许多小孩子都跑去。你可不要让你家云瀚去啊！”

看着瘦小的云瀚，林雪燕又想起汪姐的话，心里充满愧疚，她的儿子，她没有带好，还受了那么多委屈。

林雪燕把云瀚拉到怀里，她很少抱他了，云瀚不让。小时候，他单独睡小床，半夜会跑过来，钻到妈妈被窝。林雪燕最怕睡眠被打扰，发过几次火。有一回，云瀚又半夜跑来，夹着枕头默默地站在床边，林雪燕哭笑不得。不知哪一天开始，云瀚再也不跑不过来，林雪燕反而有点失落。

云瀚温暖的小身子贴着妈妈，这一次他没有拒绝妈妈的拥抱。

7

开学头一天，林雪燕送云瀚去实验学校。她看到一个穿着暗花纹香云纱面料中式唐装的中年男人站在学校大门口，给每一个进学校的孩子鞠躬点头，微笑着说：“同学们好。”

这个人就是该校的校长上官先生。关于上官先生的另类，林雪燕早有耳闻，她所在的锦绣小区也有孩子在那里读书，他们称他为鞠躬校长。一年到头，只要不外出开会出差，上官先生都会准时在7点20分出现在校门口，向每一个学生鞠躬示意。他说：“我希望通过这种方式，让孩子们学会尊重他人。”这是他公民教育的一个细小举措。

因为转学，林雪燕和上官先生认识了。林雪燕详细讲了云瀚的情况，希望在新的学校能够顺利正常地读书。上官先生让林雪燕放心，他说，当好一个小学老师，其实最最重要的不是知识，而是爱心。他在教师大会上多次强调这一点，培养健全人格的孩子，我们自己首先要做一个人格健全的师者。林雪燕感动得差点落泪。

云瀚在新学校适应得比想象中快，那个沉闷的夏天过去了。他的脸上有了笑容，还参加了两个社团，一个是机器人社团，他一直喜欢拆东西，组装，在家里搞破坏，这下有了用武之地。另一个是文学社。文学社是上官校长建议的，林雪燕曾经给校长看过儿子写的几篇作文，上官校长很是激赏，说云瀚有天赋，当场推荐他去文学社，校长自己就是文学社的顾问。林雪燕非常高兴，她还是第一次听别人如此肯定地夸儿子，不带转折词的。

加入了文学社的云瀚变得爱阅读起来，以前林雪燕逼着他读书都不读。现在抱着书看，有时都忘了吃饭，《哈利·波特》全套看了不下三遍，书边都磨破了。实验学校建有一座儿童阅读城，家长捐款百万装修，里面打造得像一座城堡，错落有致富有美感的图书架子、精巧的橱窗、卡通造型的分隔间，美轮美奂，在这样斑斓的环境里读书简直是一种享受。所以不少小孩都申请在这个学校读书。

在一次现场作文大赛中，云瀚的一篇《夏天的雪》破天荒地获得了一等奖。他描写的是初夏时节，校园里木棉飘絮的情景，那漫天飞舞的木棉白絮，可不像极了老家冬天的雪吗？这篇文章被推荐登了《都市少儿教育报》。那天云瀚手里拿着报纸一路飞奔回家，笑容使劲忍都没忍住。

林雪燕非常感激上官校长，很想请校长吃一餐饭，但又不好意思开口。她有校长的名片，试着给他发了一条短信，表示感谢。没想到校长回了，还打电话给她，说吃饭就免了，他从不吃家长的饭，这是工作原则。他邀请她有空来学校参加亲子阅读公益组织。他们学校有个名为“三叶草”故事家族，通过线上网站和线下活动来推进亲子阅读。为什么叫“三叶草”，上官先生解释说，三叶草是无处不在，绿意盎然的丛生植物，它们一蓬蓬一簇簇亲密无间，以纤细的嫩茎支撑起三颗心，那就是“童心、爱心和慧心”。童心，就是守护童年，永怀赤子之心；爱心，爱人如己，生命充满激情；慧心，喜阅尚思，尽享智慧人生。

林雪燕被这诗意的叙述打动，对这个校长好感倍增。云瀚也经常带来校长的一些信息，他说，上官校长有一次在学校文艺会演上亲自表演，用纯正的意大利语演唱具有专业水准的歌剧；还能画一手漂亮的铅笔画。云瀚对这个校长很崇拜，他说以前在凤凰小学从来见不上校长的面呢，不像上官校长，每天迎接大家，还专门有一天接待学生来访，接受各种意见和建议。

有人会提意见吗？林雪燕很好奇。

有啊，有一次人家提到他开会时接电话。他后来就改了，再也不在开会时接电话了。

云瀚语气里透着赞扬。

看到云瀚的变化，林雪燕很高兴，她后悔没早一点送孩子来这所学校。林雪燕约着小区同在一个学校的家长一起去学校参加妈妈沙龙培训和专家讲座。那些家长早已习惯了，他们并不像林雪燕这样兴奋，说以前参加多了，现在到了六年级还是活动少一点好。

林雪燕还从别的家长口里探听到了上官校长的一些传闻。他是个鳏夫，在他支教的那几年，由于全情投入，老婆跟他离了婚，儿子也由自己的父母抚养。在当地，被称为疯子、教育狂人。而他所支教的那个山区学校却搞出了很大的成就，也正因为如此，才被相中引入深圳。

原来这个每天风雨无阻地站在校门口迎接孩子们的校长，除了他的教育事业，已经一无所有了。林雪燕感慨不已。

8

实验学校是九年一贯制，小学毕业直接升初中。就在林雪燕把云瀚转来这个学校的时候，不少家长正做着相反的动作，把儿子转出去。锦绣小区的几个孩子，也借着升中学的这个当儿纷纷转走了。

“小学生让他开心玩一玩还行，上中学了还能那样玩？你瞧瞧实验学校每次区统考排名！这样下去怎么行？不抓升学率，将来吃亏的还是孩子。”门口的曹惠妈妈说，她已经把女儿转到了木棉中学。

实验学校的排名的确很靠后，上官校长的“公民启蒙”“经典阅读”“废除家作”“活力课堂”“伸展个性”等一系列绘声绘色的举措，虽然好评如潮，但也一直争议不断。随着学生年级越高，走的就越多。

周志诚也属于质疑人之列。早在林雪燕把云瀚转来的时候，他就不太赞同，他觉得林雪燕在云瀚被罚事件上是小题大做，孩子被老师打一下，有啥大不了？他小时候还被老师揣过脚呢，打一下长记性。非要闹到教育局，当这个出头鸟。当时林雪燕正在气头上：“我的孩子，凭什么要给她打？那样做本就是违法。这样的害群之马，还能当老师？我就是要当这个出头鸟！”

女人一旦执拗起来，力量惊人。林雪燕不理周志诚，整个转学手续全是自己一人操办。等老周得知，木已成舟。

周志诚很生气：“你就是转，有那么多学校，干吗非转实验学校不可？没看到人家都在转走吗？那个学校就是花架子啊！”

但那个时候的林雪燕并没有考虑那么多，她唯一在意的是，云瀚的快乐。何况，实验学校给她的第一印象那么好。

林雪燕不后悔给儿子转学，那是云瀚这几年来最开心快乐的一段时光。但是，随着周围人，特别是小区里的孩子一个接一个转走，林雪燕不由得彷徨起来。有的家长真是深谋远虑，在锦绣小区住得好好的，突然就搬走了，原来早在名校附近买了学区房。就连曹惠也把女儿转去了木棉中学。在红湾区，木棉中学是实验学校的最大竞争对手，以抓升学率著称。实验学校刚创办的当儿，木棉中学的生源受到一定影响，一些优质学生选择进了实验学校，但近两年，随着实验学校统考排名的下降，木棉中学的招生又紧俏起来。

与此同时，实验学校发生了倒戈上官校长的活动。成绩排名的落后、生源的流失，让实验学校的老师们备感失落。对于上官校长的一些举措，也开始不满。他的鞠躬，被看成作秀，让老师们周末在礼堂看电影被吐槽，他们说累了一周，情愿去打一场麻将，或者跟家人进电影院。他请全国知名专家学者来学校做报告，也被吐槽，说跟教学没有直接关系，还让人家拿走大笔的出场费，损害教师的利益。财务上面似乎也出了问题。有教师开始投诉，上网发匿名帖子，也有的干脆就转走了。

实验学校被推到了舆论的风口浪尖。

有一天，周志诚拿了一张打印的纸张回来，是一张发表在天涯网站控告上官校长的信。标题就是“种豆校长”。信中列数了上官校长的“斑斑劣迹”，文中最后调侃道：“上官先生学陶渊明，在办公室的墙上，请书法家写了五个大字‘种豆南山下’，结果怎么样？英明的陶渊明先生早就预料了后果，‘种豆南山下，草盛豆苗稀’。”

周志诚脸上挂着嘲讽：“你瞧，这就是你心目中的好校长。”

林雪燕一字不落地看完，口中辩白道：“这样的文章你就信了？当领导的总会得罪一些人。况且，我看不出公民教育、田园教育有什么不好。那个老师自己浅薄跟不上。”

“跟不上不怪老师，这就是当今现实。说一千道一万，不抓成绩，搭花架子作秀，能长久？让学生学会爬树、斗蟋蟀、滚铁环……他生活在啥年代？现在的树都喷农药，蟋蟀你找一只来给我看看！根本就是堂吉诃德，风车大战。”

“可是，云瀚在这里很开心啊！”

“开心？开心值几个钱，将来考不上好高中、好大学，还会开心吗？你的时间在玩，人家在学，日积月累，差异有多大！到那时，别人成功，你看他还会不会快乐？你我都是这么过来的。我们刻苦学习上了大学，总不能将来反而我们的孩子不如别人。”

周志诚的话戳到林雪燕的痛处，她的闺密焦海棠的儿子中考考上了弋江一中，省重点。想到将来童童飞黄腾达、云瀚匍匐落后的前景，林雪燕再也坐不住了。

在云瀚读初二的时候，林雪燕终于又将儿子转了出去，进了木棉中学。彼时，上官校长在实验中学的路也走到了尽头。他辞职了。

那个暑假的最后一天，上官校长含泪念完《结束时刻的一份检讨》，检讨开文，尚有些许骄傲，他说“不管这些探索多么稚嫩、粗糙，不管我们蒙受了多大的孤独和挫败，也是值得自豪的，因为我们是在和形形色色畸形、伪善的教育抗争”，在自述中，他责备自己，沉迷教育，不谙世道。

在检讨的最后，他用泰戈尔的一句话结束：“如果你在黑暗中看不见脚下的路，就把你的肋骨拆下，当作火把点燃，照着自己向前走吧。”

据说，也有不少家长联名写公开信，要求挽留上官校长，他们自称是一群被教育伤透了心的家长，称积极探索改革的上官校长让他们看到了希望。

但这种声音被更强的主流之音淹没了。

上官校长黯然离开，那一天，林雪燕也去了会场，她站在后排的一个角落里，看着上官校长转身离去的背影，心里无限伤感。这是一个孤独的失败者的背影。周志诚说得没错，他就是当代的堂吉诃德。

第五章

1

那些天焦海棠很着急，她想不出来自己得个啥病才好。癌症、尿毒症、肝硬化、肾积水、冠心病、心动过速、心律不齐、脑梗、抑郁症……这些病都各有其主了。焦海棠思来想去，决定让自己患上“严重贫血症”。这个谎撒得跟别人相比应该不算太大。她是有些轻微贫血，有时猛一站起来，头就发晕。邱师傅有个同学在弋江第一人民医院，设法给开了张医院证明。

患了“严重贫血症”的焦海棠一走进单位就“发作”起来，她面色白白的，嘴唇也白白的，走路不稳，看上去头在发晕，还耳鸣眼花、困倦乏力，不得不扶着脑袋。可惜她的表演并没有引起太大的轰动。大家都在演，演得比她夸张多了。

焦海棠惊讶地发现，同事们都很有演艺天赋。胡小花得的是

“癫痫”，好端端地突然就“口吐白沫”倒在地上；于淼则随身携带着动态心电监测仪，就像挂了手榴弹一样，让人不敢靠近；廖玲玲演的是跛子，右腿肌瘫，她一走一瘸的样子把所有人都惊到了，跟真的一样。可惜穿帮了，前功尽弃，那天领导过来，她心一慌，本来右腿跛的，结果搞成了左腿。经理很细心，说，我记得你是那条腿不好的哦。

大家费尽心机，为的就是能够提前“病退”，自来水公司来了个新政策，员工病退可以享受正常退休待遇。

同事们各出奇招，百宝耍尽，最后只有一个得逞，就是李丽。她得的是“精神病”，倒不是她演得比别人像，而是她老公在政府机关。

焦海棠这以后在大路上偶遇李丽，真觉得她笑起来有点精神不正常的样子。

没搞成病退，焦海棠有些惆怅。她是多么盼望能退成啊，那样她就可以到弋江给儿子陪读了。

弋江一中在春谷招生，柯童童被录取了，全县报考该校的学生中只有三名被录取。

通知书下达，焦海棠喜出望外，儿子真是太棒了！养了个争气的儿子，是焦海棠这辈子最骄傲的一件事。初中三年，童童的学习基本不用她怎么操心，周围人为儿子进什么班，托人，送礼，请老师吃饭，送鸡送鸭，请人补课。童童从没让她花过一分额外的钱。老师还反过来夸赞她，儿子管得好。

“你哪有管啊？麻将整天照打不误，舒服死了。”好友林雪燕听闻童童考中省名校羡慕不已，她正为云瀚择校而焦头烂额。

“说实话，我是不用烦什么神，我家童童学习自觉，不用人盯，我要是在家里，他反而问我怎么不出去玩。”焦海棠很是得意。

“快传授传授秘籍呗。”

“有啥秘籍？你都知道了，我天天打麻将。不像你，大学生，肯定比我有招啦。你家云瀚聪明，你反正不用急，孩子到时候自然会懂事的。”焦海棠故作谦虚道。

“哪里！云瀚太淘了。不知啥时才能开窍！”

“我家童童小时候也调皮，说懂事就懂事的，不用急。上初中那年，他外婆带他去看我堂哥儿子，那孩子从乡下考到春谷，跟他奶奶租个小地下室，条件艰苦，童童回来后，感触很深，打这以后，学习就更上心了。你知道，咱们穷人家的孩子，不像你们，不学习是没有出路的。”焦海棠顶喜欢把“穷”字挂在嘴边。“穷”仿佛使她获得了某种权力，让所有站在她对面的这个世界，比她有钱的人都好像亏欠了她一样。这令林雪燕有点不以为意。

“还不都一样，学习不好，都没出路。你说得对，近朱者赤，近墨者黑，我家云瀚就不愿意跟成绩好的孩子玩。”林雪燕在电话里叹息。

每次两人通话，话题总是围绕各自孩子，虽然不在一个地方，但对对方的情况都了如指掌。焦海棠没想到的是，曾经骄傲自信的林雪燕现在被孩子折磨成了怨妇，电话里不是指责小孩，就是控诉老公，再不就是埋怨学校。看她的样子，管得好辛苦呢。

焦海棠不由得想起一句老话，上等人自成人，中等人打骂成人，下等人打骂都不成人。她的童童就是自成人。虽然，她没考上大学，这一点不如林雪燕，可是，儿子争气，给她扳回了一局。唉，人生总还是公平的。

童童考上省重点让焦海棠扬眉吐气，水厂同事和棋牌室麻友都对她刮目相看，有个麻友问她：“你到底是什么肚子，养出这样聪明的儿子来?”他们还开玩笑，像她这样的，国家计划生育政策应该对她网开一面，允许她多生几个。

焦海棠听不出人家是真夸还是反讽，她别的方面比较敏感多疑，唯有在儿子身上，一点听不出话外音，所有赞扬她儿子的话都照单全收，在她看来，她家童童就是那么优秀，人家怎么可能不真心实意呢?

大家一起聊天的时候，要是某个妈妈夸起自己小孩，焦海棠一开始跟着别人附和，但说着说着就忍不住转移到童童身上来，搞到最后大家不得不跟着一起夸她儿子来。在夸儿子方面，谁也别想和她争。

焦海棠喜悦之后又犯起难来，她根本没计划过童童会去弋江读书，当初报考，也只是试一试水平而已，没想过真会被录取，更没想过要去读。春谷也有重点高中，她还有个老同学在那儿当副校长呢。

“当然要去省重点，春谷能和省重点相提并论吗?生源完全不一样，机会也不一样，眼界、视野、环境不可同日而语，将来毕业出来，同学都是北大清华的，人脉大不相同，春谷考北大清华的能有几个?还有那些名校保送、特招、推荐、自主招生，这些机会小地方哪有?”林雪燕积极主张童童上弋江一中。

焦海棠认为林雪燕分析得在理。可省重点虽好，竞争激烈，童童在春谷算优秀，到省里就不算什么了吧。宋来香就说了，宁为鸡头，不做凤尾。

而且，最关键的一点是，到弋江读书，花费肯定大过春谷，这一点毋庸置疑。焦海棠感到纠结，一个月几百元的工资，仅够糊口，柯大为在运输公司打了几年工，好不容易赚了点钱，又投去买了辆小车，自己跑起客了，他结识了一些江湖朋友，跑场子，接送那些赌博的人，兼有一些外出的长途业务，整天忙得不着家，也没有想象中赚钱。因为大多是熟客，付账往往不及时，柯大为又属于那种死讲面子的人，不好意思主动要，人家就冲着他这一点，把客气当福气。一来二去，手头反而拮据。为此焦海棠和柯大为吵过多少次。可就他这样软弱，在童童念书问题上，也跟林雪燕观点一致，积极主张去市里读。

“说得轻巧，你拿钱出来啊！”

“钱可以挣。机不可失，时不再来。你看我，当初要是上了中专就去读，也不至于今天这样。我妈那时目光短浅，现在我们不能重蹈覆辙，误了童童。”

柯大为多少年不提自己的事，这次却重勾起了他的感慨。

而最终让焦海棠下定决心的是童童本人，他渴望去市里读书。虽然儿子并没有强求，但做母亲的哪里能不知道儿子的心思呢。

委屈自己可以，委屈儿子不行。哪怕砸锅卖铁，也要让儿子去弋江读书。童童是她此生最大的希望。

2

去弋江一中报到那天是潘小刚父亲开的车，顺带着焦海棠母子俩。潘小刚和童童初中同校，不同班，彼此都认识。

潘小刚父亲主动给焦海棠打电话的，说让两个孩子做个伴。

“到那儿，你俩就是老乡，要互相照应，争取都考上北大清华。”潘小刚父亲说。

两个孩子齐齐点头。

虽说弋江离春谷并不太远，但好歹也是离开家门了，焦海棠骄傲又忐忑，比起当年自己去太平镇当工人，以及她那些考上大学的同学，童童出来得更早，这么小就开始外出求学了。

一踏进校园，焦海棠就欢喜起来。不愧是省重点，果然气度不凡，有春谷一中两倍大，学校宽敞辽阔，树木都很有年头，绿化得像园林，教学楼掩映其中，一切都那么美，建筑美，风景美，孩子也美，生机勃勃，令她回忆起自己的青葱岁月。

焦海棠一行四人找到教务处，报名注册，交学费，找宿舍。两个孩子在同一个班，高一年级最好的实验班。和他们一起从春谷考来的陈阳也在里面。

弋江一中条件比春谷好多了，不仅上课的教室，各功能室，设备齐全、先进，住宿也比别的中学好很多，四人一间，上铺是床，下面摆放箱柜物品，这样好的环境，可以不用考虑在外面租房了。焦海棠堂哥的小孩在春谷一中，十人一间，正因为太挤，才在外面租了地下室。不过，四人一间，仅仅是他们这个实验班才有的优待，其他都是八人一间，焦海棠很是感慨，原来学习好也可享受特权啊，这一辈子没享受到的东西竟然让优秀的儿子争取上了。

尽管住宿条件不错，但童童还是过不惯集体宿舍，夜里熄灯后，有卧聊的，有在床上练习仰卧起坐的，有自带小灯看书的，还有睡着了打呼噜的。童童忍了一段时间，忍不下去了。

实际上，他们那个实验班住宿生已经有一大半都在外面租房陪读了，包括潘小刚。陪读是一种风气，有条件的家庭都在陪读。

这重任不由分说地就落到了宋来香头上来。童童是她一手带大的，一直在身边，去弋江念书，她比焦海棠更不放心，一日三餐吃食堂，哪有什么油水？现在又听说睡得不好，更加抱怨："我就说当初在春谷读书好得很，偏要去弋江。"

"事已至此，这种话就不要说了。"焦天白道，"你还是去陪吧。"

“我去，你怎么不去？就晓得在家舒服，这下没人管你喝酒了。”宋来香朝老伴发火，她没人可指望，也只能冲老伴吼两句。

光是找合适的房子焦海棠和宋来香就来来回回跑了好多趟，弋江一中附近的房子租金比别的地方都高。最后好不容易在一条尚未拆迁的小胡同里找到一家小房子，不足30平方米，一室一厅，一厨一卫，小得像个鸽子笼，又破旧，饶是这样，房东还说她们运气好，来晚一步就给人租走了。宋来香在此安营扎寨了。

“带大了你们姐弟，带外孙，老了还要来陪读，脱不了身。”宋来香忍不住叹苦，也的确，60多岁的人了，离开自己的安乐窝，不辞劳苦地往弋江跑，住破旧的小房子，烧饭洗衣，当老妈子，来回颠簸。焦海棠很是愧疚，但又没办法，为了小的，就要牺牲老的。她不忍看母亲的脸，母亲年轻时还是很漂亮的，从家里那些黑白老照片上可以看出，不漂亮的话，也不会被当初当红小生焦天白相中。如今这张脸在岁月的冲刷下变得太厉害，原先弯弯的眉眼，朝上扬起的嘴角，全都倒戈耷拉着，生气的时候更明显，一脸苦相。“妈，你要多笑，你不笑的时候相很难看。”焦海棠曾多次给母亲指出这一点。“我老了，要什么好看歹看的？”也许是这些年生活的重压太多，母亲是不称心的，丈夫潦倒下来，女儿嫁了个没钱的老公，整天赖在娘家，也不知什么时候有自己的窝。儿子退伍后一直在上海漂着，到现在也不成家。享不到儿女福，还反过来要受累，叫她怎么能笑起来？

焦海棠虽然心里有愧，但是每次听到母亲抱怨，心里也烦。“我也没办法，又不能提前退休，不然就不要你陪了。”

厂里后来传出可以病退的消息，焦海棠很是振奋了一阵。

结果，努力了半天，还是没戏，她郁闷死了。

3

天渐渐冷了起来，立冬之后，来了第一波寒流。一大早，天阴沉沉的，刮着风，像树梢子抽在脸上。焦海棠穿着湖蓝色真空小棉袄，脖子上围着大红围巾，肩上斜挎着个黑色旅游包，搓着手，站在田家炳中学门口的站牌那里等的士。田家炳中学就是她自己念的学校，那会儿还不叫这个名。中学门口有个出租车集中点，专门跑弋江的“回头的”。春谷到弋江的车很多，公共汽车站，半个小时就有一班中巴，宋来香平时都是搭那个车来回，便宜，上车才 6 元。不像“回头的”，要 20 元，贵几倍。焦海棠今天特意坐这种车，因为她想快一点到弋江，好把衣服给他们送过去。天气突然降温，他们的冬衣没有带够。

很快来了辆绿皮的士，司机摇下车窗，伸头朝焦海棠招手：“上车，上车，马上就走。”焦海棠打开车门，已经有一个客人在里面了，加上焦海棠两个。这种的士要凑满三四个才走的。很快人就来齐了。

车子发动起来，几个临时凑来的客人和司机像老熟人一般聊起天来，说着天气的恶变，说着自己要到弋江办的事，发表对最近新闻的个人点评。

焦海棠没有参与聊天，只顾瞅着灰蒙蒙的窗外，司机走的不是高速，出租车，为节约成本，除非你特别要求，多加路费，一般都走另一条道，路倒也挺好走的，沿路还可以看到一些乡野的风景，近在眼前仿佛触手可及的山峦、发黄的秋草、收割过的稻田、幽静的湖水，是冬天的静默，有一种清冷的荒凉。焦海棠的心此时也蒙上一层萧瑟。这条路她还得奔波三年，三年，多么漫长，前途未卜。她想着儿子和妈妈，这两张此生最亲爱的脸，只要看不见，就牵肠挂肚。

高中的学习艰苦多了，从前焦海棠从不为童童的学习成绩担心，现在在高手如林的省重点，焦海棠感觉到了巨大的压力。第一次期中考试，童童班排名33。这个名次其实比他入学时的38名还进步了一点点，但是，过去总是年级数一数二的童童乍一面对这个成绩，还是无法接受，不开心了好几天。与他一同来的潘小刚进入前10，陈阳也在前20。童童不甘心，但是，要追上他们谈何容易。这个班学霸太多了。

学习不轻松，因为是尖子班，老师们新课上得飞快，他们要赶进度，争取三年的课程一年半就上完，然后复习、拓展，搞竞赛，冲刺名校。

童童跟得有些吃力，他之所以不想住校，这也是原因之一，好在家里多学几个小时。宋来香说，可怜，天天都不知道熬到什么时候，早上喊都喊不醒。

竞争如此残酷。

焦海棠第一次产生怀疑，选择弋江一中是否真的错了。

车子很快到了弋江，进入市区，乘客各自在方便的地点下车，听说焦海棠要在弋江一中下，司机就问来中学做什么。焦海棠说，给儿子送衣服，儿子在这里读书。司机立即竖了竖大拇指。焦海棠很是骄傲地下了车。

走进小胡同，母亲早在门口迎她，她是急性子，已经出来张望几遍了。

焦海棠和母亲一起进屋，把带的衣服拿出来，童童的保暖内衣、羽绒服，母亲的棉袄、毛衣，七七八八的零碎。整理好衣服，两人一起出去买东西。

出了胡同，走一站路，前面是沃尔玛超市，这个超市宋来香都逛烂了，每天不下两趟，在这里她没有熟人，没有去处，幸而有个超市，可以消磨时光。焦海棠每次过来，会陪母亲一起逛逛。

“今天不买菜了吧？中午我请你们出去吃火锅。”焦海棠提议道。

“在外面吃不划算，火锅我今天准备了，家里冰箱里还有羊肉卷，前天打特价买的，还有你上次带的牛腩，我们再买点萝卜、素菜就行了。”宋来香说着已经冲到卖蔬菜的熙熙攘攘的人堆里去了。焦海棠只得跟了上去。

到中午，童童回来，饭桌上已经是热气腾腾、香味扑鼻的火锅佳肴等着他了。

看到妈妈来了，童童很开心。

“冷不冷？”焦海棠拉着儿子的手，凉凉的。

“还好，不冷。”

儿子神情轻松，有笑颜，焦海棠的担心也一扫而光。三个人围着小桌吃饭，童童狼吞虎咽。宋来香做饭好吃，后勤当得好。焦海棠隔三岔五会带来一些荤菜，牛肉、牛腩、鲑鱼、香肠、肉丸子，10 月里他们还吃到了阳澄湖大闸蟹。家里虽拮据，但在吃上，童童是不输的。很多好菜是邱师傅提供的，他前年就回弋江了，被江北一家税务所聘为大厨，不时接济点焦海棠。

吃饭的时候，童童说，刚刚物理小测，他考了 90 分，全班第 6。难怪他今天这么开心。焦海棠很高兴，好样的，进步了。焦海棠又想起什么似的，从自己坤包里掏出一张字条来，这是父亲焦天白写的。

焦天白虽然不陪读，却有自己的操心方式。每次童童回家，焦天白都要和外孙谈心，做思想安抚工作。或许是隔代亲吧，她和弟弟小时候父亲也没这么耐心对待过。而且，她也不耐烦父亲的说教。奇怪的是童童倒挺配合外公的。

打开父亲的字条。上面写道：

屈原放逐著《离骚》，左丘失明厥有《国语》，孙子膑足而论兵法，不韦迁蜀世传《吕览》，司马迁发愤著《史记》……天降大任必要经得住考验和挫折，不屈不挠，勇往直前。

大概因为前一段期中考没考好，童童情绪不佳，父亲收集了这些事例，看父亲煞有介事的几行字，焦海棠觉得好笑，父亲唱了一辈子戏，一贯会纸上谈兵讲大道理，童童却也听得进去。

童童将字条放到小房间书桌上，用小夹子夹好，那里有好多张了，都按顺序夹着。

吃罢午饭，童童小睡半个小时，又去上学了。

4

下午，焦海棠和母亲一起去了步行街，那里原是弋江最繁华的商业地带，与著名的长街十字交叉。作为全国四大米市之首，最早的通商口岸之一，弋江历史上就有“百物翔集，市声若潮，至夜不休”之誉，在近代商业达到繁荣期。革命先行者孙中山先生曾经巡视弋江市，在那条大马路上发表演讲，故而命名为中山路。

步行街20世纪90年代末改造，如今更加繁华靓丽，附近有世纪广场、音乐城、儿童游乐城、新百货大楼、华联商厦。步行街路中间辟有宽阔的休闲带，内设花坛、座椅，一到夜晚路灯、地灯、射灯，装饰灯竞相闪亮，火树银花尤其璀璨。不远处是镜湖，弋江的天然湖泊，从高处看，像一面铜镜。湖光水色，音乐阵阵，如同仙境。镜湖公园是人们休闲观光的好去处。

焦海棠小时候，对弋江特别崇拜。如果人家说，东西是从弋江买来的，都要羡慕半天。

没想到有一天童童会来这儿读书，她会这样频繁地跑起弋江来，过去的崇拜感不复存在，弋江似乎也没有小时候想的那样大。但这并不妨碍她一如既往地热爱，弋江总是走在潮流之前，对热爱逛街、热爱买衣服的焦海棠来说，那实在是挡不住的诱惑，每次来弋江，她都会顺便逛一逛。

步行街离中学并不十分远，焦海棠挽着母亲的胳膊，一路走，一路说话，穿过两条街，过了几个红绿灯口，就到了。

嘈杂市井声扑面而来，鳞次栉比的店铺，混合着高音喇叭的叫卖声，勾人心魄。焦海棠走进一家挤满了顾客的阿福店，这家店价格比大商场便宜，衣服看上去也不那么低档，是每次焦海棠都要光顾的地方。她试了件白色羽绒服，束腰的，又试了件打底墨绿毛衣，身材还没怎么走样，是个很好的衣服架子，卖衣服的一个劲地夸，惹得旁人也对她多看两眼。宋来香在旁边替她拿包，换下的衣物，抱了满满一怀。女儿喜欢在衣服上花钱，拿她没办法，的确穿什么衣服都好看，只可惜这丫头人强命不强，太穷了。焦海棠说，你还没看见我们同事穿的呢，我这么多衣服也抵不上人家一件。叫母亲陪逛街，实在是迫不得已，她总嫌贵不说，还眼光跟不上，凡是她说好看的，都丑得要命。焦海棠把母亲的意见当反面参考。

她今天不打算在这儿给自己买，晚上要去百货大楼，她要在那里选一件高档的衣服，邱师傅已经答应好的。

焦海棠给母亲买了套红底白点的睡棉袄棉裤，打特价才 100 元，宋来香还嫌贵，焦海棠做主买下了。

出了阿福店，又进了一家球鞋店，童童安踏鞋边都磨坏了。步行街有几家进口品牌鞋店，最便宜也得好几百元一双，童童是个懂事的孩子，从来不提非分要求，想到这一点，焦海棠既心疼又欣慰。

买了双白色国产球鞋，母女俩拎着衣物，在旁边的酸辣粉店坐下，要了两碗酸辣粉。这是宋来香爱吃的小吃。弋江小吃多，名气大，特别是美食一条街上，灌汤小笼包、赤豆糊、渣肉粉蒸饭、五香居猪蹄、老鸭汤、鸭血粉丝……焦海棠带母亲、儿子都去尝过，母亲吃过一次灌汤小笼包之后，自己琢磨着做起来。这是母亲的聪明之处，她和邱师傅一样，对吃很在行。

“你晚上早点回去，明天还要上班。”宋来香说。

“晓得。”

宋来香瞅了女儿一眼，欲言又止，她知道女儿说的是假话。

“柯大为回来没?”

“他要是回来，我不搭他车一起来看童童啊!”焦海棠有点不耐烦，她懂母亲的意思。

“你要小心点，和那人不要来往了。”

“我的事你不要烦神。”焦海棠一句话将母亲顶了回去。

宋来香脸拉下来，又不敢再说。春谷前些天发生一桩事，一个女的跟一个有妇之夫通奸，被人家老婆发现，纠结了一帮人，堵住了，带回家，打个半死，腿都打折了。宋来香一想起来就发抖。

5

童童上晚自习后，焦海棠来到百货大楼，邱师傅已经在那里等她了。

“吃过了?”

“吃了。”

邱师傅手不由自主地搭在焦海棠肩上。自从他回弋江当厨师，两人就不能像在春谷那时，常常相见。好在她儿子考到了弋江，为他们的见面提供了条件。

邱师傅陪着焦海棠看衣服，百货大楼是弋江最老的大型综合商场，虽说这些年不断有新的大商场开辟，百货大楼作为老资格的商贸中心，地位稳固，顾客络绎不绝。这里的衣服也特别多，品牌云集。

焦海棠兴致勃勃地一家家逛着，试着，邱师傅给她提包。

来来回回逛了半天，焦海棠看中了一件乳白色呢子大衣，新款，方领，双排扣，做工精致，穿在身上特别显气质。当然价格也不低，打九折，还要八百多。焦海棠穿着新衣，在镜子前比照来比照去。

“姐，你穿真好看，这么合身，就像照你身上定做的，又洋气，颜色也衬皮肤，今年最流行，韩版的。叫你老公看看，多好看！对不？买了吧，要是不好看，我不劝人买的。”女店员不遗余力地赞美着。

焦海棠做着鬼脸，对邱师傅眨眼笑，一对好看的酒窝浮现出来。

“买了吧。”邱师傅说道，女为悦己者容，“老公”不是白叫的，这点血他得出。

提着衣袋，焦海棠心满意足，人生的快乐有时很简单，莫过于得到一件漂亮的新衣服。离开百货大楼，两人打了辆车，去到美食街，吃夜宵，叫了一盘麻辣小龙虾和一瓶啤酒。

邱师傅家在弋江西区，他平时在江北上班，离家坐车要一个小时，跟春谷到弋江差不多远，单位有宿舍，他平常都不回家。

“今天不去你那里了，明早还要上班。”焦海棠说，现在每天上班要按手印，迟到了扣奖金。

“明早走来得及，我起早送你。”

这个人怎么逃得过呢，一个人睡觉的时候，常常从噩梦中醒来，梦见柯大为和邱师傅撞到一起，他们扯着她，问她跟谁。每每从这样的梦中醒来，她都要惊惧半天，她怎么把生活变成这样一种不正常状态？平常，她不愿意去想，想到就头疼，只有闭着眼，得过且过。

第六章

1

从医院眼科出来，林雪燕心潮起伏，意气难平，云瀚走在前面。两人都不再说话，刚才医院化验结果出来，林雪燕已经大呼小叫数落了半天。云瀚觉得妈妈很没风度。不就近视吗？才 200 度，班上近视的人一大把。妈妈却好像天塌下来似的，不能接受这个事实。

“你怎么可以近视？你小时候眼睛那么好，挂历上那排最小的字，离得老远，我们都看不到，你看得一清二楚。你那时视力起码有 2.0，飞行员的视力。这么好的眼睛给你糟蹋成这样！”林雪燕连声责问，希望这个测试结果是假的。

近段时间，云瀚看东西老是眯眼、揉眼，有时还故意用手把眼睛朝两边拉细。一开始以为他搞怪，原来是在调焦。来医院之前，她最坏的预计是假性近视，那样还来得及矫正，没想到竟是无可救药的真性近视。

林雪燕曾经为儿子最感骄傲的就是那双明亮乌黑的眼睛，满世界都是小四眼儿童，云瀚一枝独秀。

“一定要保持，千万别近视。”林雪燕预防针打过多次，她也自信，自己强大的基因会让儿子拥有出色的视力。

“现在小孩近视是必然的，电子产品多。玩游戏，看电脑，很难不近视。”医生倒是见怪不怪。

“我也看书，看电视，上网啊，眼睛都看不坏的。”

“那不一样，你是成年人，基本定型了，改变不会太大，小孩子正在发育，不注意保护，视力最容易下降。”

“一定要配眼镜吗?”林雪燕心有不甘，一旦配上就除不下来了。

“不配的话，他看东西不清楚，更伤眼睛，近视得更严重。”

医生的话令林雪燕心如刀绞。

只能这样了。配吧。

此刻，林雪燕满腔恨意，她恨电视，恨网络，恨 PSP，恨手机，恨游戏厂商发明的那些害人的游戏……也恨云瀚，恨自己，恨老周。

从上学期开始，云瀚热衷上玩游戏，不是那种单机小游戏，而是催人不断“奋进”的网游。那会儿他刚从实验学校转到木棉中学，不是特别开心，作为一个转学生，他在班上没什么朋友，林雪燕为了讨好他，给他买了一部他向往了很久的 PSP。云瀚在宏图补习班，认识了一个叫许浩的朋友，那孩子有 PSP，很热情地邀请云瀚跟他联机玩。

电玩世界是孩子们的共同语言，挡不住的潮流。

一天，宏图老师打来电话，说云瀚上课总迟到，课间休息都在和许浩玩 PSP，老师建议下次上课别给他带 PSP 了。

林雪燕非常生气，宏图培训班，一节课 100 多元，儿子竟然在那儿玩游戏！林雪燕后悔给他买 PSP。她大大发了一通火。儿子拒绝交 PSP 的举动激怒了她。

“你买给我的就是我的了。”他理直气壮。

“你的？你看看是不是你的！”林雪燕扑过来抢夺。云瀚死死地护着，林雪燕扳不动他，更加生气。

“你像话吗？给你费那么大劲转到木棉中学，怕你跟不上，花钱给你上补习班，你不知好歹，你算算，在你身上我们花了多少钱？左一次转学，右一次转学……”

“我又没叫你给我转！”云瀚冷冷地丢下一句。

“你以为我想给你转？求人，花钱，好话说尽，笑脸赔尽。你要是争气我们用得着这么折腾吗？你不记得你的‘光辉历史’了？老师不让你上课，所有的科任老师都点你名……妈妈为了你，闹到教育局，把人家老师炒了鱿鱼。你都忘记了吗？你怎么就不长记性啊？到了新学校，还不发愤图强，争口气？再过一年，就要中考了。你看看人家童童，考上了省重点！人家有你这么好的条件吗？……”

“还你！”“啪”的一声，PSP 被云瀚扔了过来，摔到地上，蓝色的外壳松散开来。林雪燕仿佛被子弹击中，一下子收了声。云瀚瞟了一眼摔裂了的 PSP，扭曲的小脸带着愤怒和伤心。

可怕的静默充斥在母子之间，空气一点就着。林雪燕拼命压着心头涌上来的一波一波的怒潮。跟儿子较量，就像在练内功。做母亲原是一场戴罪修行。

林雪燕蹲下来，捡起 PSP，才买不到一个月，就报废了。报废也好，别玩了，再也别玩了！

唉，到底该怎么做才对呢？之前没当过父母，一切皆是摸着石头过河，那样小心翼翼、战战兢兢，却还是暗礁险滩，十面埋伏，令人猝不及防，万念俱灰。

想不起谁说的，“下辈子跟谁有仇就罚他当父母”。

买 PSP 是个错误，后来给他手机也是个错误。她用一个错误弥补一个错误。

手机是老周带回来的，客户送的礼物。失去 PSP 之后的云瀚好久不开笑脸，这个礼物让他重新有了笑容。就为了看儿子眉头舒展开来的样子，林雪燕同意了把这个礼物给他。她必须要用她不乐意的方法换取儿子的高兴。然后自己再获得新的不高兴！这就是他们母子间的宿命循环。

2

莲花山。

深圳地标之一，位于市中心北区，与少年宫遥遥相对，山上有著名的邓小平铜像，每到节假日游人无数。

从红湾区开车到莲花山不过十来分钟的距离，林雪燕却有好些年没有来过了。刚到深圳的时候，老周带她来玩过，那时他们还去过其他免费的公园，比如中山公园、笔架山公园、荔枝公园，这些公园是林雪燕对深圳美好印象的一部分，这个城市最初打动她的不是那些气派堂皇的摩天大楼，亮丽的灯火阑珊，而是这一座座郁郁葱葱、带着野生气息的免费公园，一大片如茵绿草，热烈而嚣张生长的南国植物，公园里吹拉弹唱的游人和满地奔跑的孩童，让她觉得岁月静好。看着那些可爱的小孩子，林雪燕就想着将来也要带自己的孩子来这儿玩，让他在这里满地打滚，撒欢儿奔跑，多好的地方，还免费。

云瀚出生后来过一次，那时奶奶还在这里，一家四口过来玩，林雪燕给他买了风筝，他太小了，风筝根本放不起来，周志诚就拽着风筝一边跑一边放，云瀚跟在后面手舞足蹈。

那是记忆中仅有的一次，后来云瀚就跟奶奶去了老家。

这么多年，莲花山近在咫尺，他们却再没来过。

这个假日林雪燕要求一家人去莲花山。老周本来打算去钓鱼，他平时生意忙，基本上没有什么节假日，偶尔休息就去钓鱼。他养成钓鱼的爱好，说是为了培养自己的定力，做生意讲究时机、耐心。这些年生意场上跌打滚爬，他积累了不少经验和教训，生意在扩大，当然，风险也不少。老周的心思基本上都用于此了，最近跟一个老乡合作，准备开发一个新项目，生产汽车功放。那个老乡热衷钓鱼，两人约好了，一起去海边。

“这次你就别去了，我们一起去莲花山吧，陪云瀚。”林雪燕要求道。

“什么？去莲花山？”

老周的反应令她有些生气。

“云瀚不是要补课吗？”在他印象里，云瀚的假期都是安排得满满的。即便是充裕的暑假，那也不过是孩子的第三学期。

“宏图放两天假，我上次跟你说过的。”

“去莲花山干吗？瞻仰邓小平铜像啊？要不你们去好了。”

“这么多年，你和我们一起玩过吗？”林雪燕朝丈夫投去愤怒的一瞥，“云瀚的视力下降成这样，你看不到？医生说要多接触大自然，多看绿色植物。你以为我为自己啊？”

林雪燕煞费苦心，千方百计地想为云瀚的眼睛做一些螳臂当车的补救。

周志诚只好放弃了垂钓，开着黑色雪铁龙不情愿地带着母子俩来到莲花山。入口处的两边街道停满了长长一溜的轿车，好不容易找了个停车位，再步行了好一截路，才进了公园。

门口有老妇女在兜售风筝、吹泡泡玩具，以及卖零食小贩，这些游侠走鬼，城管一来，就溜了。眼下，他们混迹在人堆里，生意不错，小孩生意总是好做的。要是小时候，云瀚肯定吵着要买，但现在，他看都不看一眼，很漠然无谓地跟在父母身边。他也并不愿意来，是林雪燕硬拉他过来的。

公园里人很多，一进门，就是一片花海，莲花山在搞花展，各种各样的勒杜鹃，开得轰轰烈烈、如火如荼。这是深圳的市花，随处可见，大街上、小区人家的阳台上、任何一个拐角都能看得到，花期长，又极易成活。林雪燕也曾想过在自家阳台上栽种，听说插个枝子就能成活，但一直也没栽。养个小孩都养得她心力交瘁，再无一点多余的心劲去莳花弄草了。

深圳人爱花爱草还爱猫狗，爱心多到爆棚。小区里一个女的，养了六只卷毛贵宾，一出门前呼后拥，就像个小小仪仗队。她一进电梯，同梯的人都被迫跟她攀上关系，她会对她的宝贝们招呼："阿姨好，叔叔好，姐姐好，奶奶好……"搞得人哭笑不得。

云瀚小时候不止一次央求林雪燕养只狗。

奶奶家曾养过一条小土狗，名叫"小黄"，云瀚来深圳，很想带小黄一起过来，林雪燕不同意，那阵子云瀚打电话，每次都要听一听小黄的声音，儿子对小黄的感情让林雪燕很是嫉妒。

大城市养狗，林雪燕觉得麻烦，不像在老家，动物们可以到处跑，自己找食，啥都能吃，也晓得自动回家。而城市里，动物都变娇了，变成了宠物。就跟小孩子一样，不好伺候，同事家的狗感冒，花了1000多块钱，比人都贵。林雪燕操不起这个心。

央求几次没得到批准，云瀚就先斩后奏，带回了一只猫。那时他上小学三年级，那只猫是他在小学对面小杂货店买的，小店还卖过涂了鲜艳色彩的小鸭，10 元钱一对，不知他们从哪儿弄来的，很有市场，总被小孩子们一抢而空。

猫原本是他和同学一起买的，说好轮流养。结果那个同学家里不同意，猫就由云瀚全权负责了。

这只猫来历不明，眼睛上还有疤痕，动不动就在身上抓来挠去。为了这只猫，云瀚和她斗争了好久，他说他负责，不用妈妈操心。

云瀚也果然说到做到，林雪燕从没想到儿子还那么细心，他给猫用消毒水洗澡，把猫眼上结的脏兮兮的痂也清洗得干干净净，还带猫出去散步，晚上做作业，让猫蹲在写字台边。云瀚看电视，它就跳到他身上懒洋洋地依偎着，云瀚看书，它也凑过来，两只爪子搭在书上，共同学习的样子，让林雪燕也忍俊不禁。因为这猫特别爱抓来抓去，云瀚给它取了个名叫“抓抓”。

养了 20 天，到底送走了。云瀚说不用她管，她怎么能不管呢？猫砂得买，猫粮得买，猫屎还得她清理，最关键的是，这猫来路怎么都不能令她放心。在一次手臂被猫抓破之后，林雪燕下了逐客令。她故意把结果说得很严重，举了医生说的一个事例，她把打针的药水放在云瀚面前，问他，要妈妈，还是要猫。

那天晚上，云瀚把猫送到同学住的翠苑小区，那个小区有不少他的同学，他挨家挨户地问，没有一家肯收留。最后，他把抓抓丢在小区里，小区里还有几只流浪猫，它们或许可以做个伴。

林雪燕在家里等他，等了好久。他回来的时候天都黑了，也不理妈妈的任何问候，就自己一个人关在房里。

这以后，就再也没有养过任何小动物了。

外面的世界，久违了！

眼前这一片花开似海的场景，让林雪燕的心也热烈起来，她拉着云瀚的胳膊兴致勃勃地走过去。

3

莲花山让林雪燕想到家乡春谷。小时候，她家屋后有一大片菜地，妈妈的蔬菜队就在那儿，一条长长的田埂蜿蜒围住，田埂的斜坡上长满青草、小矮树、灌木丛，草地上开着各色野花，她和妹妹常把相连的两棵矮树枝条连成结，采来小野花点缀，搭成花房，在里面盘坐，扮花洞女王。田垄地头还杂有许多野菜，马兰头、荠菜、马齿苋等。春天里提着小竹篮去采集，总会有满满的收获。焦海棠儿子出生那年得肠炎，到处找马齿苋，还提起过以前那片田埂上随处可见的这种小野菜。后来县城改造、扩建，菜园填平了，变成马路房屋，那片乐土消失得无影无踪了。

林雪燕还记得，夏天的傍晚，在圩埂边抓蜻蜓、捉蚱蜢、拍蝴蝶。夜晚有萤火虫飞舞，捉来放在小玻璃瓶里，一闪一闪地亮着光，多惊喜。田埂的另一边是池塘，大院里的人家在那儿淘米洗菜，洗衣服。冬天，池塘会结冰，有一年，冰结得厚，她和妹妹爹着胆子在上面踢毽子。妹妹踢出一个窟窿，掉下去了，幸而被邻居汪大哥及时救起，她们也不敢告诉妈妈，就在汪大哥家火桶里把棉袄棉裤烤干。妈妈脾气暴，她们闯了祸一般都不敢相告，否则不问青红皂白不是一顿骂，就是一顿打。有一次，她和妹妹在田埂后面荡秋千，是自己制作的秋千，一根绳子，拴在两根枝杈上，拴得不牢，她坐上去，妹妹在后面推，她刚说完“用力”，绳子就散了，她一下摔到树下的阴沟里，一屁股的淤泥不说，胳膊还被一块玻璃割得鲜血直流。她跑到水塘里洗干净，找隔壁陈奶奶要了块纱布包扎了一下。妈妈居然没有发现。孩子多，当妈的顾不过来。在林雪燕记忆里，只记得到吃饭的时候，妈妈放开喉咙大喊：“大子、二子、三子、四子回家吃饭啰！”妈妈的嗓门非常洪亮，老远都能听见，她将姐妹们按顺序排号喊，又方便又顺溜。要是大家没有立即响应，在外面恋战，妈妈就会不耐烦，骂起脏话来。林雪燕一听到母亲粗话出来，赶紧第一个冲回家。她不愿意妈妈那响亮的声音让左邻右舍听到。姐妹们都如小鸡归笼一样迅速地从各个地方跑回来。

现在回想起来，那场景竟也有几分温馨，连妈妈那些粗鲁的叫骂声也不那么面目可憎了。那片田地再也没有了，她曾一心一意想离开的地方，终于回不去了。妈妈也早离开了蔬菜队，做些散活，种菜的习惯却没有改，在新的住地旁边硬是辟出一小块菜园，种了青菜、辣椒、萝卜和南瓜什么的，还时不时拿到集市上兑卖。林雪燕和在南京工作的妹妹每年都给母亲寄钱，让她别再卖菜了，母亲并不听。接母亲来过深圳两次，她连电梯都不大敢上，踮着脚，怕踩到炸药包的样子，深圳对于母亲，像在云端，不接地气。父亲的建筑社也倒了，在外面打散工。父母那一辈，对儿女并不像自己今天这样上心，他们的生活粗糙却又坚韧，能够有的吃喝，就足够了。

林雪燕想要给予云瀚自己过去所没有的一切，她不能像母亲那一辈粗枝大叶。只有一个孩子，她必须竭尽全力。

眼前的莲花山和故乡的田野发生了重合，林雪燕很想像孩子那样奔跑，放开手脚在草地上打滚，大声歌唱。她拉着云瀚，让他看天上的风筝。那么多的风筝，像一只只飞鸟，在空中竞相飞舞着。

“快看，那一只飞得好高，看见没？”林雪燕指着天空中的一个小小的点，她希望云瀚能看得见，看得越远越好。他的眼睛需要大自然给养。

云瀚觉得母亲很傻，他冷冷地站在一边，故意与林雪燕保持着距离。

“要不要买一只风筝，跟爸爸放?”

“不要。”

草地上跑的全是小孩，林雪燕有些扫兴。

“那我们去别处走走吧。”林雪燕说罢，拉着他们沿水泥道走上去。山道上也到处是人，吹泡泡的小孩、奔跑打闹的小孩、骑童车的小孩，他们身旁身后跟着护卫的大人，莲花山是扶老携幼的山，是平民狂欢的山。道路两旁郁郁葱葱的树木，绿色泼墨一般铺天盖地、漫无边际地延伸，一直走下去，怕一天也走不过来吧。

不远处传来歌声，一个男中音在唱《一剪梅》：“真情像草原广阔，层层风雨不能阻隔，总有云开日出时候，万丈阳光照耀你我……”唱得深情款款。男的唱完，又听见一个女高音接着唱：“总想对你表白，我的心情是多么豪迈，总想对你倾诉，我对生活是多么热爱……”声音高亢嘹亮，抒发着对美好生活的感激之情。民间歌唱家还真不少。林雪燕信步走过那一片绿树掩映处，平地上，一个演唱者手握麦克风很有架势地站在中间，四周围着热心的跃跃欲试的观众，简易的露天卡拉 OK，有歌谱本、音箱、功放。大家自动上去点唱。林雪燕好久没唱过歌了，很想上去露一手，又终究不好意思。听了一会儿，掉头找老周和云瀚，发现一个在远处接电话，一个在近处玩手机，顿时没了心情。她走到云瀚跟前，抓住他的手，说：“带你出来不是要你看手机的，你要多看看风景，看绿色。知道吗?”云瀚不耐烦地放下手机，往前走了几步。“走吧，我们去爬山，看邓小平铜像去。”说着，又去招呼老周，他那个漫长的电话还没有接完。林雪燕气不打一处来，这个人总有打不完的电话，只要他在家，手机就无时无刻不跟进来，吃饭时打，看电视也打，连晚上睡觉都不能幸免。有好几次，她刚睡着，被他的手机吵醒，吵醒之后，再也睡不着，林雪燕就和老周吵：“都是些什么人啊？这么没素质，深更半夜打电话，还让不让人睡觉？”老周说：“做生意的，大多白天睡觉，晚上谈生意。”老周自己也常常晚归，林雪燕怕干扰，后来老周回来晚了，干脆就睡书房。不知道别人家生活模式是怎样的，林雪燕现在觉得自己家情形很特别，她和老周虽然共同生活在一个屋檐下，却彼此经常不照面，她睡着了，老周还没回来；她起来上班去了，他还没起床。当然更别指望他能在家管一管云瀚了。每次抱怨，老周就说，我忙啊，辛辛苦苦挣钱，不也是为这个家？他说得也没错，这些年，他们在深圳拥有了房、车、一家工厂，按道理也该知足了。但老周认为自己还差得远，远远算不得成功，而且做生意就像穿上红舞鞋，想停也停不下来，一着不慎，满盘皆输。离开体制，安全感只有靠钱来维护。这个事业狂，当初林雪燕看中他的也是这一点。可现在，林雪燕忽然有了莫名的怨恨和疑惑，这就是她所追求、所要的生活吗？想起当初，她来深圳的凌云壮志，也是想有一番成就的，如今却事业归了老周，家庭留给了她。而这个家庭，却又不是她曾经想象的那个家。小时候，她一心想离开父母，离开那个她看不上的家，可现在回想起来，那个时候，一家人好歹总是能够在一起一桌子吃饭的。那种一家几口人围着桌子吃饭的情形，越来越强烈地出现在脑海里。她觉得那才是家应该有的样子，不像现在，一家人在一起吃饭却成了稀罕的事。

等老周那个电话终于结束，林雪燕冷冷地说道：“打完了？”

老周眉开眼笑地说："老王联系的那件事有眉目了，北京的那家医疗公司答应让我们生产通胃管，这个单子接下来，又有新的进项了。"他最近一直在筹划这事儿。

林雪燕看着喜形于色的丈夫，不由得叹了口气，她应该高兴才是，可是竟高兴不起来。

那一天，他们爬了山，也划了船，还一起在外面下了馆子。然而，林雪燕并不开心，整个过程全像是她一个人的卖力演出，那两人不过是配合的道具，他们心不在焉地跟着她，不是看手机，就是接电话，好像林雪燕出来不是为了他们而是自己想玩。

4

这一天，林雪燕来到小区会所的健身房。她过去很少来健身房，上个月体检，查出乳腺增生，腰椎退行性变，肩颈也有些劳损，医生建议她多锻炼。

健身房里有几名妇女，一个在有氧踏板上跳舞，两个在机械按摩椅上按摩，还有一个在骑腹部练习车。都是小区的熟人，在踏板上跳舞的是曹惠妈妈。

"云瀚妈妈，你也来了？稀客呀！"曹惠妈妈冲她打招呼。

"嗯，第一次报到，你也在这锻炼啊？"

"我经常来的，我们几个都是常客。"她们不上班，都是全职妈妈。

林雪燕上了一台跑步机，选择了一个"中年人健身挡"，跑步带很快运转起来，林雪燕一下子就气喘吁吁，体力跟不上了，赶紧换了"老年人慢跑挡"。

"咳，真是不行了。居然要按老年人的标准了。"林雪燕自嘲地笑道。

“你不常练，多练几次，速度就上来了。”曹惠妈妈说。

“唉，是缺乏锻炼，身体都僵了。”

“看上去还好的呀，这么苗条，你看我，这两年胖了好多。”

“不行，器官都老化了。你气色倒好，皮肤这么细嫩，锻炼有效果的啊。”

“一胖皮肤就好一些，人到中年，喝水都长肉。瘦不下来，天天来锻炼，也瘦不下来。”曹惠妈妈跳得香汗淋漓，胸前波涛起伏，她的确不瘦。

“心宽体胖，老公赚大钱，女儿又听话，自然称心如意。”在按摩椅上一个年轻一点的女人笑道。

“听啥话！我女儿最近老叛逆了，一天到晚眉毛都挡事，好像谁欠了她一笔债。真搞不懂，以前放个屁都要跟我说，现在你问她啥话都不爱搭理。动不动把房门一关，也不知道在里面干吗。”曹惠妈妈从踏板上下来，走到另一台跑步机上，一边擦汗，一边站着歇息，没想到曹惠妈妈也有苦水，她那女儿看上去很乖巧的，跟云瀚一个年级。

“唉，我们还不是，你进他房门，他还让你敲门，拿他手机就像着火一样，说你侵犯隐私权。”骑腹部车的王姐也插了话，“小屁孩才断奶几天啊，还跟我谈什么权利。”

“人家到了青春期了嘛。”林雪燕笑道。原来不是她一个人在战斗。

“他青春期，我还更年期呢。”她半是玩笑半是怨恨的口吻，抱怨她儿子越大越拽，最近还把她 QQ 拉黑了。

“为啥?”

“嫌我给他留言多呗。平常我跟他说话他不听，就在 QQ 上给他留言，结果倒好，把我删了。这兔崽子!”

另一个在按摩椅上束着马尾辫的妈妈立即同病相怜地接话道："可不！我儿子，他在外头玩，我一打他电话，总是'您所拨打的电话正在通话中'，原来是把我拉进了黑名单。"

大家开始列数各自小孩的"劣迹"。

马尾辫妈妈说她儿子玩游戏，玩得成绩下降。

说起游戏，妈妈们立即同仇敌忾起来。

马尾辫妈妈说："我们家玩起游戏来，忘记吃喝，就像变了个人似的，还烧钱，把我给他的零花钱全部拿去买点卡去了，那天我搜他抽屉，整整一叠点卡，全是他玩掉的。"

"把网络给断掉。"曹惠说道，"我女儿这一点好，从小我就警惕，她不玩游戏，顶多在网上看动漫。"

"断掉？他要是去网吧，岂不更糟?"

"那你就让他玩个够，玩到最后不想玩了。听说马云的儿子就是这样，马云发现儿子沉迷游戏，让他一连三天玩个够，最后，他自己回来了，说没意思。"

"你敢这样做？我是不敢的。三天，哪能架得住？他在游戏上只要待上两个小时，我就心急如焚。"

林雪燕深有同感，云瀚最近又迷上了一款新网游。这个时代，撒旦总抢先一步跟她争夺儿子。唉，一个当妈的，得有多么强大的本领才能应对这个诱惑无孔不入的世界。

"前天看电视上报道，一个小孩在网吧玩游戏暴毙。"

"还有小孩为玩游戏，抢钱杀人呢。"

"我有个朋友将他小孩送去私立学校，全封闭管理，就是为了不让他上网。"

"还有送去戒网营的呢。孩子网瘾发作就电击，让他记住疼，慢慢就不想玩了。"

林雪燕想起不久前焦海棠说的春谷发生的一件事，一个妈妈把自己儿子杀了。她当时听了浑身汗毛倒竖，天哪，这是怎样的疯狂！

“那些发明网络游戏的杀千刀的！他们自己没有孩子吗？他们知道自己造的孽吗？”妈妈们说着说着把仇恨集中到那些发明网游的人身上，咬牙切齿。

从健身房出来，曹惠妈妈请林雪燕去旁边的茶水间坐一坐，用一次性水杯，接了两杯直饮水。

“初三了，你们家有什么打算？想考什么学校？”曹惠妈妈问道。

“唉，看他自己吧。曹惠有什么想法？”

“她想上深中，进国际部。唉，难哦。”

深中是深圳重点中学，里面分好几个体系，国际部都是培养考国外名校的，近些年特别走俏。

“你知道吗？王子豪已经出国了，高一下学期就走了，全家移民加拿大。”

难怪好久没有见着这一家人，只道是搬家了，原来是搬到国外去了。

“你们有联系？”

“有啊。前不久他妈妈回来一趟，我们一起吃了饭，她还介绍了一个做海外留学的中介给我。万一考不上深中国际部，我们自己找中介出去。”

“听说一年得好几十万！”不是小数目。出国，在深圳已成风潮了。从研究生到本科生到高中生甚至到初中生，出国的年龄越来越小。云瀚班上最近又走了一个，全家移民。

“能出去还是出去的好，国内大学，你也知道，那些所谓的专家教授，只顾着搞钱。能学到什么东西？不仅王子豪，我认识的好多人，都说出去的好。外面环境好、空气好，这个且不说，就是吃喝你也放心多了呀。”

又是一个“洋务派”。曾经就此事跟老周讨论过，要不要将来送云瀚出国。老周说，华人在别的国家，再怎么说，都是二等公民，很难真正融入。而且，现在不比过去，海归很吃香，现在海归大都成了“海带”。他一个朋友的小孩，成绩一般，去泰国读大学，后来又去了美国两年，很难发展，现在又回来了。国内经济正快速发展，机会多，何必舍近求远，把钱都送给人家。他尤其反对那种说法，在国内学不好就送去国外。“屁话！在国内不好，在国外就好了？”

林雪燕想想也有道理，一个孩子离那么远，她也舍不得。走一步看一步。何况，真要出国，经济上的压力也是巨大的，钱都滚在工厂里，一下子要掏出那么多，也够呛。老周从来不提这一点，实际上，这也是他反对出国的很大因素之一。所以，他才那么拼着命地要赚钱。

“现在的高考，竞争太残酷了，不想让女儿受那个折磨。能出国还是趁早走。”曹惠妈妈依然在说。

“哎，高考还远着呢，现在要面对的是中考。”林雪燕提醒道。

“也是，在深圳，中考比高考还紧张，学位不够，上不了高中只能去读职校了。”

“深圳这么发达，为什么不能多普及点高中，考个高中竟比大学还难。大学都扩招了。”

“刷下一批，这样高考升学率不就上来了？”曹惠妈妈仿佛很懂行地说。

坐了一会儿，两人起身告辞，曹惠妈妈要去新东方接女儿，她女儿在那里培训英语。林雪燕则要去宏图接云瀚，他在那里补习数学、物理。

5

培训班在深圳很火。

云瀚的钢琴课、美术课、书法课那些属于“素质”教育的项目都已陆续停掉了，取而代之的是文化课的补习。最初林雪燕没想过要给儿子报补习班，她和老周念书就从没有上过什么补习班。在她过去的意识里，只有学习不好的才要补。没想到，在深圳，成绩好的也补，补得更凶。

公共汽车上、地铁里、建筑大楼上、电梯内，随处可见培训班的广告，还有高考状元、中考状元的头像代言。深圳的培训机构大大小小多如牛毛，走在路上，时不时就接到天女散花一样的广告宣传单，什么“名师指导”“小班教学”“一对一辅导”“尖子训练营”等，凡是你能想到的，培训机构都想到了，你想不到的，人家也替你想到了。

报名宏图培训班，是云瀚主动提出的。转到木棉中学后不久，他就提出了，大概这是班上的潮流。

儿子主动要去学，当然求之不得。宏图是深圳名头最响的培训机构之一，开设的课程从小学覆盖到初中、高中各门主科，打着的旗号是“让孩子更优秀”，大约是经营有方，这些年越发红火，已经规模经营了，公司成功进驻到北京、上海、广州、惠州，在华南一带首屈一指，在深圳拥有多个分点。

不去不知道，去了吓一跳。林雪燕再次震惊于自己的落伍，天天面对着广告，居然熟视无睹，不知道人家孩子早就轰轰烈烈地补了几轮了。

林雪燕来的是离红湾区最近的一个分校，一进到里面，那热火朝天的氛围就让她蒙了，许多家长小孩，正是报名的季节，前台旁边还设了个抽奖信箱，凡是提前报名的人都可以抽到奖，许多兴奋的孩子，正摩拳擦掌地为自己试手气。求学变成了一种欢乐游戏。

林雪燕听见一个妈妈在说，孩子催命一样催她来报名，还说报晚了就没有位置了，怎么会没位置呢？给他们钱赚还不要？我告诉他，晚一点来一样能报得到。他不听，吵死吵活催我来。学习也不见他积极，报名倒是比谁都积极。

这就是宏图的魅力，它有本事让这些孩子争先恐后地报名。通过奖励、优惠等各种各样手段忽悠，让家长们趋之若鹜。林雪燕不久就领略到了。

有的孩子早已是金牌学员了，有的是银牌，分别都有相应的折扣，另外根据报名的科目多少也有优惠，报得越多，越优惠。

有的孩子周末几乎一天都在里面过。宏图生意好学生多，也带旺了附近的 7－11、麦当劳等店铺。还有的孩子自带饭盒来吃，带单人床来睡，俨然以校为家了。

林雪燕给云瀚报了两门，物理和数学。

培训班不便宜，两门课打完折，一学期也好几千。林雪燕看过一个调查，城市家庭平均每年花在孩子教育的费用占总支出的35%以上。义务教育虽然是公益性，但家长们远不满足于学校所学，纷纷在外进各种补习班。家长们也纠结，明知道上辅导班会挤占孩子可怜的业余时间，降低幸福感，可是，不选择辅导班，又怕输在起跑线上，失去美好未来。

“这是你自己要学的，你要对得起这个钱。可不要像学钢琴那样，半途而废，钱都打水漂了。”林雪燕跟云瀚嘱咐道。

云瀚点头。

虽然价钱不菲，林雪燕也觉得这钱是值得花的。就像那天报名时一个妈妈说的那样，在家里时间就玩掉了，好歹在这里关几个小时，逼着学一点。

但是，林雪燕没想到的是，云瀚并没有像他所保证的那样，认真对待她付出的这笔钱。在宏图他遇到了一个游戏迷，两人一拍即合，玩到一处。

第一次被老师投诉，和许浩联机玩 PSP，林雪燕气极了。为此爆发了一场争执，砸了 PSP。她想起焦海棠说的话，孩子交什么朋友很重要，她家童童正是受表哥感染，从此更加努力，一举考上重点高中。而云瀚却和游戏迷搞到一起。许浩家有钱，父亲据说在国外，母亲也很忙，家里只有个奶奶和保姆，管不住他，玩游戏可以玩个通宵。

网游也是在许浩的带动下开始玩起来的。

林雪燕发现自己跟儿子的搏斗真是无穷无尽，无休无止，而最要命的是，她越来越感觉到自己气力不逮，黔驴技穷。

在每一个林雪燕看不到的时间里，云瀚都会奋战在游戏中。在游戏中云瀚神情专注，忘记世外一切。每次让他从电脑上下来，都异常艰难，要费好大气力。

他们终于爆发了一场大战。

6

那天是周日，云瀚下午要去宏图上课，物理、数学两门课连上，四个小时。

睡到中午，云瀚才起床，他周末都要睡懒觉的。昨晚玩了几个小时游戏，周末是他法定可以玩的。为了控制他，电脑从书房移到主卧室了。规定是两个小时，但这个规定形同虚设，云瀚没有一次不超时的。他总狡辩说，一局没有打完，下不来。实际上，打完一局，他也不会下来，总是趁着林雪燕不注意偷偷再开下一局。林雪燕两个小时过后，就坐立不安、不耐烦起来，她要不停地走进来，催促儿子下来。那屏幕上晃动着的穿着古代战袍、顶戴花翎、挥舞着兵器的打打杀杀的小人，林雪燕只要看一眼，就头晕目眩，想到云瀚那么长时间一动不动地盯着，视力又下降了，不由得心急如焚，却又奈何不得。对她的规劝、呵斥、警告，沉浸在游戏中的云瀚置若罔闻，不仅不听，反而会发怒，他讨厌妈妈在他酣战的紧要关头来干扰他。玩游戏使得云瀚的脾气一天天见长。

“刀塔毁一生，魔兽穷三代。”林雪燕咬牙切齿。每次耗费心神的搏斗，让她心力交瘁，夜晚睡下，都觉得自己再也爬不起来了。但一觉过后，又自动愈合，精神抖擞起来，当妈的，是打不死的战神，是那个永远在推着石头的苦役犯西西弗。

云瀚起床刷牙，他的个头已经很高了，这两年蹿得特别快，竹子拔节似的，站在盥洗室，高条条立在那里，衣服显得有些不合身了，他喜欢那样短短窄窄不合身的款，这是林雪燕所不能理解的时尚。林雪燕看着儿子的背影，想起他小时候的样子，小小的个头，憨态可掬，抱着她的腿，仿佛就是昨天，一晃眼，到现在，已经高出她一个头了。时间真快！

林雪燕给儿子端上饭菜。钟点工周末不来，她亲自下厨。清蒸了一条鲈鱼，一盘蒜蓉青菜心，一盘酸辣土豆丝，还煲了海带龙骨汤，端了一碗上来。

“多吃点，这个鱼嫩。”林雪燕给儿子夹了一块鱼背上的肉。云瀚不怎么爱吃鱼，平时给他夹，他定要挡回去的。这次却没拒绝。

“怎么样？味道不错吧？”林雪燕期待地看着儿子，为了烧好这条鱼，她还特地百度了一下。

“还行。”

得到儿子的首肯，林雪燕很高兴，云瀚乖起来的时候还是很温顺的，能让人心里融化。

“下午上四个小时课，别在外面瞎吃零食，坏了胃口，晚上吃不下饭。”

“知道了。”

“再过几个月就要中考了，加油啊！游戏以后少玩一点好不好？你想想，游戏玩了以后，又有啥意思？又不长块肉，又不能增加分数，还把一辈子前途毁了，后悔都来不及。”林雪燕讲起电视上看的一个案例。两个高中生旷课玩游戏，家长和老师都没有办法，抓回来让孩子给爸爸磕头，最后还是逃出家门，后来又没钱，就去抢劫杀人，被抓。刚满 18 岁，判死刑。记者在狱中采访那孩子，那孩子说了一句话“以前的事就像做梦一样”，现在如梦初醒，悔之晚矣。

云瀚低头吃着饭，没有吭声。林雪燕觉得自己的话应该让儿子产生了触动。她现在很注意这些事例，时不时地讲给他听。当然得瞅准时机，他在玩的时候，你想都不要想。

吃完饭，云瀚整理书包，带上宏图发的教材资料，又对着镜子照了照，蘸水把头发弄得竖起来，这种两鬓头发短，顶上堆着竖直头发像火星赛亚人的飞机头，林雪燕看不出有什么好。

“老妈，我走了。”

“才 1 点钟，这么早就过去？我开车送你 10 分钟就到了。”

“想早点过去做一会儿作业，今天不用你送了。我坐地铁也很方便。”

“那好吧。你走路小心点。路上不要看手机。”林雪燕嘱咐道。

云瀚应了一声，出门了。

林雪燕洗碗擦桌，小睡了一会儿，醒来想想又有些诧异，儿子今天这么乖，走得这么早，似乎有点不对头，平常，他总磨蹭，吃饭要催，出门要催，有时还趁机在电脑上再玩一盘，都是踩着点儿才走的。一种不好的直觉笼罩着她。

林雪燕急急忙忙驱车赶到宏图，问了前台，找到云瀚上课的教室。门关着，门上有个玻璃窗框，林雪燕透过玻璃框，看见一个中等个头的年轻男老师正在上课。男老师发现了她，走出来询问。林雪燕说自己是云瀚妈妈，问儿子在不在里面。男老师惊讶道，他不是身体不舒服吗？今天跟我请假了。

猜中了！林雪燕血气上涌，她必须用很大力气才能使自己保持镇静，男老师看到她的神情，意识到问题了，忙说：“我以为他跟你说了，他……”

“他没跟我说！”林雪燕打断男老师，“他一定跑出去玩了！以后他要是请假什么的，你先告诉我。我把电话号码给你，你的电话我也记一下。”

男老师立即把电话报给了林雪燕，当着满满一教室的学生，林雪燕不好多说什么。

离开宏图，站在车水马龙的路边，林雪燕捏着拳头，胸口起伏，满腔怒火犹如剑要出鞘，她恨自己大意，恨老师糊涂，最恨的是云瀚……如此胆大包天，居然骗她，骗老师。他去哪儿了？

她打云瀚的手机，手机关机，一遍又一遍，打不通。接下来的两个小时，林雪燕把红湾区的网吧找了个遍。正规的网吧他年龄不够，进不来。那些非法的黑网吧藏身隐秘，某个市场的角落、小士多店，甚至在平民住宅里，林雪燕找得辛苦，是在街头问了许多小孩才找到这些黑网吧的。吧主表面上是在卖东西，实际是放哨，对林雪燕很警惕。林雪燕不管不顾，气哼哼地走进去，看到有比云瀚更小的孩子在里面打游戏，心下难受，感叹世道。不知道他们的父母在哪里，这些无良老板，赚黑心钱，你们知道自己在干什么吗？救救孩子吧！

网吧扑空，电话也打不通，难道会有什么意外？焦急盖过了生气。

林雪燕将老周从工厂唤回，老周当时正在见一个客户，“你赶紧回来！儿子失踪了！”她电话里歇斯底里，把老周吓一跳。

云瀚在正常放学的时间回到了家，林雪燕松了口气，与此同时愤怒又奔涌过来，他居然若无其事地回来，他知道那过去的几个小时她找得多辛苦吗？有多焦急吗？他到底干吗去了？

看爸爸妈妈坐在饭桌边等他，气氛有点怪异，云瀚故作平常地放下书包，坐在饭桌边。

“自己去盛饭。”老周说道。

“你放学了？”林雪燕问道。

“嗯。”

“你还敢说自己放学了？”林雪燕双眼喷出火来。云瀚心知不好，却也表现镇定，端着碗吃饭。

“啪！”林雪燕一拍桌子：“你老实告诉我，下午去哪儿了？”

“在宏图上课啊！”

一巴掌甩在云瀚肩膀上，饭撒出碗来。“你撒谎！”林雪燕大声呵斥，把自己如何去宏图，如何去网吧，如何给他打电话，一一道出来，越说越气，又要举手打，被老周拦住了：“让他先吃饭。”

林雪燕掉转枪口，朝向老周：“都是你平时不管不问，他现在胆子这么大，你一天到晚在外面忙，让我在这活受罪。你知道我这一下午怎么过的吗？天天如此，这日子我受够了！受够了！你去——去把电脑网线给拔了。”

“不用拔网线，我打个电话到电信，停止宽带就行。”老周说毕拿起电话，就要拨号。断网的事以前就提起过，一直下不了决心，因为没有网络不方便，他们自己也要用。

云瀚急了，冲过来，去抢爸爸的手机，不让他打。老周一把抓住儿子的手臂，云瀚挣扎扑腾，虽然儿子个头快赶上他了，但毕竟瘦小些，老周一下子将他手臂反剪，云瀚使劲挣脱，越挣脱越紧，就用脚踢起来，儿子的反抗令老周恼羞成怒，他竟然制不动他了？这个孽子！老周越发用了力，云瀚痛得龇牙咧嘴，眼泪蹦出来。林雪燕见此情形，忘了立场，赶紧去阻挡，老周发横的样子太可怕了。儿子的眼泪让她心一下子软了，她扑上来夹在父子之间，去拉老周的手，老周推开她骂道：“你不是要我管吗？我来管，你就别拦着！”林雪燕哭出声来，死死地拽住老周：“你快放手啊，他的胳膊要断了，不如你打死我算了！”老周恶狠狠地松开手，脸气得发青。他很少有这样的表情。林雪燕抱着云瀚，摸他的胳膊，问他还能不能动。云瀚满脸痛苦又不屈的样子，林雪燕心如刀割。

战争终于停止了，林雪燕瘫坐在地板上，虚弱得一点力气也没了。

第七章

1

年关已过，春天还没有到来。春谷前些日子有些反常，阳光普照，气温逐日攀升，竟达到 20 度，满街的姑娘都欣喜地穿上春装。春谷县的冬天太漫长，大家都望眼欲穿地盼着春天的到来。焦海棠活了 40 年，自然规律还是了如指掌的，清明断雪，谷雨断霜。现在还早着呢。这反常的气温不过是假象。焦海棠不会被假象迷惑，她知道冷的日子远没有结束。

这不，一场阴冷的小雨为这个虚假繁荣的天气画上了一个句号。气温一下子又回到零度左右，人们重又被打入冷宫。大街上不见了那些花枝招展的姑娘，街道恢复了冷清。

小雨湿答答连续下了好些天，像是永远也不会到头的样子。春谷这个地方冬天难挨。它在长江之南，没有北方那样寒冷，享受不到政府暖气的供应，又不似真正的南方，如广东海南，一年四季春暖花开。实际上，春谷风霜雨雪一样不少。最冷的时候，甚至有过零下 10 度。焦海棠记得小时候，屋檐下挂的冰凌子，如水晶珠帘，掰下来当冰棍吃，还在结冰的湖面上踢过毽子。

现在的冬天已少见到那么厚的冰了，雪也下得少，一年里，稀客似的来个次把①，也不声张，屁股还没落定就又销声匿迹了。气候越来越反常，2008 年恶作剧地闹了场百年不遇的雪灾，把积攒多年的雪一块儿下完了。今年雪又少了。相比起来，焦海棠宁愿下雪。雪干净，不像这雨，没完没了，又脏又黏人，甩都甩不掉。

前天送走母亲和儿子，凄风苦雨的，家里一下子空落起来，热闹和温暖一起走了，冷寂得令人不适。临走前，母亲还有点咳嗽，她一到冬天就容易犯支气管炎，那天气温陡降，她为了省钱竟在家里支澡帐洗澡，大约受了凉。

寒假分外短暂，陪读已一年半，还剩下最艰难的一年半。“吞宝剑也要吞啊。”这是母亲常说的话。过年的时候，姨娘宋来银和女儿苏琼过来玩，母亲又絮叨了一遍。宋来银很同情姐姐，一辈子给儿女做牛做马，老了还在服役。菊新到现在也不成家，在上海一家武术馆做健身教练，过年回来了，打扮得像个小克勒，待了几天又回上海去了，一问起他啥时结婚，就嬉皮笑脸地说“今冬明春”。宋来香让苏琼给他介绍对象，他们都在上海。苏琼说：“表弟有女朋友了，大公司的财务总监。”宋来香半信半疑，那怎么不带回家呢？财务总监能看中菊新吗？“哎呀，姨妈你放心，表弟人帅，人还怕他飞了呢。”

---

① 皖南方言，即“一两次”。

不知表妹说的话有几成真，也不知弟弟葫芦里卖的什么药，焦海棠想起来也焦急，三十好几，还这样晃着。上海的房价那么高，菊新买不起，怎么办？没有梧桐树，哪来金凤凰？

唉，怎么偏他们家穷呢？想想心有不甘，当年苏琼高中没念完，去上海打工，竟慧眼识珠，嫁了个有钱人，在上海一套大房子不说，又在弋江买了房，家里几部车，还请了保姆。女儿读小学了，小家伙过年没回来，跟她爸去新西兰度假去了。她还有个同父异母的哥哥，在那边留学。唉，同人不同命，焦海棠要是也嫁个有钱的，也能帮衬帮衬弟弟了。到如今，不仅帮不到，反而拖累娘家。

“她不要我带孩子，我落得自在。”宋来银撇撇嘴说女儿，对于苏琼嫁的二婚老公，她也曾十分不满，不过，现在已想通了。老夫少妻普遍现象，不是说某个科学家还娶了孙女辈的小姑娘吗？随他去。千好万好，有钱就好。海棠倒是嫁得年貌相当，又怎样？

焦海棠觉得姨妈和表妹的到来，简直是故意给人添堵，映衬着他们的寒酸。

“大姐姐，姐夫好点了吗？”苏琼问。

“好多了，能走路了。”真是哪壶不开提哪壶。

“还要去陪读？”宋来银问母亲。

“不去怎么办？慢慢熬呗。”母亲叹气。

焦海棠瞄了一眼在里屋学习的童童，不要让他听见才好。他是个自尊心强的孩子，如果知道自己成为别人的负担，一定不是滋味。姨妈偏要来勾起母亲的抱怨。这种气氛是一种无形的压力。焦海棠现在很讨厌过年。

唉，是的，熬吧。再有一年半童童上了大学就好了。一想到童童的学习，焦海棠怎么也轻松不起来。重点中学压力超乎想象，童童每天晚上都要学到12点以后，寒假也不例外，成绩还是忽上忽下。好的时候十几名，差的时候倒数。也难怪母亲形容陪读是“吞宝剑”，考学的孩子就像一只小老虎，不定什么时候就发作。焦海棠现在也怕看童童脸色，他的脸是反映成绩好坏的晴雨表。晴的话，就松口气，可以说笑。要是阴的话，那就惨了。问都不敢问，弄不好，儿子就一触即发。对儿子的脾气，焦海棠深有领教。他平时不说话，不吭声，遇到问题，也不会像一般孩子那样明说，明要，明发脾气。他会冷不丁地将拳头打在墙上，或者将挡在面前的一只鞋子踢飞。他不对任何人发脾气，只跟自己发脾气。这样更让人受不了。童童发作的时候，什么话都听不见去。焦海棠最怕他这样折磨自己。每每这时候，焦海棠就有点后悔把他送到弋江来读书，在高手如林的环境里，人都变态了，过去童童不是这样的。

焦海棠心疼儿子，也心疼母亲，但有什么办法呢？就像老师开家长会时说的那样，高考不是一个人的事，而是全家人在战斗。

过年的时候，林雪燕带儿子来拜年，两个男孩在一起，云瀚一身时尚衣着鞋帽，童童朴素寒酸。两人凑在一起玩云瀚的苹果手机，小小年纪，就用那么高级的手机，儿子到现在还用的是最普通的老人机。“世界上最遥远的距离就是，我们一起出门，你去买苹果五代，我去买五袋苹果。”

2

碧波小区在小城西边，过去属于城乡接合部，比较荒凉，春谷扩展壮大后，建了许多住宅群，碧波小区是郊外较早的一批商住房。柯大为父母在太平镇拆迁时把房子卖了，在碧波小区买了一套二手房，住了有一年了。柯大为现在住在父母家。房子卖早吃亏了，城市扩容，太平镇脱离了春谷，直接划到市里，房价“腾”一下子水涨船高。唉，人算不如天算，总不走运！

焦海棠穿着墨绿色羽绒服，黑细脚薄羽绒棉裤，短靴，手插在口袋里，顶着风，朝西走去。雨已经停了，地还湿答答的，人行道上铺着的红格子小砖，被水泡松的地方，脚一落下，沟缝里就溅出一线黑水来。

过了西门洋桥，碧波小区就到了。半新不旧的院落，灰扑扑的建筑，一口长长的方形池塘，池塘边竖着两只很有年头的石狮子。春谷脱胎换骨地改造，却总还有一两样遗漏的东西，传递出岁月的密码，连接着过往的历史。这两只古老的石狮子便是。小时候去林雪燕家玩，就经常走这条路，石狮子凌厉威武的模样，总是给她带来莫名的震颤。那时池塘没有被圈起来，是野塘，水碧清透绿，又名西荷塘。在春谷除了那条贯穿东西的南门河，有许多星罗棋布的小水塘，西荷塘得名于这里的荷花。一到夏季，碧水荡漾，莲叶苍翠，荷花亭亭绽放。

现在池塘水浑通通的，跟“碧波小区”的名字很不相称。荷叶也看不到了，池塘圈在那里像个死水坑。

小区入口处，有一个大钵子，里面是一管很粗的燃尽了的爆竹头，又脏又黑。

婆婆家住在后栋一楼，外面有个院子。院子堆着水缸、杂物，还有一个自来水池。公公坐在小凳子上剥豆角。公公是个话少的人，脸圆眼大，没有皱纹，童颜的表情配着苍老的身体，看着有些滑稽。

听到焦海棠的脚步，婆婆闻声从厨房出来，瘦精精的身材，头发花白稀疏却整齐地梳在后面，姜黄的脸上布满细密的皱纹，与丈夫的满月脸正好形成鲜明的对比。

她招呼了一声，手在围腰上擦了擦，问："童童上学了?"焦海棠点点头。婆婆从来没有带过孙子，焦海棠心里有过怨言，现如今，看她这副被生活欺凌的样子，早不忍心苛责了。这一家也够倒霉，大女儿前年离婚，受了刺激，精神一直不大好，原来在太平镇卫生所上班，现在休业在家。柯大为去年又出了车祸，差点命丧黄泉。还有个太婆婆 90 岁了，要奉养。唯一的妹妹条件好点，和妹婿一起在太平镇教书。

婆婆在春谷买房，也是为了柯大为。"等我们眼睛一闭、腿一伸，这房子就是你们的了。"柯大为在春谷没有房，每次出车回来，就和焦海棠在小旅馆住，像对野鸳鸯。早先，焦海棠还把柯大为往家带，后来，父母脸色越来越难看，柯大为一年三节拿不出什么像样孝敬的，手脚又不勤快，自然不敢住焦家讨嫌了。现在婆家有了房子，小夫妻俩可以在这边团聚了。

没想到，房子买了住了不到半年，柯大为出了事。

当时的情形回忆起来像一场噩梦。那天，焦海棠正跟单位的人一起聊着天，突然接到车祸电话，人一下子蒙了。

焦海棠连夜赶到镇江，看着面目全非的丈夫，差点瘫倒。三辆车相撞，柯大为夹在中间，受伤最严重，头破血流，鼻骨断裂，脸变形，救援人员把他从撞瘪了的车座里拖出，他的腿给压住了，奄奄一息，被就近送到了镇江医院。输血，急救。焦海棠把身上刚凑齐的仅有的 1 万元钱拿出来，压在医院。两条腿都断了，一条在大腿，一条在小腿，小腿是粉碎性骨折，不能立即手术，得先消炎一周。剧痛使丈夫发出焦海棠从来没有听过的呻吟声，尤其是在移动担架去做检查时，那惨叫听得毛骨悚然。真是"天有不测风云，人有旦夕祸福"，就在三天前，他们还刚刚在弋江见过面，他正好出车到那儿，顺便看儿子，一家人一起吃了饭。他还说最近客源比较多，等再跑两年，攒够钱就买房子。谁知道灾难就在不远处埋伏，转瞬变成这样。真是靠山山倒，靠水水淹。

那些天，焦海棠整日恍惚，痛苦击垮了她，柯大为的姐姐也陪着过来了。白天两人在医院陪护，柯大为睡着了，焦海棠就一个人走到外边。沿着医院走一段路，就是通往江边的道路。看着滔滔长江，她想起在太平镇的日子。那时，她和柯大为常在江边散步，童童还没有出世，他们有的是时间，她让柯大为作诗，柯大为随口胡诌："啊，长江，你是多么多么地长！啊，黄河，你是多么多么地黄！"把焦海棠笑翻，他还唱歌给她听，"哦哦耶耶，我爱你在心口难开……"他永远是那种缺根筋，不知忧愁的人。现在，这个可怜的人躺在病床上，无法动弹。

六月天，还没入伏，是下午四五点的光景，阳光淡淡照在江面上，记忆中的江水和眼前的江水重合了，这么多的水，仿佛她流不完的泪。江水波光粼粼，来来往往的船只各自奔忙着，世界还是和以前一样，不会因你的灾难痛苦而改变。

"撞得那么凶，能活下来就不错了。"去警察局做笔录时，一个交警还说，"算你家祖坟埋得高，已是万幸。"

焦海棠不由自主打了个冷战，她想起清明时节烧纸的事。柯大为家的祖坟在太平镇，因为那几天出车，回不去，柯大为就托焦海棠表示一下。焦海棠买了点草纸和冥币。清明前的那天晚上，她一个人走到离家不远的东门桥墩底下。那里有一堆一堆的黑纸灰。这是民间简陋的拜祭方法，不能上祖坟的，就象征性地烧一下纸钱。

焦海棠蹲下来，在地上画了个圈，将草纸先放好，开始点火。不知是冷还是怎的，打火机连打两次都没点着。火机里还有许多机油。焦海棠使劲擦了下手，用力一打，黄色小火苗摇曳起来，赶紧去引火，可是火一接触到草纸就灭了。又点了一次，还是没有把草纸点着。反反复复试了好几次，都没点着。焦海棠又纳闷又泄气，这可是从没有过的事。烧个纸都烧不着？她都想放弃了，站起来，一股阴风从背后吹过，寒气顺着衣服领子漫过全身，焦海棠打了个冷摆子，转过身，又蹲了下来，重试。这次终于烧着了。黄色草纸慢慢变红变黑，焦海棠赶紧将一沓一沓十万百万千万的冥币投进火里，一边烧一边口里念念有词，说晚辈来给你烧纸了，那些钱都拿去用，别舍不得，路远又忙没有办法过去，请原谅，还请老祖宗保佑童童学业有成，保佑全家发财兴旺……焦海棠一边念叨，一边用棍子挑着，好让火焰将每一张纸都烧到。那些天地通冥行出品的大面值冥币渐渐全化成了灰烬。又一阵风吹来，卷起的纸灰很快飘散在暗蓝色的夜空里。风把钱送到了远方地下的祖宗手里了。焦海棠长长地舒了口气。

现在想起来那天很是蹊跷，如果她再烧不着放弃了，是不是今天柯大为就已经没命了？焦海棠曾经说母亲迷信，现在，她也不由得不信命了。

3

医生又来通知缴费了，原先垫付的钱很快就花光，医院就像一个巨大的吸金口，好不容易挣来的血汗钱哗啦一下子全吸光了。保险的赔付也没有那么快到位。钱筹得艰难，那边妈妈又打来电话，嗫嚅地说，童童学校又要交什么教材资料费。焦海棠脑袋一片茫然。柯大为出事是瞒了童童的，他正面临期末考。

前一天，童童打来电话，疑惑地问：“妈妈，你怎么老不过来看我呀？”儿子一般很少打电话，出了事后，焦海棠两周没有去弋江了。她和母亲统一口径，说是去江苏出差了。这个谎编得也是差强人意，供水公司的出差什么时候轮过她一个水表工？

“爸爸呢？他回家了没？还在外面开车啊？”

这孩子敏感，他难道猜到什么？不会的，母亲不会走漏消息的。焦海棠赶紧说，你爸挺好的，他在镇江，我出差正好经过这儿，我俩现在在一块儿，你要不要和爸爸说话？

焦海棠把手机递给柯大为，现在让儿子听到他爸声音是明智的，起码不会瞎猜疑了。父子俩在电话里说了几句，怕浪费话费，柯大为很快就收了声。焦海棠看见一向不流眼泪的丈夫在挂断电话的一刹那，眼眶湿了。

一周后动的手术，手术做了八个小时。看着柯大为覆盖着白被单，面色苍白地被推进手术室的时候，焦海棠忍不住又哭了。她本来就是好哭的人，这些天眼泪就没干过，眼泪也有重量，几天工夫，她瘦了 10 斤。

八个小时，焦海棠没吃一口饭，柯大为姐姐打来盒饭，她一口都吃不下。柯大为推出来的时候，焦海棠有些不认识丈夫了，脸色惨白，人走了样，手术同时输了 800ml 的血。

或许是惊吓过度，焦海棠陪床时，每每听到丈夫睡梦中发出惊恐的叫声，好像着了魇一般。

焦海棠每天帮柯大为端茶倒水、接屎接尿兼揉腿，他的腿轻轻揉能减轻痛苦。姐姐陪了几天，就和来探望哥哥的妹妹、妹婿一起回去了，剩下焦海棠一个人苦撑着。

邱师傅几乎每天都有电话来，他电话来的时候，焦海棠就偷偷跑到外面去接。

焦海棠现在没有别的什么人可以诉说，父母只会干着急，跟他们说只会更添忧。儿子也不能说，只有一个邱师傅好歹给她一点安慰。在外地接手机要花钱的，邱师傅说，已经帮她充了费了。

手机现在是焦海棠与外面世界相连的唯一通道。这个地方没有熟人，没有亲朋好友，医院除了白大褂，没有别人来探望。

电话倒是不少，父母的、弟弟的、柯大为家的，还有同事的、邻居的、麻友的，邱师傅的电话夹在里面，并没有引起柯大为的注意，他在这方面本就是个粗糙的人。但是，每次只要焦海棠一接电话，柯大为就在一旁哼哼，抖着两条病腿，好像疼痛加剧的样子。焦海棠知道他是心疼钱，外地接电话花钱。焦海棠看他这样就赶紧收了线，替他揉腿。

邱师傅说："你放心，童童将来我也可以负担的。"焦海棠鼻子一酸，他到底了解她，知道她担心童童的未来。柯大为腿残了，即使治好了，将来还能正常开车吗？那辆车已经报废，保险也只能赔70%。往后日子怎么过？柯大为这一辈子怎么办？想起来头皮都发麻。

邱师傅说他可以养童童，说得好听，他自己还有儿子呢，何况，他也不是什么有钱的人。就算说的是真心话，又能怎样？他希望她能改嫁给他，可是，她能抛下柯大为?! 童童也不会答应的。这辈子啥都不为，也要为童童。这孩子看似憨憨的，心里却明镜似的。

邱师傅，他贪恋的也许不过是她依旧残存的丰腴吧？她现在已经瞬间枯萎了。

幸福就像一只吊在高处的饼，在你面前晃着，诱惑着，你拼命地蹦跳，眼看着好不容易要够着，它又被无情地拿开，让你扑个空。

焦海棠觉得特别绝望和疲惫，她其实要求也不高，有一间自己的屋子，儿子能够上得起学，能够穿漂亮一点的衣服……这些愿望不过分吧？老天为什么要对她这么吝啬、这么不公平呢？

4

手术已过去大半年了，柯大为的腿已愈合得差不多，能够拄着拐在家里走一走了。从镇江回来，焦海棠在婆婆家住了几个月照顾柯大为，直到寒假，她才又住回了娘家，她有一种重获自由的感觉。

柯大为从房里拄着拐杖出来。

“你不要起身，还是躺着吧。”焦海棠扶着他说道。

“一天躺到晚！都躺出高血压了。童童上学去了，还好吧?”

“还好。”

焦海棠发现丈夫的脸都睡圆了。刚出事那阵，柯大为瘦脱了形，经过长时间的调养，又恢复了往日的肥胖。他的胖是和衰老连在一起的，是江河日下的松弛。脸变圆了的柯大为越来越像他的父亲，头发也稀了。

婆婆拿出瓜子、花生和砂糖橘。“吃吧！”她对媳妇客气讨好。里屋有了动静，果然老太太躬着身体螃蟹一样横了出来，她人虽老态龙钟，可是耳朵还很尖，鼻子也灵，喜欢人多的时候凑上来，知道有吃的。婆婆递给她一个砂糖橘，斥道：“去去去，到里屋去。”老太太根本不听，一边吃橘子，一边用几乎看不见眼珠的眯缝眼看看这个，瞅瞅那个，一副怡然自得的样子。人老还童。谁拿她也没办法。“有的活头！”婆婆经常跟焦海棠抱怨。“女人不能活长，活得太长，成了老妖怪，会害下一代。”她把柯大为的不幸，归到自己的婆婆头上了。

老太太不理会人嫌，她比谁都能吃，有的吃就开心。在婆婆家住了那么久，她太知道了。有一次，老人家偷喝给柯大为煲的排骨汤，喝坏了肚子，拉得一床一身，家里臭不可闻，老人家知道自己闯了祸，躲在房里两天不出来，跟犯错的小孩子一样。焦海棠买了香，熏了好些天。她受够了婆婆家这难闻的老人味、病臭味。

柯大为拄着拐杖到自己房，从床头取出刚拍的腿骨片子给焦海棠看，是昨天他妹夫陪他去医院拍的，胶片上的骨裂处似乎有点歪，难怪柯大为觉得走路很不对劲。他妹夫陪他去找医生，医生说，他这个粉碎性骨折不好动手术，能长成这样就很正常了，想恢复成以前不大可能。

“啊？那怎么办？”焦海棠心一紧。

“走路能走，就是可能有点瘸。”

焦海棠想起曾经水厂公司同事搞病退装跛子走路时，她笑得要命，谁知前脚笑人，后脚就摊上了。

“还疼吗？”焦海棠揉揉他的腿。

“一下雨就疼，作天阴。”

“以后咋办？车也不能开了。”

“你放心，总会找到事的，车到山前必有路。”他真是打不死的李逵。

“我想给童童买个手机。”

“他不是有吗？又要买？”

“他那个都旧得不像话了，班上没人用的，他们同学都用的好手机。”

柯大为不说话了，一涉及钱，他就讲不响。“教育童童，不要跟别人攀比。”

“攀比？他拿什么比？”焦海棠激动起来，儿子够委屈的了。穿的用的什么都不如人家。

“等天暖一点，我出去找事做。”

“你算了吧！别还没好，又搞出状况来。”

“找个看大门的差事，总可以吧?”

“现在哪有看大门的? 那叫保安，得有好身手。你腿脚不行，谁要你看大门?”焦海棠说完又觉得打击了丈夫，就又换了口气说，“等你下了钢管，全好了，再说。留得青山在，不愁没柴烧。”

吃罢晚饭，出来，天已黑了。每次从这边出来，焦海棠心情就要暗淡半天，看一个大男人拖着病腿，坐吃山空，无所事事，实在愁人。

手机响起来，张红霞打来的，约她去打麻将。有好些天没玩了，上次手背，输了100元，她发下狠誓，一周不去玩。现在天都黑了，张红霞这个时候打来，一定是三缺一，让她顶。救场如救火，焦海棠应承了。

棋牌室很热闹，正是吃晚饭的时间，大家一边吃一边热火朝天聊着天，二赖子正在绘声绘色地讲哪里发生的小煤窑塌方事故；老拐在讲西头的某个老鳏夫，姘上了一个小寡妇，结果财产给卷跑了!

这个三教九流的地方是最适宜诞生流言、奇闻的。

张红霞，则和一群女人在一起，议论一个传奇。

说一个下岗的女工，为了谋生，经朋友介绍去上海打工，遇到一位有情有义的商人。那人爱上她，给她很多钱，让她嫁他。但女人放不下自己的老公孩子，毅然离开上海回到家乡。几年后，女人得了乳癌，丈夫又在外豪赌。走投无路，女人给那个上海男人打了电话。没想到那个男人依旧痴情，虽然已经结了婚，可是二话没说，愿意提供她一切医疗费用，并保证按月寄钱给她，直到她女儿长大。女人很感动。男人说，我有钱，每年用于慈善就要不少钱，与其给陌生人，不如给你。

男人就一直信守诺言地给她寄钱，直到现在……

这个匪夷所思的故事让大家羡慕不已。这年头，还有这样有情有义还有钱的男人！简直比琼瑶小说还感人。

她们议论着这个故事的真实性。

“是真的。那女的我认识。”一个叫芳芳的女人说。芳芳是新近的常客，一个离婚的中年女人，平常很高傲，但张红霞说她，一喝了酒就犯傻，什么男人都可以带走她。芳芳说：“那个女人长得漂亮，人也好，有一次家里来了条流浪狗，她收留了它，结果运气就好了。那男的每年还邀请她出去旅游散心。”

大家听得更加感慨。

焦海棠想，什么时候自己也来养条狗，改改运气。

饭毕，各就各位。麻将开牌。今天手气不错，开局没打两圈就和了。从柯大为家出来，抑郁的心情一扫而光。她再接再厉，又连赢了几局。

打得正酣，手机响起来，焦海棠一看，心里扑扑用力跳了一下，是邱师傅！

他说来春谷了，在宾馆等她。

终于这一轮结束。焦海棠赢了 80 元，抽身要走。

“打赢了，就走，不行！起码要来五圈。”对家戴着一黄一白俩戒指的女人不依，这次她输得最惨。

“让她走吧！她家里事！”还是张红霞体贴。

焦海棠顾不得别人脸色，出了棋牌室。

冷空气扑面而至，焦海棠心里却热烘烘的。

5

小宾馆十分简陋，房间里脏脏旧旧，头顶的莲花形吊灯蒙着一层厚厚的灰，靠床的壁灯还是坏的。热水器也不好使，花洒的出水孔似乎给堵住了。空调也不暖，调到31度，却也只比屋外高几度。

他们有好些天没见了。上次送童童去弋江，他跟老婆孩子去了乡下。

“你跟老婆过算了，以后最好也不要来找我了！”

“吃醋了？你不就是我老婆吗？”邱师傅抱着焦海棠，笑嘻嘻地说。

“呸！”焦海棠推开他。

想到提前离席的麻将桌，焦海棠搓着手，意犹未尽地说：“今天手气好，不是你来，我还可以多赢几牌的。”

“差多少？我补你！”

“吹牛！你发财了啊？”焦海棠仰起头，嘴角扬起一抹嘲笑，“发财就不住这鬼地方了！”

邱师傅掏出打火机，点了一根中华烟。

“噢，抽大中华，果真发财了?!”

“最近和一哥们合计，准备盘一个KTV。”

“不去税务所当大厨了？”

“当然还要，KTV兼着做，赚双份的，不好吗？”

“真的？”焦海棠投去将信将疑的一瞥，“你什么都要双份，老婆双份，工作也双份。你牛啊！”

“不牛怎么养你们母子？”

“好像你养了多少似的。”

焦海棠把今天棋牌室里听来的故事告诉邱师傅：“人家那才叫真好，大善人！什么都不图。你说，这是不是真的？要是你，你会不会娶一个割了乳房的女人？”

“新闻。”

“瞧你！果然不信了，境界差远了吧！”

“别听人瞎掰！”

“爱情，人家那叫真正的爱情。”这俩字一说出口，焦海棠突然有些害臊。她有爱情吗？过去，还是现在？她爱柯大为，还是眼前的邱师傅？都说不清了。生活过滤了一切，对她来说，眼下只有“温饱”，不管什么，只要能兑换成温饱就行。穷人哪有什么资格谈爱情。

“别魂不在身的了，我有东西拿给你看！”邱师傅翻身下床，去墙边的行李箱里，拿出一台黑色笔记本电脑。

“送我的？”焦海棠喜上眉梢。

“一个朋友叫我帮着推销笔记本电脑，放了两台在我这儿。你拿一台给儿子玩玩吧！”

尽管不是特地买的，但焦海棠还是十分高兴。

6

周末，童童和外婆从弋江回家。一眼看见家里那张褐色八仙桌上一台黑色的笔记本电脑，不由得两眼放光。

“喜欢吗？”焦海棠笑盈盈地望着他。

“哪儿来的？”童童惊喜地问，妈妈不可能那么大方。

“你不要问，就说你喜欢不喜欢？”

童童打开电脑，眉开眼笑：“到底哪儿来的？你中彩了？”

“嗯，中彩了。”焦海棠顺着嘴说，“单位抽奖，中了大彩。”

这一天，童童一反常态，学习都放一边了。

就像小时候得了新玩具一样，童童爱不释手，晚上睡觉也搁在床头。

“给你电脑，你可不要沉迷啊。”焦海棠不忘提醒。

“真的是我的了？”童童还有点不相信。

“是。”一台山寨笔记本就让他这样激动，焦海棠很心疼。

“要不要带到学校？”焦海棠问，她知道儿子班上许多人都有笔记本。

“算了，不带了。”童童想了想说道。“妈妈，你可以开通网线。”

“开网线干吗？又要花钱。”

“不开网线，你要电脑干吗？”

“我又不要，是给你的。”

童童摸了摸电脑，仿佛得到了确认，脸上再次现出微笑。

第二天，童童抽空去了一趟街市，带回了一个电脑大小的咖啡色布袋。

“这是什么呀？”

“电脑套啊。”童童那表情，好像是对焦海棠什么都不懂感到好笑。

“你买的啊？多少钱？”焦海棠惊讶地问，童童从来不瞎花钱的。他也没什么钱，上了高中，焦海棠一周给他20元零花钱，买水或零食，童童都存了下来。今天竟然买了这个来。他说电脑套不贵。

“你在哪儿买的？”

“城隍庙小市场啊。”

焦海棠经常去城隍庙逛市场的，那里许多衣服鞋袜、各种杂货，却从来没看见过这东西，也不知儿子怎么就找到这个。看来什么都怕有心啊。后来，焦海棠再去城隍庙，果然看到一家小店，专卖电脑、手机套、贴膜什么的东西。许多品种，童童买的是最便宜的一个。

童童从宋来香的碎布篮里找了一块小花布，小心仔细地擦着笔记本，然后装进电脑绒布套里。焦海棠看着童童这么爱惜，不由得喜悦中夹着酸楚。

童童上学去了，笔记本电脑像贡物一样放在他的枕边。

第八章

1

弋江的9月，完全不同于深圳，太阳没有那么灼热，气温也分出早晚来，风吹在身上凉丝丝的，是秋天的感觉了。

林雪燕走在江边，这里原是破旧的老港区，唯一著名的是一座历史悠久的中江塔，长久荒凉地矗立在那里。长江被一道防洪墙挡住，无人在此驻足。如今变样了，再也找不到过去的影子，以中江塔为中心，新建了一个滨江公园，类似上海的外滩，长长的绿化带，古色古香的小亭子，人工叠泉，贯穿整个公园，跨越防洪墙的天桥，像外白渡，是观赏江景的好去处。曾经破败脏乱曲里拐弯的小巷子老房子都奇迹般地消失了。滨江花园对面是新盖的高档楼群，连着古老的天主教堂、海关大楼、中西合璧式的建筑，使这一带成为弋江新的风景线。林雪燕的房子就在那高档住宅区一栋名叫梅庄的小区里。她买的时候还是楼花，滨江花园也只在规划中，打出的旗号是江景房，因地段离市中心较远，属于郊区，销售一开始并不火爆。林雪燕捡了个大便宜，现在这里的房价已翻倍了。当初她在老家买房的目的，一是不想让老周把钱全砸在厂里，二来也有荣归故里的虚荣心。房子将来出租、养老，都是好的。没想到的是，房子提前派上了用场，好像她所做的一切仅仅是为了这一天。就像焦海棠说的，她在弋江买房子，原来是有预谋的。唉！谁会这样预谋啊！

林雪燕走在宽阔的小彩石铺就的路面上，眺望着前方浩渺江水，江面上漂着几只小筏子，航运码头在另一端，远望过去，可以看到一排货轮。正是黄昏时分，江边散落着零星的游人。林雪燕趴在栏杆上眺望。自从云瀚转来滨江中学念书，她每天都要来此散步。江水如烟，一种做梦似的感觉挥之不去，她到现在都难以置信，真的会抛下一切，把云瀚转到弋江来读书。

为了云瀚，林雪燕可谓是孟母三迁了，她转过两次学，而这一回居然迁得这么远，回了老家。

不知道一个母亲要拥有怎样的三头六臂才能管住今天的小孩。林雪燕过去瞧不上自己的父母，现在却非常羡慕，他们四个孩子，呵着斥着，无为而治，一个个就长大成人了，她和妹妹都考上了大学。而今天，单单一个云瀚，就把她折腾得够呛，身心俱疲。

云瀚似乎要在青春期把所有的错误都犯一遍才肯罢休。当林雪燕还在为云瀚玩游戏焦头烂额时，又惊悉他陷入早恋。

消息是曹惠妈妈透露给她的。那天，她下班回小区，花园里迎面碰到曹惠妈妈正和几个妇女聊天，一见到她，曹惠妈妈就冲她笑，笑容意味深长。林雪燕跟她寒暄几句，准备回家，曹惠妈妈把她叫到一边，神秘兮兮地说：“跟你说件事，你可别跟儿子说是我透露的哦，那就把我们家女儿给出卖了。”“什么事?”林雪燕心头一紧。

“听说你儿子交女朋友了哦。”

“谁说的？不会吧?”

“我女儿告诉我的，那女孩不是一个学校的，来木棉中学看你家云瀚，那天他们两个班打篮球，云瀚大约腿受了伤，那女孩还给他送药来着。”

林雪燕的脸陡然变色，是有一天云瀚打球带伤回来，脚踝处包了白纱布，她要给他给上药，他说不用了，校医给上过，原来是……

林雪燕一生气，就要冲回家追问。曹惠妈妈叫住她：“你也别着急，先观察观察，摸清情况，我是好意提醒你，孩子初三了，别因这个影响学习。说不定人家也没什么呢。”

“嗯，好的，谢谢你。唉，这小兔崽子真不省心，都什么时候了。”林雪燕直叹息。

“千万别说是我说的呀。”曹惠妈妈在背后叮嘱道。

林雪燕急匆匆回到家，钟点工小赵已经走了，饭菜做好了，热烘烘的，在饭桌上用一个饭罩盖着。因为不包吃，林雪燕给她的工资要比同样的小时工贵 200 元，新近又涨了 100 元。深圳家政工紧俏，薪水涨得快。原来的钟点工小王回老家了，这个小赵在林雪燕家才做两年，工资都涨了好几次，几乎每隔半年，小赵就要提外面某某家又涨了，现在的行情如何如何。林雪燕只好给牵着鼻子走，她也不想老换家政工。

林雪燕摸摸饭厅里的桌台，黏手，看来没有擦，客厅沙发底下也有灰，小赵拖地大概只拖表面，从不挪动位置。家里没有人监看，也不像有些人家装了摄像头，够轻松的了。要是分身有术，她才不会花这个钱。

云瀚还没放学，木棉中学下午三节课，正常 4 点半放学，初三加了一节自习课，按照道理也该回家了，但他从来没有早回来过，每次问他，不是说在学校多做一会儿作业，就是打球了。现在想来，说不定正是和女孩在一起呢。林雪燕头皮发紧，开始在脑海里搜寻一切的蛛丝马迹，越想越觉得可疑。难怪他现在变得那么在意自己形象，动不动就照镜子，上次还在网上买了两根时尚腕带，一黑一红，他戴了黑的，那根红的呢？难怪他在 QQ 聊天时举止神秘，她总以为他是在玩游戏怕她看到，原来是另有情况。难怪他手机要设密码，还有，还有……上次他宏图旷课，也许根本不是玩游戏，而是和女孩约会？

林雪燕越想越焦急。她恨自己太迟钝了！

2

云瀚回来的时候，天已擦黑，《新闻联播》都快开始了。

“怎么这么晚？”林雪燕黑着脸，平静地问，好不容易克制成这副语调。曹惠妈妈说得对，她不能冲动，必须先摸清情况。

“在学校写作业。”云瀚放下书包，换了拖鞋，坐到了饭桌边。

可真会装！眼睛怎么不敢看她？

“和同学一起写吗？”

云瀚“嗯”了一声就埋头吃饭。旁边的手机响了一声，似有短消息。云瀚拿过来看，一抬头发现林雪燕在看着他，立即皱了下眉。

“手机有什么重要信息吗？快点吃，饭菜都凉了。”

云瀚瞟了妈妈一眼，放下手机，一言不发地吃着饭。

饭毕，林雪燕洗碗，云瀚进了卫生间，他冲凉总要很长时间，以前林雪燕就骂过他，躲在卫生间里玩手机。现在，林雪燕几乎可以断定，儿子是利用这个时间和空间在和那女孩交流。

忍字头上一把刀，还是得忍。对付儿子，得证据在手，打有把握的战，才能一举歼灭。

林雪燕抽空去了一趟学校。学校其实是林雪燕惧怕去的地方，云瀚小学的时候，由于投诉多次、被请去学校，给她留下了创伤性记忆。转进木棉中学后，除了家长会，这是她第二次主动来。

她还记得上一次。也就是刚转来的第二个学期，她被告知云瀚月考作弊。从小到大，云瀚犯过许多错误，而有一条，是他们家决不允许孩子犯的，那就是不诚实。消息传来，老周扇了儿子一个耳光，狠狠骂道："我要是你就没脸上学见人了！"

云瀚于是第二天就真不去上学了。

老周工厂有事，他气急败坏地开车扬长而去，给林雪燕撂下一句话："这个儿子你也别管了！随他去！你上你的班，就当我们没生他！"

林雪燕怎么可能去上班呢？打了单位请假电话，站在房里不肯出来的儿子面前，问："你到底去不去上学？"回答她的是沉默。她一共问了 10 遍，一遍比一遍高声。

云瀚眼泪拼命忍没忍住，最后带着哭音大声说道："我不想去学校，不想去！"

"你不去学校，你告诉我，你要干什么？你能做什么？"

"我讨厌上学！讨厌排名！我不诚实？他们诚实了吗？一来人检查，就要我们统一口径，明明早就没有音乐课了，课表上还故意排着，还让我们跟检查组的人撒谎……"

"这是两回事！"

"他们才假呢！"

“就事论事，抄袭是可耻的！”

云瀚激动地说，他没抄袭，是别人给他看的，别人给他传的字条，刚拿到就被监考老师发现了。

“别人给你看的，你不去看不行吗？”

“我想考好一点，我不想排在后面考场……”云瀚哭出声来。在木棉中学，学生每次考试，考场安排是根据名次一路排下来的。名次越差，排得越后。

“想考得好，你就好好努力啊！怎么能投机取巧呢！”那一天，林雪燕费了很大劲，陪儿子去了学校。那天的心情，沉重得像灌了铅。

恍如昨日，林雪燕又一次请假来到学校，心还是像灌了铅。学校简直是个令人望而生畏的地方啊！

花园式的绿色学校，树木葱茏，花红草绿。门口两株凤凰木一南一北，相隔两三米，北边的那一株长势良好，枝叶鲜嫩，南边的一株却发黄、暗淡。树头上挂着一透明塑料袋药水，细管子绕在枝干上，原来树木跟人一样也在输液呢。林雪燕好奇地瞅着病树，心里想，是树苗本身的问题呢，还是水土日照的问题？它能救得活吗？十年树木，百年树人，都不容易啊！

校园的操场上有学生在上体育课，穿着一色的蓝校服，每个人看着都差不多，相似得像一母所生。

走进初三办公室，看见一个50岁上下的中年男人正拄着拐，在门口站着和一个30多岁的男人说话，态度很谦恭，不住地说：“谢谢老师，老师辛苦了。”他挥着手，看样子会谈已经结束。那个30多岁的男教师也挥挥手，把他引到电梯边。

那个拄拐的男人走后，就听到办公室老师在议论，说，真是造孽，儿子不给父亲抢 iPad，竟然把老子推跌倒，扭伤了脚。

另一个说，是这父亲失败，教导无方，听说他儿子小时候惯得不成样。上次不也是他跟老师顶撞，老师说了几句，竟把整个书桌掀翻了。

又有一个接上来说，掀翻了，人就跑了，也没回家，把老师急得。唉，现在老师也不好当，万一有个啥事，吃不了兜着走，媒体一报道，全是老师的错。

大家七嘴八舌议论刚才那可怜的家长和他欠揍的儿子。办公室有一间大教室那么大，声音从一个个格子间发出。唐老师从外面进来，向林雪燕打招呼，他是云瀚的班主任，40多岁，中等个，略胖，他们有过几次接触了。

拿了一张凳子，在唐老师旁边坐下。唐老师给林雪燕倒了杯水，说："你来得正好，你不来，我也要找你谈一下了。我们班正分批召开家长会，第一批已经开过了，第一批都是尖子生，第二批中等生下周开，云瀚最近几次模拟考，成绩下滑。我正想和你沟通沟通，他在家学习情况以及中考打算。"

林雪燕心绪激动，把云瀚有可能早恋的情况说了出来。

唐老师仿佛已经知道这事，他说这个年龄，情窦初开很正常，他已在班上强调，暗恋可以，明恋坚决不允许。有几对，他已经分别给家长打过电话，效果可以，得到了家长的配合。只有一对，学习成绩很差的，那女孩妈妈说，只要孩子快乐，我们做家长的不想太干涉。

林雪燕咂嘴，竟然还有这样的妈妈。

"我跟她妈妈说了，你做家长的这样说，到时出了事，可不要怪学校。在学校范围内，我是不允许看见他们俩在一起的。其余时间，你们管控。"

林雪燕点头，表示赞成老师的做法。她现在发愁的是云瀚，万一他遇到的那个女孩，她妈妈一样大胆放任，那就完了。

“据我了解，那个女孩是实验学校的，可能是他过去的同学。”唐老师的情况掌握得比她多，“麻烦就在这里，她是外校的，我联系不到人家。”

“你们学校下午几点放学？”

“初三 5 点半全放了，6 点学校清场，都关门的。”

林雪燕心里又热起来。她像抓住救命稻草一样抓住唐老师：“老师您一定要想想办法，帮帮我，云瀚他不怕我，怕老师。”

“他爸爸知道这事吗？有时男孩和爸爸也许更谈得来。”

林雪燕叹了口气：“他忙，也管不到。”

“好吧。我会找时间跟云瀚谈一谈，你们呢，也要多关心孩子，多关心他的内心世界。再忙，也不能不管孩子，你跟他父亲态度要一致。中考只有两个月了，的确是关键时刻，马虎不得。”

唐老师又领着林雪燕见了其他几位科任老师，都纷纷地介绍了一些情况，大抵都是不太乐观的，只有语文老师夸了几句，说云瀚的作文写得有灵气。

从学校出来，林雪燕深深地吸了口气。她回想着老师的话：“你要多关心他。”啊，她难道还不够关心吗？还要怎样关心才行？她的关心引来的是排斥，是白眼，他竟然学会了爱别人，他不需要她的关心和爱。他和那个女孩什么时候开始的？

3

这个答案不久便知晓了。

永远不要低估一个母亲的战斗力，她是圣斗士，是忍者神龟，必要时可以变成克格勃。尽管云瀚对林雪燕防备得紧，但百密总有一疏，毕竟是孩子。

林雪燕首先查找到云瀚的微博，是从曹惠妈妈微博那里顺藤摸瓜，找到她女儿，再找到云瀚的。他的微博刷了上千条，许多语言如火星文，她看不懂，逐条翻过，终于发现鸿泥雪爪。有这样的记录，“对可爱女生的免疫力为零”、“你好吗？Miss you”“Stay single（I'm sorry but you too）”、“Always by you side”……居然还来英文，欺负她看不懂？她很快查出那个小姑娘。头像是个大眼睛女孩，长发，妖妖的，看上去比云瀚成熟，新新人类的打扮。林雪燕一边翻看，一边震惊。

他还有多少秘密？林雪燕发挥了一个母亲卓越的侦察天赋，那天，云瀚冲凉，QQ 忘了关闭，林雪燕走过去，哆哆嗦嗦地打开来，查了儿子和那女孩的聊天记录。他们的聊天记录很长，不少是废话，也有关于学习的，那些爱的表白互动，夹杂在冗长的记录中，像一颗颗散落的珠子，被林雪燕迅速敏捷地串联起来。怕云瀚发现，林雪燕看得仓促，心如鼓敲，作案一样。

饶是如此，事情也已水落石出，原来他们初二就开始“好”上了，是女孩子主动的，按女孩说法，初一就喜欢上他了（噢，这女孩多么早熟）。转学之后，上宏图原来是那个女孩的倡议，在那里他们可以相见。现在女孩的大胆超出了林雪燕的想象。这是个什么样的小狐狸精啊！

看得出在与这个女孩聊天中的云瀚开心机趣，有时说的话像个小大人，完全不是她眼中的那个小屁孩样子。

林雪燕无法平静，也无法再假装什么都没发生，这个时候再不果断就晚了。这一天模拟考试成绩下来，他考得不理想，以此为由头，她给云瀚下了最后通牒。

对于早恋一事，云瀚没有抵赖，班主任已经找他谈过了，他还没有料想到母亲翻看了他的秘密。他只是显得有点厌倦，对自己一切尽在别人掌控之中的厌倦和憎恨。林雪燕看到他眉头是皱的，手捏着拳头，凶悍桀骜的样子。桌子上摊着刺眼的考试卷。

林雪燕尽量让自己语气平和，她举了焦海棠的例子，因为早恋，耽误了学习，没有考上大学，至今生活窘迫。

云瀚沉默不语。

“离中考只有两个月了，是冲刺的时候，你要是再不把心放在学习上，会非常危险。男孩子如果不能成功，不能成为优秀的人，将来谁会爱你?”

那天晚上林雪燕苦口婆心地谈了很久，她第一次把儿子当成大人一样，这种感觉很奇异。她曾听过一次心理学讲座，专家说孩子早恋不能盲目打压，孩子能够爱人，是长大的表现。林雪燕颇有些失落，她那个小小的孩子，那个从小那么依恋她的娃儿，什么时候长大了，大到脱离了她的怀抱，会爱女孩了?

云瀚似乎有触动，那次谈话之后，他关闭了微博，最后一条发的是“我今晚将会承担所有的痛苦，因为我要选择我到底要成为什么样的人”。

林雪燕突然想落泪。儿子长大了，他在经历他人生中的痛苦，这些痛苦却是她所不能分担的。不仅不能分担，她还必须坚决无情地打压。没有办法，孩子。

林雪燕在家里挂了个中考倒计时的牌子，下午放学时间和班主任联手管控起来，宏图培训班转到另一个分校点，来去都是她接送，尽可能地把一切漏洞、死角都给堵住。

没收手机有点困难，林雪燕再次求助班主任。也不知唐老师用了什么办法，让云瀚交出了手机，由唐老师保管到中考结束。

云瀚没有像过去那样大吵大闹，他像被削了刺的刺猬，只是蜷缩着，话也变得少，作业量很大，考试频密。林雪燕知道儿子憋着一股气，他想考好，毕竟还是在意学习的。

然而，中考下来，结果很不理想，普高进不了，只能去职业高中。那将意味着他不能像正常的高中生那样参加高考，只能参加职业类的，将来最好的结局就是去高职院，毕业出来当一个专业技工，说白了就是一个蓝领。云瀚自己也没有料想到。分数出来的当天，他把自己关在房里，一整天也不出来。

林雪燕痛彻心扉，云瀚的失败就是她的失败。费了那么大劲，那么努力，到头来还是竹篮打水一场空。儿子令她失望透顶。

4

江边风大，林雪燕紧了紧脖子上系的浅蓝色波点丝围巾，长久在深圳待着，故乡早来的秋天令她有些不适。从中考到现在已经过去三个月光景，在她却像经历了一个世纪。

发生了多少事啊，她都不愿意再回想。如果不是发现云瀚和那个女孩还有往来，她大约也不会想到这釜底抽薪的一招。

林雪燕百思不得其解，在她那样严密的监控之下，云瀚居然还和那个女孩保持着交往，他们是怎样穿越家校共设的“烽火线”呢？

回去的决定是在一刹那间决定的，那天，她不经意间看到报纸上一条关于异地高考试点城市的报道，突然心动了一下，一个念头火花一样闪出。

那阵子夫妻俩为云瀚的事一直纠结不已。无论如何“职业高中”是这两个大学生家长不能接受的，他们自己在千军万马中杀过了，怎么能眼睁睁地看着儿子将来变成一蓝领？

出国的打算也再次冒出来。曹惠妈妈已联系好去新西兰，她女儿没有如愿考上深中国际部，于是决定提前出去，她将随同陪读。

老周说，他朋友从澳大利亚回来，朋友之子在那里留学，挥霍了不少钱不说，还吃上了摇头丸。“你放心让他出去吗？他本就不是自制力强的孩子。”

是不放心。

那么就只有一条路了，回去读！回去读正规高中。

“回去读？”周志诚没想到妻子这一招，“怎么可能？两边教学都不一样，他户口在深圳。”

林雪燕把那张报纸给老周看。

老周眉头拧成一个川字。他本来正在想办法，找关系，看能不能花钱，把儿子搞进公立高中。只要能进高中，就有希望。

“希望？希望在哪儿？我看不到。”

“你那边还比深圳好吗？内地不是竞争更激烈？云瀚回去能适应？谁照顾他？又不是北京、上海，录取率高。到哪儿还不都一样？”周志诚反问。

“不一样，怎么会一样呢？在这里，只能上职高，高考只能参加职业类的。你愿意他将来当一个蓝领？在深圳，现在连个环卫职工都要研究生了！这是个认学历的社会啊！”林雪燕激动地说。

他们为此争执数日，谁也没有说服谁。

在老周眼里，妻子的想法不切实际。在孩子教育问题上，她太爱折腾，小学折腾，中学折腾，现在又折腾，如果不是她那么自作主张，云瀚何至于越变越差？

“你怪我？你以为我愿意折腾？你知道你儿子多么难管吗？这么多年，你管过多少？”林雪燕悲从中来，她付出那么多，筋疲力尽，到头来被他一句话否定，总是这样，吃力不讨好。看到老周撇着嘴对她很不屑的样子，林雪燕离开他的愿望更加强烈。每次谈到云瀚，他们就陷入僵局，只要云瀚有问题，老周就责怪她，以至于后来，她都不愿意告诉他云瀚的一切，免得无谓的争吵。

早恋的事一直瞒着老周的，倒也不是刻意隐瞒，前一阵子，老周自己也焦头烂额，他新投资的项目出了问题，合作伙伴信誓旦旦保证产品生产出来立即能找到买家，利润可观，怂恿老周砸钱进去，结果成了无底洞，钱投进去，产品也生产出来了，却弄不回钱，合作伙伴保证的订单根本没见着，要债的追上门来，合作伙伴躲起来不见了踪影。为此他亏了好几十万。那个时候，他情绪恶劣，阴沟里翻船，没吃过这么大亏，一向自负的他受打击不小。最叫他寒心的是，那个合作伙伴还是他的老乡。林雪燕怪他太贪。什么老乡、熟人，这世界，为了钱，啥都可以干出来的，已经没底线了。林雪燕早就提醒过他，投资要慎重。老周压根儿不听，他野心勃勃，不甘心在深圳混了这么多年，还是小老板，总想扩大经营。没想到，血汗钱被亏，智商被侮辱，情商也被侮辱，那阵子，老周就像一件易燃易爆品，一触即发。林雪燕根本没有时间也不屑跟他说云瀚的事，在她看来，老周眼里，云瀚跟老周的事业比起来，简直轻如鸿毛。

现在，他居然反口说她爱折腾，把责任一股脑儿推给她，林雪燕气不打一处来。

她把云瀚早恋的事从头到尾说了，而且，他们到现在还有联系。这个年龄，容易冲动，万一无知做出什么出格的事来，那可真是悔之晚矣。分开是最好的办法。内地学习气氛浓，文化底蕴厚，他们那个城市素来教育质量强，换个环境，也有利于他收敛心思，安静学习。否则他还不知天高地厚。

周志诚抽了半包“好日子”，夫妻俩说话的时候，云瀚在屋子里蒙头大睡，整个暑假，他基本上都昼伏夜起，不思进取，完全没有规律。林雪燕本来跟他说好的，等中考成绩出来，录取在一所理想的学校，就给他报一个海外游学团，出去玩一玩，见识见识。结果，考得那么糟，海外游也就告吹了。老周让他去自己工厂打工，锻炼锻炼，云瀚也不去。此刻，老周恨不得将儿子从被子里揪出来，扇他两掌。

事情最后就这么定下来了，老周托人帮忙找学校也碰了钉子，礼送了不少，都打了水漂，托找的人压根儿见不着校长，据说名校的校长一到暑假都躲了起来，只有少数上级私密人员可以见到。与此同时，林雪燕在弋江这边也联系好了，她有同学在弋江教育局做官。

转学遭到了云瀚激烈的反对，他的强烈反应超出林雪燕的预期。当林雪燕和颜悦色地告诉他，带他回去念高一，是弋江的一所重点中学。云瀚立即说不去，他起先以为妈妈只是说着玩，没想到是真的。当他得知父母早已决定好了之后，非常非常生气。"你们为什么不征求我的意见？我不回去！"他的脸因为过分激动气得发青。

"事情已经决定了，这由不得你。"老周阴沉地说道，"谁叫你不争气！考得那么差！"

"我不回去！不回去！不回去！……"云瀚一迭声叫道。

"你不回去？你在这边只能读职高，将来人家上大学、出国，前途远大，你当什么？电脑维修工、快递员，还是街头派发小广告的？你愿意吗？"

"我愿意！"云瀚愤怒地昂着头。

"你愿意？我看你是别有所图！你以为你不学无术，还会有女孩子喜欢你？老子拼命挣钱，供你吃、供你喝、供你读书，还供你谈恋爱！你了不得啊！"老周说话越来越冲，子不成龙，害得他在外面到处求人。还不知道好歹，老婆说得没错，只有分开才能断绝儿子的痴心妄想。

“我不回去！死也不回去！”云瀚眼泪蹦出来。

“你翅膀硬了？这个家还没到你说了算的时候！”

“我不回去！”云瀚撂下这句话，夺门而跑。

“你回来！你要去哪里！”林雪燕大叫。

“让他跑，看他能跑到哪儿！”老周也气得脸色发白，在对儿子的管教中，他父亲的尊严屡屡被摧损，让他恼羞成怒。

林雪燕睡衣也没来得及换，趿上拖鞋追了出去。是晚上 10 点多的光景，小区很安静。前后脚的工夫，云瀚就不见了踪影。问楼下保安有没有看到云瀚出来，保安揉揉眼睛，抱歉地说没在意。林雪燕又急又气，保安大约不是在玩手机，就是打瞌睡吧。林雪燕慌乱地冲出小区。小区有东西两个出口，云瀚从哪个出口出去呢？那两个出口都有保安，最大的可能就是翻围墙，这围墙才一米多高，根本拦不住他，他小学时就经常翻围墙上学，就为图个乐趣。果然，出口处的保安都说没有见到他。

林雪燕疯了一样来回奔走，把保安也吓坏了，让她赶紧报警。林雪燕给云瀚打电话，没人接，他冲出去的时候手机没带，什么也没带。林雪燕给老周打电话，在电话里哭，让他去找，一定要找到。

小区外围、咖啡馆、网吧、篮球场、生态园，所有能找的地方都找了一遍，她散乱着头发，穿着睡衣，涕泪交加地急走，令身边经过的人个个侧目而视。林雪燕早就忘了自己形象，她心存一线希望地在想，儿子没带钱，他不可能跑太远，不可能去火车站汽车站，会不会去那女孩家呢？那女孩住哪儿？没有电话，没有任何线索。

林雪燕找了一圈，心如刀割浑身发冷地回到小区，她不愿意进家门，老周说儿子还没有回来，他安慰她，不会有事，他跑不远，会乖乖回家的。

林雪燕失魂落魄地进了电梯，忘了按楼层，电梯一直通到顶层。林雪燕出了电梯口，茫然地站着，脑袋糊里糊涂，不知何往，突然灵光一闪，径直走上天台。幽蓝的天空下，空阔的天台仁慈地展开着怀抱，一根水泥柱下蹲着一个小小的寂寞的身影，是云瀚。

林雪燕狂喜，泪如雨下奔过去，蹲在儿子身边，一把抱着他瘦弱的肩，泣不成声："你怎么在这里啊！你要把妈妈吓死啊！"

云瀚埋着头蜷缩着，仿佛很冷的样子。

"对不起，瀚儿。如果你不想回去读，咱就不回去了。都听你的，好不好？你可要好好的呀……"林雪燕号啕起来。

"你怎么会来这儿？我就知道，你会来这儿，妈妈有第六感。你知道吗？你还在妈妈肚子里的时候，妈妈每天都要带你爬天台，那时候妈妈刚来深圳没多久，怀了你，每天带你来天台上散步眺望，你知道你为什么叫云瀚吗？就是希望你像星汉一样浩瀚无边，豁达深沉。"林雪燕絮絮叨叨地说着。泪水滴在云瀚的身上，他的手冰凉，握在林雪燕的手心里。

5

霓虹灯都亮了起来，灯光倒映在江水里，闪闪烁烁，水底像另一个璀璨而神秘的世界。林雪燕出神地盯着，冷不防肩头被人拍了一下，转头一看，是苏南。

"你怎么也来这儿了？还没到时间呢！"他们约好 8 点在栖巢咖啡见面的。

"把女儿送走，就直接过来了，先在江边走走，没想到你也恰巧在。”苏南含笑看着她。他不再是过去那个瘦削的青涩小男生模样了，跟20年前相比，魁梧了很多，当然也老了很多，咖啡色休闲西装使他显得很有型。这是他们重逢后第二次相见。第一次见面是在三周前的同学聚会上。李处做的东，召集大家给林雪燕接风。这次云瀚转学李处帮了大忙，林雪燕十分感激，特地给他从香港带了两盒价格不菲精致上好的虫草，送他老婆一盒进口化妆品。李处张罗着请弋江的同学聚了一次。七七八八来了一桌人，有同班的，也有同一年级不同班的，都在弋江工作，焦海棠也来了。还有苏南，他在弋江一所机电学院上班。

林雪燕被安排在上首，一左一右分别是李处和焦海棠，苏南坐在她对面。那天饭局很热闹，都是老同学，多年不见，格外亲热。

李处站起来，提议大家为迎接远客干杯。

席上，林雪燕给李处敬酒，再次表示感谢。

“谢啥，不要见外，能给老同学帮忙，是我的荣幸。”李处一口干了，杯子照了照，“你随意，我干杯。”

林雪燕也一口干了，博得一片掌声。

“吃菜，吃菜。”李处高兴地给林雪燕夹了一块桂花鱼，又伸长胳膊给焦海棠夹。

“我自己来，自己来。不麻烦处长。”焦海棠忙说。

“给美女服务，一点不麻烦。”李处嘴甜笑道。

林雪燕看了李处一眼，过去的他并不起眼，话也不多，士别三日当刮目相待，这群老同学中，他算混得好的，有一种春风得意的派头。

“林美女过去就是李处的偶像，你不晓得吧？”另一个男生打趣道。

“偶像？是殴打还是呕吐的对象？”明知“美女”一词早就成了一种普遍称谓，林雪燕的心还是暖了一下，这么多年，她这个黄脸婆，可从来没有与“美”搭过边了。

“是真的，我做证，李处在宿舍里说过梦话。”那男生继续揭秘。他们当时都是住校生，农村考上来的。

“还说梦话！别逗了。”林雪燕捂着嘴笑。

“做做美梦呗。雪燕，你知道你最吸引人的是什么吗？一副好嗓子啊！还记得你高二联欢会上唱的歌——‘我们的田野，美丽的田野’……真好听啊！大家说是不是？”李处喝得有点多，在兴头上。

“这现场表白得，真感人！”焦海棠跟着起哄。

“日子过得快，表白也没用了，没机会了，有句话怎么说的，50 岁不分美丑，60 岁不分官大小，70 岁不分钱多少，80 岁不分男女，90 岁不分死活。咱们现在抱一抱，都没有感觉了，对不对？”有人趁机揩焦海棠油，要抱她。

焦海棠打了回去。

整个席间，苏南话少，表现文静，却也喝了不少酒，有的是帮林雪燕代的酒，因为她是客，每个人都要敬她，还不止一轮。

“苏老师今天最有风度。”有男生调侃。

“平时聚会不见你喝酒，这次这么大方。”李处挖苦苏南。

“那要看谁来了！”

“你们经常聚啊？还是家乡好，真热闹。”林雪燕赶紧转换话题，她在深圳都找不到相聚的人，那个人海汹涌而又孤独寂寞的城市。

“他们聚会从来不叫我。”焦海棠表示不满。

“聚得少，大家都忙。海棠你每次来都是时间宝贵，要看儿子。说真的，海棠你也真有福气哩，儿子学习那么好，弋江一中，好厉害。”

说到儿子，焦海棠忍不住抬起下巴，露出一丝骄傲。在座的老同学个个学历比她高，单位比她好，钱比她多，只有儿子，可以让她扬眉吐气。

“苏南的女儿也在弋江一中。”李处说道。

“是吗？我竟还不知道。你女儿也在高三吗？”焦海棠惊讶地问道。

“高二。”

“学习肯定好吧？”

“一般般。”

“谦虚！你那时就是学霸，女儿肯定青出于蓝而胜于蓝。”焦海棠道。

“哪里。我算什么学霸，她才是。”苏南瞥了一眼林雪燕。

“都过去了，看下一代了。”林雪燕不愿提往事。

“今天不说下一代，今天就说我们这一代……雪燕，你唱歌好听，今天就给大家唱一首吧，唱我们这一代的歌。”李处提议道。

大家一起鼓掌。“唱什么好呢？”

“《恋曲1990》，罗大佑的。”几个人不约而同地说道。

林雪燕清了清嗓子，唱起来。

乌溜溜的黑眼珠和你的笑脸，怎么也难忘记你容颜的转变。轻飘飘的旧时光，就这么溜走，转头回去看看时，已匆匆数年。苍茫茫的天涯路，是你的漂泊，寻寻觅觅长相守是我的脚步，黑漆漆的孤枕边是你的温柔，醒来时的清晨里是我的哀愁……

或许明日太阳西下，倦鸟已归时，你将已经踏上旧时的归途，人生难得再次寻觅相知的伴侣，生命终究难舍蓝蓝的白云天……

大家一起跟着唱和起来，恍惚间又回到了青春岁月。

那次聚会之后，苏南打过几次电话，说他要做东再请林雪燕一次。

6

江边灯火阑珊，是旖旎的江南水乡风景。公园里散步的人多了起来，远处音乐铿锵，大妈们的广场舞也开始了。

半个月亮挂在高处，黄黄的像一片刚切好的新鲜甜橙，周围的云层蒙上柔和的光晕。林雪燕倚靠在栏杆上，望着月亮，想起张若虚那首被誉为以孤篇压倒全唐的《春江花月夜》：“江畔何人初见月？江月何年初照人？人生代代无穷已，江月年年只相似。不知江月待何人，但见长江送流水。”悠悠岁月，江月亘古不变。苏南站在身边，这个少年时代的朋友，隔了多少年的岁月，他重新站在身边，就像一个梦。

穿过马路，两人来到对面栖巢咖啡馆，找了一间角落里的雅座。

“想吃什么？”

“不饿，吃了晚饭来的。”

“喝点什么？咖啡？奶茶？”

“那些喝了不好睡觉。来杯热牛奶吧。”

苏南给自己要了杯蓝山咖啡，又点了一碟摩斯蛋糕、腰果和一盘素菜沙拉。

“你喝咖啡不影响?”

“咖啡对我有催眠作用。”

林雪燕笑了。

牛奶端上来了，热热的。林雪燕捧着白色精致的烤瓷杯，这份温暖和惬意是她过去生活里好久没有的。

“弋江有好几处新开的酒店，下次有空带你去吃。”

“焦海棠说美食街的小龙虾很好吃，她约我好几回了。”

“美食街在弋江一中那边，离你这儿远，不过，你这一时半会儿都不走了，不着急，好吃的可以吃个遍。”

林雪燕叹一口气，她来弋江，可不是为了品尝弋江美食的呀。

“真没想到你会回来。李处跟我说的时候，我还以为他开玩笑，你都没跟我说。”

苏南望着林雪燕，他有些失落，林雪燕找李处却没有找他。

“他不是正好在那个口子嘛。”其实当初要是找苏南，他应该也会想法子的，但不知为什么，她没有开口。

“你这次过来，停薪留职?”

“辞职了。”林雪燕自嘲地笑了一下，她终于成为一名纯粹的家庭主妇。

“哦，有勇气!”

“没办法。”

“小孩过来感觉怎么样？还适应吗?”

“唉，他不情愿的。”讲到云瀚，林雪燕心情就沉重起来。开学已过去三个星期了，云瀚还是那么闷闷不乐。

“小孩子适应能力强，很快就会好的。”

“但愿如此。”林雪燕叹了口气。他会好吗？他会忘记那个小女孩吗？临来前的一天，她收拾云瀚的书桌抽屉，发现了一个贴着贴纸的粉蓝色小信封，偷偷打开来看，娟秀的小字，一猜就知道是那个女孩写的。信上这样写道："你决定回老家，那就回去吧。也许对你我都是好的。当然，我不会忘记你，永远不会忘记。你是我第一个真心喜欢上的人，我喜欢你的孩子气，你处理事情的稳重和不让人省心的习惯，帮你整理衣领时的温馨感觉，是我无论怎么努力去忘记都忘不掉的。那是我们最开心的时候，你在我眼里永远那么清新，阳光温暖，你的撒娇，你的霸道，你的温柔，我都记得。我记得我们第一次牵手，我们中午去图书馆门口约会，我记得你穿长袖的样子我多喜欢。我记得第一次和你吵分手，我有多后悔，哭了多久。我记得你哭泣失望的表情。我记得你看我时眼底的笑。也记得自己看着你总是傻笑。但我可能再也看不到了。别人总说你有什么好，可能你的好，只有我自己才能体会吧。至少在我们的 14 岁，一切都是这样没错。"

在看这封信的时候，林雪燕又是惊讶，又是感动。她想起曾经看报纸上看到的一个中学生早恋调查，受采访的一个女孩认真地说："爱，不分早晚，只有爱或不爱。"啊，现在的孩子多成熟啊！女孩的信让林雪燕落泪，世界上有一个女孩这样爱着她的儿子，她欣赏他的好，甚至超过了一个母亲。而她，却不得不扮演无情的摧毁者。

"你说我是不是做错了？"林雪燕跟苏南说起儿子早恋的事。

"很残忍。"

"是吗？你也这样认为？"林雪燕的心紧缩起来。

"跟你说着玩的，你不必内疚。你也没有错，他们的确太早了，那样是会影响学习的。"苏南安慰她，"我不就是一个例子吗？"

林雪燕打量了苏南一眼，百感交集。

“我考上研究生后，曾到过上海，想找你，没有你的地址，也没有电话。后来就听说你去深圳了。”

“你来上海找过我?”

苏南叹了口气，他努力考研，为的就是有一天能够配得上她。“不说了，都是过去的事了。”

“你现在挺好的呀，女儿都高二了。和焦海棠的儿子在同一所中学，多么好。听李处说，弋江一中一本率达 60% 。”

“她学习一般，高一时住校，没管好。”

“现在不住校了?”

“不住了，在学校附近租了房子。”苏南的家在弋江西山区，距离老市区滨湖区较远。

“你们也天天陪读?”

“没办法。”苏南看了看表，平时到 9 点钟，学校下晚自习，他都要去接的。今天跟女儿说好了，让她自己回。

“那么近，还要接送?”林雪燕不解。

“怕她在路上磨蹭，也怕晚了不安全。”女孩的家长更多一份担心。

“真是尽责的好父亲。”

苏南摇摇头，一言难尽的样子。

家家有本难念的经，林雪燕对老同学的责任心很佩服，老周何曾为云瀚这么上心过呢?

苏南说他原来是学校家委会后勤部部长，家委会有好些个部，宣传部、学习部、协调部等。以前孩子住校的时候，家委会安排家长轮流去学校值勤探班，他们组建了家长群，探班回来，都要把孩子在学校的动态拍两张照片上传。

“就跟探监一样。”苏南自嘲道，“现在的家长太焦虑了，活得真累。今年我把这个后勤部部长辞掉了。”

哪里都一样，家委会在深圳每所学校也都有。她太忙，没有参加过。

“我给你带了一些弋江一中的家教资料，你参考参考。”苏南从随身携带的手提包里，拿出一沓花花绿绿的册子。什么《家教天地》《一中在线》《考生指南》等，他说有些是订阅的，有些是开家长会发的，他都收集整理了。林雪燕说过，很想了解这边的学校学生动态。

“全国教学大纲都一样，高一转过来学，来得及，没有问题。”苏南好像知道林雪燕的担心似的，安慰她说。

林雪燕体会到苏南的细心，仿佛能钻到她心里。“你一个人带孩子在这里，生活上要是有什么不便，需要帮忙的，尽管说。”

林雪燕点点头，热牛奶喝下去，让人温暖。她看见苏南略卷的头发里闪烁着几根白发。岁月不轻饶每一个人。

到了云瀚下晚自习的时间了，两人分手告别，在咖啡馆的转角处，苏南突然拉了林雪燕一下，就势将她拉入怀中，这个拥抱令人猝不及防，林雪燕不由得愣住了。

第九章

1

这个新年童童得到两样新东西，一部新手机，黑色直板的，看上去很大气，是他和妈妈在移动专卖店里转悠了好久，才下决心选中的，同类价钱中，他最中意的一款。那些更漂亮的，价太高，进口的就更不用看了。童童有自知之明，这个不足千元的手机对他来说，已是莫大的恩赐了。他知道家里情况，从来也不攀比，云瀚的苹果手机，班上也有不少同学有，他不稀罕，只暗下决心，将来有一天一定要超过他们。这次买手机，还是妈妈主动提出，说是给他的新年礼物。

另一样意想不到的新东西就是那台笔记本电脑。他没有带到学校，可是，有与没有就是不一样，当同学们说起家里的笔记本时，他也可以漫不经心附和一两句了，这玩意儿，我放家里了。

电脑现在成了妈妈的新玩具，她一下子跟上了时代的步伐，申请了网线，学会了过去令她觉得好高端的“上网”。张红霞还教她 QQ。以前焦海棠陪张红霞去网吧，很佩服她能热火朝天地打字聊天，张红霞还背着小男友，偷偷和网友约会过。现在她也可以跟人坐在家里聊天了，冒出一些莫名其妙的要求添加好友的人，她都一一加了，就是打字太慢。

一天，有个网友前来跟她聊天。她费了半天劲，敲了一个“你——”

对方连抛几个问题。

她才接下去打出一个“好”字。

对方撂了一句“我晕!”逃之夭夭了。

焦海棠在家发奋练习打字，连麻将都打得少了。

4 月，油菜花黄，春天到了。这天天气晴好，阳光像老朋友一样来到身边。焦海棠心情不错。最近一次的月考，童童取得班级第 10 名的好成绩，是他进入弋江中学以来最好的一次。终于进入第一梯队了，给童童鼓舞很大。把消息报告给外公，外公也很高兴，照例写了鼓励的箴言，让焦海棠下次务必带到。宋来香不在跟前，老爷子很寂寞，身边连个吵架的人都没有。经常一个人在家看戏曲频道，边看边打瞌睡。好在，最近县里组织了老戏迷协会，他作为老艺术家代表被请了过去，这让他很振奋，重新吊起嗓子来，还满怀信心地说准备要县里为他们这类地方剧种申报非物质文化遗产呢。焦海棠觉得父亲老来还变天真了，不过，他有事可做也好，省得一个人天天独坐在电视机前。

父女俩各忙各的，这个月的水表提前一天抄好了，抄水表的那些天，不用去单位，多出的时间等于给自己放假。

焦海棠和邱师傅约好了，去郊外踏青爬红花山。邱师傅特地在单位调休了一天。

红花山在春谷南郊，群山之外最远的一座山，那里风景秀丽，有“小九华”之称。焦海棠好早就想去那里玩一玩了，据说那里有座寺庙，抽签很灵验。

租了一辆的士，一直开到山脚下。

山里空气清新，这些年小城扩建，南郊的山体好像整体后移了许多，就好像人老了，发际线后退。山边开出了大马路。好在，山终究还未铲尽，依旧巍峨地矗立在那里。

沿着山路朝里走，左手边是山，右手边是田野村落，田地像是涂了五色油彩，油菜花、杜鹃、紫云英。春天是最高明的绘画师，不费劲地就变出这么美的图画来。焦海棠忍不住放开喉咙唱了起来：“过了一山哦，又一山啰，前面就是凤凰山哟，凤凰山上样样有，缺少芍药共牡丹……”这是父亲年轻时戏台上的唱腔。

邱师傅一听就笑了起来，这嗓音，幸亏是在郊外，鸟都吓飞了。

“不许笑！你唱啊，你唱给我听。”

邱师傅也亮开了喉咙：“总想看看你的笑脸，总想听听你的声音，总想住住你的毡房，总想举举你的酒樽。我和草原有个约定，相约去寻找共同的根，如今踏上这归乡的路，走进了阳光迎来了春。看到你笑脸如此纯真，听到你声音如此动人，住在你毡房如此温暖，尝到你的奶酒如此甘醇。我和草原有个约定，相约去祭拜心中的神，如今迈进这回家的门，忍不住热泪激荡的心。我曾在远方把你眺望，我曾在梦乡把你亲近，我曾默默为你祈祷，我曾深深为你牵魂。我和草原有个约定，相约去诉说思念的情……”

歌声在山野里回荡，在这远离人群的地方，两人都有种挣脱红尘的束缚。粗犷的嗓音，使男人看上去格外性感。焦海棠对这个人早生出一份难言的依恋了。明知不应该，可是，和他在一起就是放松、开心。而开心的日子又是那么少。

前面高高的山头是烈士陵园，这片山头曾经是抗日沙场，纪念碑上有许多英烈的名字，小时候，学校曾年年组织扫墓。

拾级而上，扶着水泥栏杆，俯瞰。整个春谷尽在眼底。没想到春谷这么美，站在高处，那一排排整齐的建筑，在浩大的天空下，如一幅铅色的铁画。

建设银行、国际大酒店、碧波小区……那么多房子。焦海棠像摇电影镜头一样，一一摇过来。看着看着，叹了口气，可惜竟没有一间是属于自己。

翻过云冈山，从后山下来，走过一条蜿蜒山路，就到了红花山。春天的山野，明媚多姿，树木郁郁葱葱，山谷里的野桃花、杏花、梨花都开了，还有那数不尽的野花，空气里都是清甜香润的气味。

来到一座小寺庙，门前有几个尼姑在扫尘。后院也有一个上了年纪的尼姑，在灶台上忙着，端了斋饭。焦海棠往功德箱里丢了十块钱，尼姑问她要不要抽签。

焦海棠点点头。

居然是大吉签。焦海棠很高兴，尽管签上的诗文她看不大懂，但一个“大吉”就足够了。今天没白来。

从寺庙出来。沿着山路往下走，一路上，看到一些低矮的树。她以为是茶树，闻起来有茶的清香。焦海棠采摘了些青叶，说送给邱师傅泡茶喝。

这一天，她很快乐。

2

那个签并不准。她以为好运就要来了，没想到不是“吉”却是“劫”。

那一天，照例来弋江看童童的日子。

5 月已过，天渐渐热起来，母亲让焦海棠从春谷买一把艾叶过来，插门，煮水，说蚊子多，要熏一熏，杀毒。

邱师傅也捎了两斤猪肚子、卤牛肉过来，童童的伙食一直不错，一来宋来香手巧会做，再一个，邱师傅作为公家大厨，时不时揩点油接济。

宋来香只得睁一眼闭一眼，日子艰难，又不免悬着心。

真是怕什么来什么。

中午时分，吃过饭，童童午睡，宋来香在房间里叠衣服，焦海棠在池子边洗碗。

突然听到砰砰敲门响。谁呢？难道弋江还有熟人串门？

焦海棠赶紧去开门，却见三个女人黑着脸，像一堆乌云，杀气腾腾地堵在门口。冲在最前面的，是一个高大黑瘦的女人。头发烫得像黄稻草，鸟巢般地架在头上，脸部的五官来不及看清，全是细长细长的，眼睛也是细细的，像一枚枚飞镖，鼻子很尖，嘴有点歪，不知是原本就歪，还是因为生气而歪的。

“小婊子！老娘总算找到你了！”

焦海棠还没来得及反应过来，高个子女人便劈面掌刮过来，焦海棠本能一偏，打在肩上。后面跟着的两个女人，赶忙上前一步，似乎要拉她。

宋来香和童童同时从屋里冲出来。他们惊愕地发现焦海棠和几个女人扭打在一起。童童一步跨过去，一拳打在那个高个子女人头上。“你敢打我妈妈！”他还要继续打，被宋来香死命拽住。那个女人顺势滑坐在地上。另外两个女人则一个拉着宋来香，一个扶着高个子女人蹲了下来。

“偷人精！不要脸的！烂货！人家都看见过几回，告诉我！我还不信，原来是你！你有啥了不起，不就比我年轻一点吗？你也有老的时候，有丑的时候……”

不知是刚才的扭打耗了力气，还是童童的拳力发挥了作用。高个子女人此刻像被子弹击中，软绵绵地躺在地上。她的控诉夹着呻吟，显得格外哀绝。

旁边的两个女人劝说着。

“我还以为你是什么人！原来你也上有娘下有儿，好好的做什么婊子！你儿子也这么大了！你娘也在家，你们评评理，你们知道她做的什么好事？你没老公吗？不要脸，抢别人的老公！你说，你花了他多少钱？”

童童冲过来。他小脸紫涨，鼻子气得直掀。焦海棠心疼极了，此刻她恨不得把自己杀了。她上去阻挡儿子，这孩子血气方刚，下起手来没轻没重。她还没来得及阻拦，宋来香早已把他拖住。“小祖宗，你不能打，会出人命的呀。你这样子，我也不活了呀。”宋来香跪倒在地，一手死命抱住孙子大腿。

“我就打你！”

焦海棠没有听错，儿子是指着自己说的。他要打她?!

“你偷我男人，你儿子又把我打伤！你们家合起伙来欺负人。”高个子女人歪在地上，不打算起来了。

“我给你赔礼了！对不起，对不起。”宋来香嗓子都变了调，连连作揖。

那个女人说要把童童抓到派出所，他打伤她了。她要让他坐牢！

宋来香吓哭了，“扑通”一声跪下来：“求求你，饶了我孙子吧，他还小，还要考大学。”

女人不起来。

最后没法，叫了110。来了两个警察。警察对那个女人说，是你打到人家家来的，起来吧，一起去局里。那女人说：“她是小三，你们怎么不抓她?”

“一起走，一起去派出所。”

童童两点钟要去学校上培优课，他情绪激动，不想上课了。宋来香好劝歹劝，终于说服了他。

焦海棠含着屈辱、震惊、懊悔，五味杂陈地跟着出了门，她看见好几家窗户伸出看热闹的脑袋来。

局里做笔录，女人在那里哭诉，主要是控诉她丈夫变心，自己又被小三儿子打。

警察各打五十大板，进行调解，那女的要焦海棠保证，以后不再跟她丈夫接触，并要焦海棠赔偿她的医疗费。

在医院里做了几项检查，没什么问题，焦海棠凭空花了不少钱。

很晚回到住处，宋来香脸色铁青，也不理她，在厨房里忙活着，童童放学了，躲在里间。家里出奇地安静，却像遍布地雷，焦海棠恨不得提着脚步，生怕踩到引信。站在房门口，看见童童正低着头，拿着起子，一颗一颗拔着键盘。笔记本是近段时间才带过来的，老师有时候布置电子作业。现在，他要毁了它。他一定猜出是邱师傅给的。

“你在干什么?”焦海棠冲过去，夺下还没被毁掉的笔记本。

“滚开!”

“你说什么?”焦海棠嘴唇发抖，“你再说一遍!”

“臭婊子!”

焦海棠眼泪夺眶而出，她抖得厉害，一把拽下童童手里的起子，对着自己的胸口猛戳，童童一跃而起，抱住妈妈的手臂。

“让我死，让我死吧！我的儿子这样骂我，我还有什么脸活！”焦海棠涕泪交加。

宋来香冲了进来，哭道：“造孽啊！我这是造的什么孽啊！”

焦海棠胸前已渗出血来，洇红了白上衣。宋来香对着童童骂道：“她是你娘啊，你这样骂她？还不快拿创可贴去！”童童低着头，不动。猛然间拿过落在地上的起子，对着自己的手臂猛扎下来。

焦海棠和宋来香同时发出一声惊叫，连忙扑过去，手臂已经破了。

“你们要干什么啊？你们这样，我也不活了！一头撞死算了。”宋来香就要往墙上撞，被焦海棠死死拽住。

童童立在那儿，眼泪一滴一滴落下来。

3

近段时期相当破财。陪邱师傅老婆进医院做检查花了上千元，那女人屁事都没有，真会装。怎么就被她盯上了？还带人打上门来呢？这个女人又丑陋又恶毒，她连带着也恨起邱师傅来。那天，警察叫他老婆给他打电话，他老婆又不肯打，两个女人在那里撕脸，他却置身事外。

屋漏偏逢连夜雨，柯大为半残，只出不进，她一个人的工资捉襟见肘。偏这个月内还有两个朋友家办喜事，又要凑份子。春谷虽小，凑份子，钱少了，却拿不出手。真是“人情大过债，头顶锅盖卖”。

张红霞有一次开玩笑问她：“如果让你在街上裸奔一圈，给你1万，你干不干？”

“才1万？”

“嫌少？10万，10万，你干不干？”

“可以考虑。可是，半老徐娘的身体有那么值钱？”

“咋了？”张红霞扭了扭丰满凹凸有致的身体不服输地说道，她确实是个尤物，可这样的身体依旧也没给她卖出好价钱。

最近，这具美妙的身体遭遇了不测，得了子宫肌瘤，要做手术。焦海棠少不得又包了500元。钱真不禁花。

焦海棠郁闷得要死，真想去街上裸奔一圈。

这一天去医院看张红霞。

做了手术的张红霞躺在病床上，医生拿走了她子宫里的肌瘤，仿佛也顺手拿走了她生命的活力，几天工夫消瘦明显，像一具空壳一样躺着。

张红霞有气无力地说，手术花了几千，又给医生封了红包。唉，医院真不能进的，是虎口。有什么别有病，没什么别没钱。焦海棠深有同感，一进医院，她就不由自主想起丈夫在医院的悲惨情形。

除了心疼钱，张红霞还担心小男友。自己动了这个手术，怕他憋不住在外瞎搞。

焦海棠安慰她说，不会的，你看你家老三跑前跑后，为你忙活，对你好得很！

“哼！男人靠得住，母猪能上树。”张红霞不屑地说。

焦海棠“扑哧”笑了。真是的呢，男人靠得住，母猪都能上树！

张红霞说，人分三六九等。人的命好不好，一靠投胎，二靠人力。

焦海棠想，自己这一生，恐怕就指望靠着儿子了。

想到儿子，焦海棠又是一阵揪心。胸前的疤痕还在，她早就忘了自己的疼，在儿子面前更加低三下四赔着小心。可是，童童不理她，话变得更少。

焦海棠恨自己，恨那个女人，恨邱师傅。

张红霞说起昨天在电视上看到一条新闻，一个第三者，要相好的男人离婚，那男的不肯，第三者竟向男人的小孩泼了浓硫酸。

这新闻说得焦海棠有些心惊肉跳。她想到邱师傅的老婆，她不会对童童怎么样吧！焦海棠想换个地方住，又不敢对母亲说，她现在怕母亲，怕童童。

那次风波之后，邱师傅打了许多电话，焦海棠都没接，她不想理他了。邱师傅又发了许多短信，赔礼道歉，还说要赔她那笔检查费。

焦海棠默默地流了一眶眼泪。

童童期末考就要到了，焦海棠不想这个时候节外生枝，她坚持不见邱师傅。在弋江，晚上都和宋来香挤在一张床上睡觉。没有空调，电风扇吹出来的是热风，母亲睡着了，她睡不着，心里怜悯母亲，如果她有钱，就不会让母亲和儿子住在这样的陋室；如果她有钱，也就索性和人断了，就不会遭到那样的羞辱，何苦呢？她鄙视自己，也可怜自己。

4

暑假到了，宋来香和童童回到春谷。下学期就高三了，只有20天休息。其实，对一向学习自觉的童童来说，也无所谓放不放假，他几乎足不出户，一整天都在自己小房间里埋头看书，那张小书桌上堆满了参考资料，书架上也全是学习书，地上堆的也是。如果把他做过的试卷都收集起来，堆成堆的话，大约会垒成一堵墙。光他一个人就一堵墙，那么多高三学生该有多少堵墙？焦海棠经常给童童清理做过的试卷、作业本、作废的参考资料，当废报纸卖。看到那些字、那些做过的试卷，不由得升腾起对儿子的敬意，学校的知识她忘得光光的了，尤其是理科书籍什么“物质的电结构、电荷守恒”“磁场、磁感应强度”“氢氟酸腐蚀玻璃的化学方程式”等，跟天书一样。焦海棠觉得儿子好高深，有一部分的他离自己越来越远。

童童在家里就跟没有在家一样，不见一点动静，除了吃饭的时候出来一下，偶尔瞄一眼电视的体育节目，笔记本电脑焦海棠拿回春谷修好了。那件事后童童碰都不碰一下。倒是焦海棠自己聊以自娱。最近学会了一款QQ游戏，叫《连连看》，就是在一堆五颜六色的小图形中，找出可以相连的相同图形，看谁最先连完，很考验眼力和反应。焦海棠已经从菜鸟小星星升到高手级了。有时练到走火入魔，看到别人两只黑眼珠，都忍不住想绕过鼻子给连一下。

电脑，可以打发许多无聊烦闷的时间，只是童童在家，焦海棠玩起来有点羞愧。柯大为隔三岔五过来看望童童，他的腿现在好多了，可以正常走路，不注意看不出还有点瘸。

“以后怎么办？将来童童大了，带女朋友回家，还在外公外婆家吗？”焦海棠发愁地问柯大为。

“还早呢。你想那么远。”

“早什么？快得很。”

“车到山前必有路，船到桥头自然直。”

柯大为总爱这样说，他似乎永远不知道着急和发愁，人都差点死过一回了，还这么乐观。就他这样坐吃山空，哪儿还有什么路？

不要说童童将来找工作，娶媳妇，就是马上念大学就得花费一大笔钱。一想到这些，焦海棠就如泰山压顶，愁得不行。

“我们儿子有出息，将来不靠我们。”柯大为自豪地说。

虽然焦海棠也以儿子为荣，可是，现实生活里，如今不靠爹妈的孩子能有几人呢？

柯大为说他马上开始找工作了。根据国家政策，他现在的状况可以申请低保，每个月能拿200块钱。

“200块，解决什么？不够封一个红包。你现在这个样子，到哪儿找工作呢？”焦海棠瞟了一眼丈夫的腿。

“天无绝人之路。”心态好也是一种福分，三灾八难也打不垮他。唉，也罢，愁又有什么用，过一天是一天吧。柯大为说，太平镇的老工友说要搞一次聚会，纪念进厂30年。

“那个厂的人不都散得七七八八了，还凑得齐？”

“他们在积极组织，说都联系上了，人都回来。”

“真的？”焦海棠也兴奋起来。太平镇的日子就好像梦一般，他们曾在那里度过青春岁月。

“到时你要穿好看一点，别给人笑话。”

两人边聊边散步，每次看过童童之后，夫妻俩就出来走一走。东门广场一到晚上很热闹，散步的，跳舞的，老老少少，尤其女人多。还分出好几拨。焦海棠从来不去跳广场舞，她觉得太俗，不屑为伍。

夏天天黑得晚，晚霞在天边燃烧得很绚烂。

“你今天去不去我那边？”柯大为问，口气里有期待。

“看情况，童童最近情绪总不大好，我陪陪他。”

“那好吧。”柯大为也不勉强，童童是排第一位的。

“他怎么情绪又不好了？”

“还不是期末没考好，排了27名。”

“每次都排名，搞得人紧张。”柯大为一听排名也头大，“这小家伙，太好强了。”

“他不好强哪行？拼不了爹妈，就只有拼自己了。”童童有着特别古怪的自尊心，进校的时候，学校有一项穷困生照顾指标，童童硬是不申请，他不想让别人知道他家穷，而被看不起。唉，害得她多花钱，这年头，谁会为了面子而跟钱过不去啊？

“你开导开导他。”柯大为手机响了，他的麻友搭子约他去打麻将去了。这是他晚上常规的娱乐项目，赌头小得不能再小，他手气不错，时常能赢包烟钱。

“不要玩得太晚，少抽点烟啊。”焦海棠招呼道。

“晓得。”

看着丈夫一瘸一瘸地走远，焦海棠有点难受，她也不是存心骗他。她的确不想去他那边，一股子老人味，令人压抑。而且，今天邱师傅要来。焦海棠嘴硬不让他来，说不想见他。邱师傅说，他要带钱还给她。她答应了。

天一下子就黑了，焦海棠不时把手机掏出来看。终于来了一条信息，告诉她，在朝阳宾馆 305 房间。

5

林雪燕回春谷了，她这次不是短暂探亲度假，而是要长居，她把儿子转回来念书了。刚一听到这消息，焦海棠惊讶得说不出话来。老朋友这唱的是哪一出啊？过去她俩经常通电话，电话里也无话不谈，怎么这件事决定得这么突然呢？

“我没有告诉你，是因为我怕自己动摇，我好不容易说服了自己，说服了老公，也说服了云瀚。其实我心里一点底都没有。”林雪燕一言难尽的样子。

8 月的一天，焦海棠和林雪燕坐在春谷新开张的有意思西式快餐厅的橙色仿羊皮卡座里。一人面前一杯加冰的饮料，还有一盘T骨牛排、薯条、三明治、桂圆红枣茶。林雪燕没什么胃口，只喝着饮料。

她看上去好瘦啊，焦海棠端详着老友，看来深圳水土是不养人，年轻时像颗明珠一样瓷实的人，失去了往日的光泽。这次尤显憔悴，穿着也不讲究，一件黑棉T恤，一条白休闲七分裤，素面朝天。跟焦海棠身边那些女友相比，太过普通了。哪儿像大城市来的，也真是，又不缺钱，怎么就不晓得对自己好点呢？太落伍了。

“哪天陪你去逛街，买几件好看的衣服。春谷有好几家品牌商城，服装都不错。”焦海棠说道。

“好啊。”林雪燕心不在焉地笑了一下，焦海棠从小就贪靓，爱逛街，爱买衣服，哪怕自己不买，陪着别人逛也乐此不疲。不仅爱穿，也爱吃，说起哪里哪里的美食，眉飞色舞。林雪燕很羡慕她，身上永远有股蓬勃的生活气息。

“你马上住弋江，那里时髦的衣服更多。下次我陪你去那里挑选。”焦海棠无比热心地说。

“好啊，以后时间有的是。”林雪燕叹了一口气，她现在关心的不是这个。

“你给云瀚转到哪所学校？”

“滨江中学。”

“那学校还可以。你的房子也正好买在那里的，原来早就有这个打算啊？”

“唉，误打误撞罢了。”

“有房子就好，你看你，真好，走到哪儿都有房子住。”

“我宁愿儿子像童童那么优秀，我哪儿也不用走。”

人总是羡慕别人。

“哪天带云瀚来你家玩，让他俩接触接触，云瀚要好好向童童学习。”

“童童已经开学了，高三补课。”

“你真幸福，有妈妈陪读，不需要操心。”

“我要上班啊，没办法。哪像你，这么有勇气，为了陪孩子，工作都不要了。我要是不工作，全家喝西北风。”焦海棠话语带酸，又说，“其实，把云瀚放这边读，你娘家人在这边，姆妈又不上班，她也可以陪啊。”

林雪燕连连摇头，她怎么能把儿子交给别人呢，哪怕是母亲也不行，小时候的错误不能再犯了，她必须要和儿子寸步不离，他就是她随身携带的身份证。对于她的决定母亲也极度不理解，不是一心想离开家吗？好不容易考上大学，在深圳事业有成，房子、车子、工作什么都好好的，竟然为了孩子读书又转回来了，而且还把工作也辞了，重新当回家庭妇女，早知如此，当初何必下死功夫念书，非要出去？搞了半天，又回到原点。

“你老公能挣钱，你不上班也没关系。”焦海棠说道，人与人不能比的，她1000元不到的工作，维系着全家的生计，而林雪燕上万元的工作说不要就不要了。这世道，无理可讲。

“海棠，你知道吗？我现在只要孩子好，什么都不在乎。”林雪燕眼泪都要出来了。

“你也太焦虑了，孩子有什么不好？你把问题放得太大。”

“他不理我，他虽然答应过来了，可是一直不理我。”林雪燕眼圈红了。她不好意思说云瀚在深圳只能上职高。

“刚来嘛，过一阵子就好了。下周童童回家，你带云瀚过来，我还有不少参考书给他。”焦海棠安慰道。

林雪燕掏出纸巾擦了擦眼睛。

第十章

1

立冬一过，气温陡然下降了不少。要是在深圳，这个季节还是夏装，但在弋江，人们都普遍地穿上了厚绒衣。住在江边，风尤其大。林雪燕的房子在24层，窗户不能开，一开呼呼作响。

林雪燕每天都起得很早，在厨房里忙活半天，给云瀚准备早餐。每天的早餐都不一样，根据节气变化，煲各式各样的粥，她学会了中式三明治的做法，馒头里夹两片火腿肠、煎鸡蛋，加一片青菜叶或黄瓜，煎鸡蛋烙饼，牛肉面，还买了面包机，做切片面包，里面随口味变换着添核桃、葡萄干、花生仁什么的。有时跑下楼再去买一点，弋江小吃很多，早点也丰富，豆腐花、糯米团、鸭血粉丝、小笼包、汤包……回弋江来，如果说有什么看得见的收获的话，那就是吃得比在深圳好。在深圳，哪里有时间给他这么精心弄？母亲也经常送些好吃的过来，自种的蔬菜、包的饺子、蒸的馒头，等等。

也只有早餐这一顿让林雪燕忙活，平时的中餐和晚餐，云瀚都在学校吃食堂。他完全可以回家吃的，就像童童和苏南女儿那样，学校离家也不远，但是云瀚不肯回来。他早出晚归，晚自习下了回家都快 10 点了。他还保持深圳人的冲凉习惯，哪怕再冷，都要洗澡。这一点林雪燕也是。深圳的烙印根深蒂固了。弋江春谷这边，人们普遍用的是太阳能热水器，为了在冬天也能洗上澡，林雪燕在家里装了浴霸。

冲完凉，云瀚会再看一会儿书，他现在倒是比在深圳用功了一些，起码看上去是这样，或许是因为这边的诱惑不多吧。林雪燕跟老师沟通，也说孩子表现还好，跟同学也相处正常。看来来弋江是来对了，这边的学生学习更刻苦，学习氛围更单纯些。

但是，林雪燕并不开心，她总觉得云瀚在排斥她，他跟她有距离。小时候，她打他骂他，过不了一会儿就好了，照样跟自己亲，现在，他不吵不闹，就是不开笑脸。好像“笑”这个功能突然在云瀚身上消失了。

一整个白天，林雪燕守在空荡荡的家里，无所事事。两房两厅，简单的家具，为了不影响云瀚的学习，电视都没买。电脑本来也不想装，云瀚说，那我就去网吧。他说话的口气毋庸置疑，没得商量。林雪燕有些怕他，好像亏欠了他一般。好在，平时他课业紧，根本没有时间上网，只在周末的时候用一用。电脑是装在林雪燕这边房间的，周五的晚上，她睡得很晚，总要等云瀚游戏玩足。他玩的游戏叫《英雄联盟》，似乎也不是很好打，林雪燕偷偷观察，经常费了很大劲，打完一局，还是“失败”，这个时候，她看见儿子会满脸不高兴，必须打到“胜利”才肯罢休。

“胜利”来得越慢，林雪燕睡得就越晚。有时候困得眼都睁不开了，她夸张地进来直打哈欠，云瀚说：“你可以去我房间睡。”林雪燕说：“不，换床我睡不着。”云瀚气呼呼地撂一句“那你就等吧”。他也知道母亲那种执着的功力，不会退却的。母子俩之间现在有一种奇怪的平衡，就好像拔河一样，角力相当。

林雪燕母亲有时候过来看外孙，她是那种很大嗓门的人，近年听力下降，声音越发大起来，说话容易打岔。一见到云瀚就“儿啊”、“肉啊”、心肝宝贝地叫。她生了四个女儿，四个女儿有三个又生的是女孩儿，因此对云瀚格外喜欢。小时候，云瀚出生，她就想带，但林雪燕嫌母亲没文化，粗鲁，她从小在母亲带脏字眼中长大，不想让云瀚也受此熏陶。三岁时把云瀚送到当小学教师的奶奶家，至今母亲说起来还耿耿于怀。这次林雪燕破釜沉舟带云瀚回来，母亲拍着大腿，捶胸顿足：“哪能工作不要呢？你念那么多年的书，白念了！‘儿要亲生，钱要自挣，就是老公有，还得伸伸手’这道理你不懂？你一个人过来，那边那个花花世界，放着老公在那儿！放心啊？”

林雪燕听得不耐烦，说：“我也没办法，总要为云瀚的前途着想啊！”

“树大自然直。小家伙到时就会懂事。你们我小时候也没管，不照样好好的？”

“不能跟那时比。”

“那时怎么了？现在又怎么了？难道现在小家伙长了三头六臂？”

跟母亲说不通。林雪燕也不想争辩了。

唠叨归唠叨，女儿真回来了，母亲也只好转忧为喜。隔三岔五就带些吃的过来，她怎么也不明白，母子俩怎么在深圳都长得那么瘦，对于女儿投身的那座遥远的城市，她本就没什么太好的印象，去过两回，总觉得极不方便，到处是高楼大厦，出门都要坐车，买东西不像在春谷，一转身就有了。在那个城市人就像虚的，浮在空中一样，感觉一点也不踏实。女儿后来再要她过去，她都不去了。她说在那里头晕，住在高楼大厦里别扭，她要回来种她的自留地，还要养鸡。林雪燕带儿子从深圳回来，在她眼里仿佛是从难民营归来，她要给他们好好补补。

云瀚回老家，对一切都淡淡的，却对外婆的自留地蛮感兴趣。夏天回去的时候，那里结着南瓜花，棚架上爬满枝叶，他看外婆打顶、搭棚、修剪、施肥。自留地面积不大，却分割整齐，间错种了不少东西，辣椒、青菜。这些菜跟深圳长得都不大一样，云瀚从没有见过。家里原来还养鸡，后来怕禽流感什么的，就没有再养了。但林雪燕母子回来后，外婆又买了几只鸡来，也不急着杀，就放养着，还有鸡笼，一到黄昏，鸡就在外婆的召唤下自动进了笼子。云瀚喜欢观看外婆种菜、唤鸡。

开学之后，云瀚就没工夫回春谷了。周末，林雪燕给云瀚报了两个学习班，数学和物理，跟深圳一样，弋江的补习班也多如牛毛。这边老师自己带家教的现象也普遍成风，比深圳有过之而无不及。焦海棠说，她家楼上一个物理老师一到假期，家里能开一个班，那老师都发大财了。在弋江，一对一的名师特别紧俏。补课的价格也比深圳低不了多少。苏南给女儿请的就是一对一的。

在冲击高考上，全国上下都一样。

2

立冬之后的天，显得肃杀。午睡醒来，珍贵的太阳已经不见了，林雪燕白天是可以睡很久的。趿着红棉拖鞋走至客厅，阳台前的玻璃门有点模糊，林雪燕拧了抹布去擦，风在外面声嘶力竭扑打着，远处是苍茫的江水。在深圳，窗外对着的是海，现在是江。都是水，滔滔不尽的水。不同的是，她现在有的是时间凭栏眺望。“蒹葭苍苍，白露为霜。所谓伊人，在水一方。溯洄从之，道阻且长；溯游从之，宛在水中央。”这是《诗经》里她喜欢的诗句，她又想起年轻时爱唱的那首歌——《在水一方》，“绿草萋萋，白雾迷离，有位佳人，靠水而居，我愿逆流而上，依偎在她身旁，无奈前有险滩，道路又远又长……”那是琼瑶的歌，是青春时代的歌。倚立在窗前，一股莫名的惆怅和伤感袭来，令林雪燕双目泫然。不知怎么回事，她现在变得特别多愁善感，是因为太闲，还是因为故乡苍冷的冬天，触发了她所有沉睡的感觉？

窗子擦得很干净了，近乎透明无物。地板也拖了，桌台、书柜，都一尘不染，杂物也各归其类。实在并没有多少家务活可干了。厨房里煮着粥，云瀚不在家，她的饮食极其简单。有时候不想做，就去楼下吃个快餐。

苏南说他要带她吃遍弋江美食。可是，她不想见他了。

靠在沙发上，随手拿起一本小说，托尔斯泰的《安娜·卡列尼娜》。茶几上摆了一摞书，大部分是经典名著，苏南拿来的。她没买电视，一来怕影响云瀚，总之干扰越小越好。二来，也想看点书，在深圳忙得书读得太少，现在有大把时间，她曾是个不折不扣的文青。这些名著中学和大学时都读过，现在是重温。

翻到看着的页码，列文回乡的那一节。这个人物一出现，通常就有大段的枯燥思考和教义探讨，林雪燕小时候读都跳过的。现在当然不能那样，读书也要有品德，对于这样的精品，前前后后都是艺术，不可以跳过。

这一节还好，列文准备向基蒂表白了，他追到溜冰场，胆子很小，还不敢开口，他觉得基蒂身边的那些人，那些与她微笑、打招呼的人，都好幸福，他们可以自在地在她身边。而那些幸福的人却不知道他的幸福。列文心想。

托尔斯泰真是厉害，他把一个心怀爱情的人描写得那么准确。对暗恋者来说，心爱者所在的地方生满光辉，她身边的人都是他羡慕嫉妒的对象。苏南曾说过，他念书时好嫉妒她班上的同学。其实，那个时候，她也一样。这种感觉，现在复苏了。

林雪燕捧着书，不由自主地又想到一个月前的那个下午。那天，家里买新沙发，苏南帮忙布置打理。他第一次登门，林雪燕下厨烧了两个菜，请他吃饭，还开了瓶红酒。苏南夸林雪燕手艺不错，鱼煎得香。林雪燕说，就你夸好，云瀚还不买账，不回家吃。苏南说，人都这样，生在福中不知福。

突然想起什么似的，林雪燕问苏南，今天你过来，不是耽误你回家给女儿做饭了？

“跟小孩讲好了，今天她吃食堂。”

林雪燕有点抱歉，他为了她，连宝贝女儿都让位了。

“没关系，偶尔解放一天。”苏南自嘲现在是家庭煮夫，他在弋江机电学院上班，不用坐班，除了一周上几节课，其余就在家里。女儿的伙食都是他负责。

“你太太好幸福，有你操心。”林雪燕不无羡慕。听说他老婆是审计局官员。

“她忙嘛。”苏南撇撇嘴。

他们两家正好相反。苏南娶了个女强人。

“不要提人家。”苏南端起杯朝林雪燕碰了碰。

人家？他妻子是人家？林雪燕喝了一口酒，面色桃红，想掩盖内心的慌乱。

苏南走过来，从身后抱住她，他身上的热量真大，大到足以让她融化。

林雪燕曾经以为自己的欲望早死了。深圳就像一个战场，消灭了一切闲情逸致，消灭了性。老周是一架不断运行的机器，整天计算着资金的进出、客户的维护、供应商的产品质量，以及虎狼一样盯着新的商机。他变成了一头纯粹的经济动物。林雪燕自己也是如此，忙忙碌碌地生活，从来没有意识到身体的存在。

而苏南，他激发了她，唤醒了她。她惊讶地发现，少年时代的情愫并没有泯灭，重逢后的初见就预告了爱意的再度萌生。比起过去，岁月给苏南增添了更多的味道，他不再是那个瘦弱的少年，他的身体结实强壮，怀抱温暖，面容沉静，带着岁月赋予中年人的沧桑落拓。他温柔又狂暴，她吃惊得像是第一次遇见他，又像是第一次认识自己。

过后，林雪燕清醒过来，陷入深深的自责当中。这节外生枝的变故扰乱了她的心绪。她是一心一意为着云瀚来的。苏南杀过来，算什么？他说生活是一潭死水，一地鸡毛。他说从没想到，老天能安排他们再次重逢。可是，她宁愿不要这重逢了。

3

手机“嘀”一声，一条短信飞来，不用说，是苏南的，他锲而不舍地坚持给她发短信，哪怕她不回，也不见。

苏南说，他下了一首歌，发她 QQ 上了。

林雪燕忍不住打开手机 QQ，那首歌流淌出来。

风慢慢吹，你双眼羞怯低垂，像雨后的蔷薇，惊心魂魄的美，推开心扉，是给你的空位，这一生一世还有多少是非，我都甘心替你背。

天空深邃，我的爱如此纯粹，陪你聊到天黑，多累都不想睡，吻你的嘴，品尝爱的滋味，爱过你的心，从此不会牵挂谁。

你是夏天为我解渴的水，你是黑夜照亮我双眼的光辉。你是冬天为我遮雨挡风的堡垒，我们是多么绝对的一对……

林雪燕一边听，一边眼泪不由自主流下来。唉，傻不傻啊，大家都不再年轻了，这感情太不合时宜。她很后悔，不仅因为他影响了她，她也干扰了他，干扰了他的平静。各为人父人母，他们是没有权利的。这迟到的爱，不正常。会过去的，会过去的……林雪燕喃喃自语，她和他都会过去的。

书读不下去了，索性下楼，出去走走。小区里，种着一排银杏树，这一阵子全部换上了“金装”，给大地增添了明艳，骨感苍劲的树枝，如举着的遒劲大手，托起黄云一样的缤纷秀叶，风一吹，叶如雨下，地面像铺上一层金色地毯。美得令人屏住呼吸。

几个戴着老头帽的大爷在那里聊天，还有一些小孩子在玩耍，应该是幼儿园、小学放学的时间。小孩子们开心地奔跑打闹着，清脆的童音，稚嫩的笑声，让黄昏变得分外美丽。一个年轻女子牵了一条棕色毛发的蝴蝶犬出来，立即吸引了孩子们的注意，他们大胆地跑过去，跟蝴蝶犬打招呼，亲亲热热地抚摸它，拥抱它。蝴蝶犬也很好脾气地配合着，跟孩子们玩成一处。

林雪燕看得眼热，云瀚也有过这么快乐的天使般的时光吧。然后，他长大了，笑容就不见了。啊，可爱的孩子们，但愿你们能一直这么快乐下去，快乐得久一点，再久一点。

一会儿，孩子们陆续都被唤回家了，林雪燕走出小区，上了大街。她想找一找附近有没有舞蹈班、艺术班什么的。在深圳，小区的全职妈妈们业余生活很活跃，打球、跳舞、练瑜伽、学画画等。林雪燕一直没有时间，只偶尔去一下健身房。现在，她终于也成了全职妈妈。得找点什么打发这漫长的白日，尤其是让她能够有事可做，而不至于沉浸在无聊的不良思绪之中。

沿着商铺林立的建筑，走了一小段路，在一栋并不太起眼的大楼前，看到广告招牌，“美丽100”的瑜伽馆。空灵的音乐从里面传出来，在一间教室大小的房间，一个丰润健美长相略似印度女郎的老师正在教授学员，气氛庄严优雅。林雪燕毫不犹豫地报了名。

“瑜伽是一个通过意识，帮助人类充分发挥潜能的体系，运用古老而又易于掌握的技巧，改善人们生理、心理、情感和精神方面的能力，达到身体、心灵与精神和谐统一的运动方式。古印度人相信人与天可以合一，他们以不同的瑜伽修炼方法融入日常生活而奉行不渝：道德、忘我的动作、稳定的头脑、宗教性的责任、无欲无求、冥想和宇宙的自然和创造。”

瑜伽课的老师在第一堂课时，这样介绍道。该馆已经开了好几年了，学员蛮多的。林雪燕报的初级班，一周三次。

运动的确可以暂时忘却烦恼，瑜伽动作并不好学，须得全神贯注，看似静，消耗量却不亚于跑一圈山头，每课下来，汗透衣背。老师说，越不好做的动作越能减肥。看来老师深谙学员心理，不少女学员都是抱着这个目的来的。

除了练瑜伽，林雪燕还参加了一个家长沙龙。这是瑜伽馆里一个叫陈锦绣的学友告诉她的。陈锦绣跟她住一个小区，两人因练瑜伽而相识。陈锦绣有个儿子，今年高二，一说起孩子，好像全世界的妈妈都成了一个战壕里的盟友。有一次陈锦绣说起儿子竟然哭了起来，她说她儿子动不动就摆个臭脸，指责起她来，就好像他是长辈，她是孙子。“我一把屎一把尿把他养大，什么都紧着他，饭菜端到口边，从来不说声感激。弄不好，还一掌推多远，就好像欠了他一样。你说，我们当娘的到底哪里做错了，怎么这么贱！”那一次不知她和儿子又发生了什么冲突，说着说着就哭了起来。

“小孩子不懂事，长大了就好了，现在独生子女都那样，很自我。”林雪燕安慰她，也像是安慰自己。

“是的。赵老师说，独生子女是自地球上有人类这个物种以来所出现的一个从来没有过的‘亚种’，我们过去所有的教育理念、教育方法、教育手段都是针对有兄弟姐妹的孩子的。对这些‘亚种’我们不知道该怎么办。”

这个赵老师就是家长沙龙的发起人。这一段话应该是赵老师引用的，林雪燕记不起在哪里看见过。

抱着好奇的心态林雪燕也参加了家长沙龙，没想到家长还挺多。成员AA制，地点一般是在该组织发起人赵老师家，有时则是在咖啡馆，人数也不定，有事则免，无事则来。赵老师是位退休教师，子女在国外，大约也是在收集案例，他说要写一本书，关于家长教育的。“当家长有学问，家庭教育比学校教育更重要。世界上唯一一个没有持证上岗的职业就是家长，现在为什么孩子那么多问题？其实是我们成人出了问题。”这一天，他打印给大家的一篇文章，是一位作家一本书的后记。

鲁迅曾写过这样的话：我们只会对孩子瞪眼。现在我们又学会了给孩子献媚。这也许和我们的人口政策有关。我们敢对孩子瞪眼的时候，是我们可以随意生育的时候，当我们只准生一个的时候，我们就不敢瞪眼了。“瞪我就死给你看！”只这一句，就可以让我们立刻崩溃，就地瘫软。

所以用“献媚”。

“瞪眼”和“献媚”都是奴才的脾性。

但我们是以爱的名义。

……

林雪燕看到这里，不由得激动，是的，瞪眼和献媚，这的确是今天家长们的真实写照。怎么会变成这样呢？为什么不能平等地交流、对话，为什么永远这么拧巴？曾经家长们高高在上，如今，孩子们成为小皇帝、小公主，得罪不得，家长们色厉内荏，无计可施。

每次沙龙，家长们各种吐槽。

看来，不管是深圳，还是内地，家长们的幸福是相似的，家长们的烦恼也是相似的。

吐槽完，家长们会提出一组要交流的问题。然后，大家各自提建议，献计献策，他山之石，可以攻玉，总可以在别人那里获得灵感和安慰。赵老师是沙龙的灵魂人物，他会做一些主讲，发一些文章资料，收集分析大家各类稀奇古怪的案例。

林雪燕很想问一问：“孩子不会笑，算不算一个问题。”

4

小雪过后是大雪，这一年的日历翻到了最后一张。林雪燕现在养成了爱看日历的习惯，四季分明的弋江越发让人感叹古人发明“节气”的伟大和神奇。名字也取得好听，谷雨、芒种、白露、小雪……简洁美好，写下来就是一行诗，层层递进，周而复始。

这本精美带有草本气息的台历是上次搬沙发，苏南带来的，因为她说过“到了弋江，没带日历，日子都过糊涂了”，他便记在了心里。

一些重要的或者特别的日子，林雪燕会标上记号。有的很清楚，有的很隐晦，当然，不管清楚还是隐晦，都只有她一个人看，一个人知晓品味，一个人默默感怀。老周也不会看的，他不会注意那些细枝末节。

前两天，他出差来了一次弋江。自从 8 月里送他们母子过来，他们有三个多月没有见了。当然，电话倒是时常打。

他打量林雪燕说她气色竟比在深圳好，人还胖了点，云瀚也胖了点。“看来还是你们家乡水土养人啊!”

“那当然。你却瘦了。”

老周过去生活就没规律，有时忙起来，到了饭点也不记得吃饭，林雪燕每次电话里都提醒他。家里的钟点工也辞掉了。“要不把钟点工再请回来吧，总要在家里吃一顿才好。”

“不用不用。”老周连连摆手。

“在外面吃不好，地沟油什么的，不安全。”

“我也在家里吃的，我会煮面条。”

林雪燕有些哭笑不得：“钟点工起码会给你煲点汤，哪怕一周来一次也可以。”

“那个小赵也不漂亮，就算了。”老周开起了玩笑。

“你可以找个漂亮的。”

“逗你呢，瞧你生气了。”老周拍拍林雪燕的脸。

或许是分离产生了激情，也或许林雪燕心存愧疚，她表现出从没有过的主动。

老周只待了三天，那三天都是林雪燕在家里做饭，老周说出去吃，她也不肯。即便父亲回来，云瀚也还是在食堂吃。临走时，老周塞给了儿子 500 元钱，表现出依依不舍的样子。云瀚跟母亲一起把父亲送上去机场的的士，朝父亲挥手，他一直也没笑，容颜淡淡的，林雪燕悲伤地怀疑儿子缺失了人类最基本的感情。

林雪燕给丈夫都是报喜不报忧。她说云瀚现在学习劲头不错，上次期中考试在班里排名 11，新近还参加了一次作文竞赛。她要让他安心。

的确，这些她并没有说假话。只是，儿子不会笑了，他的脸就跟弋江的秋水一样，寒光闪闪。这一点怎么跟他说呢？

老周一走，家里重新陷入冷清。林雪燕回想起在深圳的日子，忙忙碌碌，总不得闲，就盼着什么时候能休息一天才好，现在她闲下来了，却感到从未有过的失落。尤其是老周的到来和离去，更让她喟叹。她回到故乡，回到弋江，然而，却像个外来者，很难找到本土的归宿感，她仿佛不属于这里。当然，她也不再属于深圳了。她有好些个 QQ 群，其中一个群最活跃，是原来单位的群。她的前同事们在上面发布单位消息、动态，交流工作，偶尔插科打诨。林雪燕以前很自负，她干了那么久的业务，驾轻就熟，原以为，她离开了，单位会失乱一阵子，会意识到她的重要，会为这些年没有给她加薪，没有提拔，没有善待而悔过。然而，现在她发现，地球离了谁都照样运转，她何其微不足道，她将渐渐被人遗忘，被轰隆隆一往向前的时代机器抛弃。林雪燕干脆退出了单位群。她又想到云瀚，她所做的一切，全是为了他，可是，他也并不领情。原来，这个世界，谁也不需要她了。她成了一个多余的，一个错误的人。

想到此，林雪燕不由得一阵心灰意冷。

5

这一天，林雪燕出门去市里。气温已经降至零度，进九之后，天逐渐严寒。风如刀削，大街上刷着白色药粉的梧桐树落尽了叶子，街道清冷，地面积水的地方结着薄冰。林雪燕穿着白色羽绒棉袄，乳白色长筒羊皮靴，黑色弹力裤和裹裙。这一身行头还是焦海棠帮她挑选的，上个星期五，焦海棠来参加家长会，顺便约林雪燕逛街，怂恿她买的。老朋友的眼光的确不错，这一身走在大街上，为她赚取了不少回头率。

市区比滨江区热闹，圣诞、元旦两节来临，气氛被商家炒得浓烈，大红的灯笼在店铺门口、树干上挂起来，是急景凋年的时节，老远都能听到步行街商场鼎沸的人声。

林雪燕穿过步行街，走到湖滨。在一座暗红色小圆亭边，坐着一个人，穿着黑色皮夹克，围着灰色方格子围巾，四周萧瑟，“天寒色青苍，北风叫枯桑”。他一个人静静地坐着，像一尊雕塑。

林雪燕走到他面前，他抬头，起身。

“你来了。”

“嗯，在这里坐多久了?”

“有一会儿了。”

“不冷?”

“还好。”

他俩彼此打量着。他冬天的样子也很潇洒，方方正正的脸庞，皮夹克赋予他金属般的质感，灰格子围巾则增添了一丝柔和的文艺范儿。林雪燕叹了口气。

“我们去上岛咖啡坐一坐，外面冷。”苏南说道。

上岛就在对面离步行街不远的地方。

咖啡馆人不多，找了一间雅座坐下，林雪燕要了一杯摩卡。

“不怕睡不好了？”

“不上班，有的是时间睡。”

苏南给自己点了杯炭烧，又叫了一份松饼和腰果。

服务小姐给他们上好食物之后，很体贴地将布帘拉上。浓郁的醇香弥漫开来，室内很暖。两人脱下外套。林雪燕里面穿的是玫红高领紧身羊毛衫，微卷的长发松松地搭在肩前。

苏南定定地看着她，一种本能驱使他握住林雪燕的手。

外面的寒冷和室内的暖气温差太大，林雪燕脸熏得绯红，他的气息传过来，腰间也暖融融地荡开来。她要抵御的不是寒冷，而是这可怕的热浪。

“你女儿怎么样了？”

这一句话很有效，仿佛给要溢出的火浆瞬间加了冷却剂。他今天约她来，就是谈这个的。

苏南抽回了手，脸色苦恼：“还是不想上学。已经两天没去学校了，今天好说歹说哄她去了。”

“都快期末了，身体好些没？”

“痛经。一到考试就这样。”

“有没有带她去看医生？调理一下。”

“看过，吃了药也没用。我怀疑不是生理，而是心理性的。她害怕考试。”

林雪燕点点头。上次焦海棠跟她说过，苏南的女儿成绩不太好，进这个学校原来是开后门的。“成绩跟不上，硬要进好学校，反而压力更大。”

“带她去看看心理医生。”

“这个话跟她提都不要提，她忌讳这个。”

“其实看心理医生很正常啊。我都想去看一看。谁都有想不明白的时候，何况青春期的小孩子!”

“她不想念书，痛恨去学校。”

“这么小，不念书，又能干什么?”

“她曾经喜爱画画，我后悔没让她学美术。”

“现在艺术类考生竞争也激烈得要命。”

“是啊。可是，与其那么痛苦地学，不如选一个她感兴趣的。”

“说后悔的话没用。还是要面对现实，弋江一中是省重点，升学率98%，不用那么担心的。”

“她不是不努力，晚上都学到很晚，早上天不亮叫醒，眼睛都睁不开。热水袋把腿烫破了，都不知道。可是，成绩还是上不去。每一次以为会考好，结果还是……”苏南垂着头，他的声音里有作为父亲的深深痛惜和无奈。

林雪燕不由得动容。

现在的教育到底怎么了?一个个都不快乐，孩子不快乐，家长不快乐，老师也不快乐，整个社会都不快乐。难道教育不是让人变得更好，人格更健全吗?现在呢?都学出病来了，各种各样的病。人人批判教育制度，可是教育状况依然如故。她曾在网上看了一个视频，以善于高考而闻名的衡水中学高考百日誓师大会，两米战鼓助威，气势仿佛大军出征。再看那些骇人听闻的标语，“如果学不死，就往死里学”“提高一分，干掉千人”“不苦不累，高三无味，不拼不搏，高三白活”……多么残酷、悲壮。中国的孩子太苦了，仿佛一出生就进入一个比赛场，你追我赶，气喘吁吁，还不能输在起跑线上。中国的家长也陪绑，谁也输不起，谁也不敢输。

将来许多年后，人们重新看这一幕，是否会无限惊讶?

悠悠万事，唯此为大。一元的价值观，唯一的通道。

“都成了机器，那些学生连走路吃饭排队都在看书。”

“现在的学校可不就像工厂，是按照标准化模式培养出来的合格产品。”

“可是，孩子们是人啊。作为人的快乐、尊严、信心、创造力去哪儿了？就这样一次次被打击、被摧毁。连我都要厌世了！钱学森问，为什么我们培养不出大师？不要说大师，培养出健全的人就好了。这难道就是我们的文化？急功近利，为什么非要出人头地？非要成龙成凤？我就当一只小鸟、一只蚂蚁、一棵小草，行不行？”苏南不由得激愤起来，他也是在质问自己。

“是的，这是文化基因带来的。我们能改变这一切吗？你以为学习好的就快乐？一样的。在这个强大的体制里，每个人都困在其中。我深圳的一个朋友说，他的孩子到了念书的年龄，他不让他去学校，自己教。据说有一些人在做这个实验。如果退回过去，我或许也这么考虑。我不想毁掉我的孩子，我想看到他的笑容！”林雪燕也激动起来。“可是，我们改变不了现状，已经捆绑在其中了，只有自己照顾好自己。高考也算是现在唯一相对公平的东西了，若取消这个，我们这样毫无特权的人更没有办法。不是吗？所以，现在，你不能垮，我们都不能垮，撑着，死撑到底，别泄气。”

“我今天给你带了一个偏方，你试试看。具体做法是：鸡蛋两个，益母草30克，元胡15克，放入砂锅加适量清水同煮，鸡蛋熟了，去壳再煮片刻，去药渣，吃蛋喝汤。”林雪燕拿出一张小字条，上面写着具体做法。

“好的，我回去试试。”女孩子的这些事本来应该是妈妈做的，却让一个父亲来操心，林雪燕不免嗟叹。

“还有一些穴位按摩法，关键是要放松心情。我有时在想，我们是否过于紧张了，孩子有他自己的生长周期，只要不生病，不必太过担心。”

“嗯。谢谢你。和你说一说话，心情好多了。”苏南眉头舒展了一些，“你怎么样？孩子学习现在还好吧？”

“还好。”林雪燕叹了口气。苏南的女儿不愿去学校，她的正好相反，不愿意在家。“我不知道，自己是不是很让他讨厌。”

“不要胡思乱想，小孩子自己抓得紧，学习跟得上就好，哪里还有许多时间跟父母说话。”轮到他安慰她了。

“现在才高一，还有两年半，你还有一年半，路漫漫其修远兮。”

“焦海棠快了，她只有半年了。”

“是啊，她就快刑满释放了。”

竟然拿坐牢相比？两人相视苦笑。

下午的时光一晃而过，苏南要去学校接女儿。他先开车送林雪燕回家。车里放着小提琴音乐，是电影《辛德勒名单》里的主题曲，琴声如诉，哀婉动人。

6

弋江的冬天是真正的冬天，多年不生冻疮的林雪燕手又开始生冻疮了。洗衣洗菜是件令人生畏的事，自来水冰冻刺骨，淋在手上像刀割，继而麻木，洗着洗着又开始发热，红通通的，像一节胡萝卜。人不能闲着，在屋子只要不动，待上一会儿，就全身寒飕飕的。家里装了一台冷暖两用空调，在云瀚的小房间，白天也不开。客厅了放了一只木制电火桶。小时候，冬天，家里也用火桶，是烧木炭，冷的时候，四姐妹挤在一处，把腿放进去，火桶上搭个破旧的大褂子，木炭的火，时间长了会熄灭，要节省着用。现在改进了，不用生火烧炭，插电就可以。

林雪燕穿着碎花睡棉袄，坐在沙发上，腿伸在电火桶里织毛线，节能吊灯洒下清冷单调的白光，落地窗帘拉得严严实实，饶是这样还听得到外面的呼呼风声。云瀚晚自习还没下，外面真冷。这孩子长这么大，第一次在这样冷的地方生活，也难为他了。十年寒窗，这样的话大约也只有在冷的地方，才更有切肤之感吧。

林雪燕在编织毛线手套，那种露出五个指头，可以握笔写字的。这种手套外面也有的卖，林雪燕还是决定自己织。深紫色细毛线，四根小钢针，因为没有经验，不知大小，打到手腕处，返工了好几次，现在总算像个样子了，一只已经打好，另一只今晚也可以封顶。她觉得织毛衣是一项很好的手工活，让人变得耐心、娴静。过去的女人大抵都会一些这个，才好打发漫长的时间吧，也不用费什么脑子。

手套终于打好了，林雪燕下了火桶，将两只手套并排放在沙发上，左看右看，很是自喜，想不到自己还有编织天赋。待会儿云瀚回家，就可以给他了。

林雪燕伸伸胳膊，扭扭腰，又拉开窗帘，朝外面看了看，天黑蒙蒙的，又有一层白，像是起雾了，街灯昏暗，让人看着越发寒冷。云瀚该回家了，到点了。他一般都很准时的。

然而，今天过了五分钟他还没回来，林雪燕不安起来，她想下去找他，又怕下去的时候跟儿子错过电梯，云瀚没有带钥匙。

又过了五分钟，还是没回。林雪燕急得团团转，她想打电话给老师，又不敢，各种不好的念头狼奔豕突涌到一起。遇到打劫了？跟同学冲突？被老师留堂？还是……又约会了？

正胡思乱想，门铃响了，林雪燕赶紧开门，一颗悬着的心终于踏实了。

“怎么才回来?”

“老师讲作文。”

“晚自习讲作文?”

云瀚没有再接话，径直去了自己房间，这就是他的风格，绝不再多说一句。

林雪燕拿着手套跟过去，摆在他书桌上。“试试。”

云瀚目光落在手套上长达五秒钟，然后把手伸进去，大小刚刚好。

“喜欢吗?”

云瀚也没有抬头，就戴着手套写起字来。他喜欢才会这样。林雪燕满心欢喜，接下来，她还要织围巾、织毛衣。

过了一会儿，云瀚冲凉去了，三九严寒，还是每天不落。

书桌上放着云瀚的一篇老师批阅过的作文，过去，他的作文和日记，凡是有字的东西一般都收藏起来的，他有一个带锁的抽屉。林雪燕已经好久看不到他的只言片语了。这次，他忘了？林雪燕就手拿起来。材料作文，说的是两块石头的遭遇，题目叫“公平”。

云瀚这样写的：

有这样一则故事：山上的寺庙中有一尊大理石佛像，面前有一块从同一座山上采出来的大理石做成的石板，人们每天踩着石板前来朝拜石佛。石板不服气地说：“为什么我们都出自一处，我却被踩着来拜你呢?”石佛平静地说：“是啊，我们虽从一处采出，可你出山时只被人简单地劈成四块，而我却忍受了多年反复雕琢的痛苦，其实是很公平的。”

故事显然是人为编造的，是为我们传达一个道理：宝剑锋从磨砺出，梅花香自苦寒来。需先加倍地付出，一些看似光鲜的成就背后实则是艰苦的努力。

然而，如果我们再深入地剖析这个故事，把它以小见大放在社会层面，考察它看似虚构实则暗含的真实面，许多合理的东西就变得不合理了。

我们都十分清楚，作为一块老实的石头，实际上哪有选择成为石板或石佛的权利呢？它之所以为石佛，并不在于它肯忍受痛苦的雕琢，而可能是运气好，被先选为做成石佛的材料，对于那块成为石板的石头，如果有这机会，必定也会忍受雕刻刀的历练，成为一尊万人朝拜的大佛。然而，故事中石板为传达作者想传达的道理，就被不幸地塑造成了一个不劳而获、语气低俗、思想愚钝、看不清问题的小丑一样的角色，被目的明确地与一个正面的优秀的形象拿来对比。

现实中，我们的社会上，还有这样一群数量不小的人，被石佛的那句“其实是很公平的”刺伤了心，一身辛酸往肚里吞。

如果收获与付出成正比很公平，那么你打从一开始便不给付出的机会，这公平吗？

故事这样构思，看似无意，然而这正是现实生活中的一部分人的思维方式写照。我们的社会，有人辛勤劳苦一辈子都享受不了与其付出相称的收获，有人生下来走向成功的路就被人铺好，当然你不能说他们没有付出努力，可是他们远没有第一类人多。底层人民的汗水就一定要低劣些吗？作为石板，他们任劳任怨，用身体撑起他们脊背上的社会中许许多多的人，驮着他们去敬仰，去歌颂原本应与他们一样的一群人，还要经受一些自以为是的人嘲笑：为什么当初不努力？

这样你还觉得公平吗？凭什么社会的机遇生下来就被固定的一小撮享有？许多想要加倍努力的人却连机会都没有？

以上看来，我们的社会要想真正做到故事的主旨“公平”，还有很长的一段路要走。

字迹有点潦草，林雪燕一口气读下来。她惊讶孩子的思维，他显然是借题发挥，居然质疑起材料来，完全没有按照出题者预设的意图写下去。老师给的分自然不高，用红笔圈出了错别字，还在旁边批了两个字“偏题”。可是，林雪燕还是被儿子的作文感动了，他的思考虽不乏偏激，却反映出一定的深度，作为一个高中的男孩，她过去小看了他。

云瀚冲完凉出来，看见妈妈盯着自己的作文，没有吭声。

“这篇作文写得挺不错呢。”

云瀚诧异地瞅了妈妈一眼，看她样子不像是说反话。

“今晚老师留你，就是跟你说这篇作文吗？”

云瀚点点头。

“老师说得也没错，高考你可不能这么写，但是，就文章本身来说，妈妈觉得你很有思想，你能想到一般孩子想不到的东西。”

云瀚顿了一下，看着窗外，没头没脑说了一句：“要下雪了。”

林雪燕也伸头看了看，果然，幽暗的夜空里飘起一朵朵若有似无的雪花来。

雪花由稀到密，由小到大，在窗外无声地飘落、飞舞、旋转，整个大地、天空，成了它们恣意任性的舞台。母子俩并肩站立在窗前，慢慢地，大地都白了。

第十一章

1

年后，春谷。下午的大街，依旧熙熙攘攘，春节刚过，人们还沉浸在节日持续的欢庆中，劳作了一年，可着劲儿吃喝玩乐，平时节俭的，都变得豪放起来。上班族有了闲暇，赌徒们夜以继日，孩子们握着压岁钱，意气风发欢天喜地要这要那，过年的意义对他们来说即在于此。大人们脾气都出奇的好，见面都客气得不得了，说着吉利的好话，即便有隔阂的也看上去毫无芥蒂，世界显得特别美好。大商场也都照常营业，更有一些专门为节日而设的促销活动如火如荼，瞄准着人们手里慷慨的钞票。

这些热闹都与焦海棠无关。她穿着件咖啡色的羽绒服，毛领，细格子暗红色薄羽绒棉裤，白色雪地靴，走在自西朝东的迎春路上，她腿细，细腿的羽绒棉裤穿身上也不嫌胖。看她的装束，别人兴许都会觉得她时髦，有些女人再贵的衣服穿在身上，也显土气，而她恰恰相反，不贵的衣服也能穿出不俗的效果来。这是她的本钱，在穿着上，她一向是好强的。

比起外面热闹的气氛，家里相对冷清。童童再有几个月就高考了，越是接近终点越难熬。弟弟菊新今年没有回家过年，他跑到尼泊尔旅行去了，大年三十，从雪山脚下发了新年问候。他说那里风光绝美，河流清澈，晚上在沙滩篝火边喝啤酒。

宋来香忍不住落泪，焦海棠在电话里让弟弟注意安全。他真是一个独行侠，一直不婚，走在一条与众不同的道路上。

童童倒是羡慕得紧，说等他高考完，也要像舅舅那样去佛陀的故乡走一走。童童把许多美好的愿望都放在高考之后。

高考，就像一道神圣庄严的关隘，它森然屹立在高处，俯瞰匍匐朝它攀爬的莘莘学子。

为了到达光辉的顶点，须得忍耐忍耐再忍耐，刻苦刻苦再刻苦。“吃得苦中苦，方为人上人”“书山有路勤为径，学海无涯苦作舟”“宝剑锋从磨砺出，梅花香自苦寒来”……

总之，提炼出一个字就是“苦”。

天阴沉沉的，冷风凛冽，又像要下雪的样子。刚从柯大为家出来，她心情就跟天上的铅云一样，大街上欢乐的气氛与她仿佛隔得很远。每次从柯家出来，她心情都不会太好。一年又过去了，柯大为的工作还是没有着落，除了领到一个月 200 元的低保，什么进项也没有，他倒耐烦得很，房子、工作、童童一样也不操心，反正有焦海棠一家顶着，宋来香说起来就牢骚满腹。作为丈夫，作为父亲，他尽了什么责呢？但是，看到柯大为家的情形，真是抱怨不起来。老太太活成了人瑞，婆婆年前突发小中风，口歪眼斜，跌倒在地，幸而家里有人，送到医院，救了过来，却落下后遗症，现在意识大不如前，动不动就头晕，表情也淡漠起来，家务活也不能干了。老弱病残一家人，看着就揪心。婆婆患病期间，焦海棠连续在这里伺候了一周，现在也差不多每天要过来张望一下。比起娘家，柯大为家更没有过年的气氛，家里连些像样的好吃的都没有，又冷清又暗淡。

焦海棠觉得自己运气背，母亲说她，小姐的相、丫头的命。

节日的热闹越发映衬出她的冷清，林雪燕回深圳过年去了，邱师傅陪家人去了乡下，张红霞跟着小男友到处玩乐。大家都亲亲爱爱在一起，谁会像她，夫妻一地却过着牛郎织女的病态生活。她不愿意去柯家，徒然添堵，但在父母家也无聊。家有考生，全家人都如履薄冰、如临深渊，童童整天关着门在里面学习，过年对他来说跟平常的每个日子没啥两样。除了年三十那天，带他去柯家吃了一顿年夜饭，饭后，被几个曾经的初中同学约去山头放孔明灯，此后就在家大门不出、二门不迈了。上门拜年的亲戚都很知趣，坐一会儿就走了。

“起来，不愿做奴隶的人们！把我们的血肉筑成我们新的长城，中华民族到了最危险的时候，每个人被迫发出最后的吼声！起来，起来，起来。让我们万众一心，冒着敌人的炮火，前进，前进……”不知怎的，焦海棠心里竟奇怪地唱起国歌来。

就好像大军出征前的最后时刻，一想到越来越迫近的高考，焦海棠禁不住咬紧牙关，浑身为之一颤。

2

高三党的假期非常短暂，年初八就开始上学。年后的一场雪，还没融化，宋来香和童童就风一程雨一程地来到弋江，焦海棠护送他们一起去的。

小房子空了一些日子，宋来香警惕地发现有老鼠啃过的痕迹。就在焦海棠嘲笑母亲疑神疑鬼的当儿，童童发出一声惊天动地的呐喊“老鼠!”但见一只肥硕的大老鼠“嗖”一下蹿进洗衣机后面。一场追捕老鼠的恶仗就此展开。

房子不大，老鼠被逼得到处乱窜，有一刹那，焦海棠看见贼溜溜的鼠目和自己对视，吓得花容失色，尖叫一声，本能地跳到凳子上。童童拿着根生了锈的铁棍，东奔西赶，最后的功臣自然是宋来香，她用大扫把扑倒老鼠，一脚飞快踩住尾巴，从童童那里接过铁棍，对着老鼠头狠敲几下。焦海棠很佩服母亲的神勇彪悍。

每次回忆起这一幕，焦海棠都有呕吐的冲动。老鼠用厚厚的报纸卷起来，焦海棠捏着鼻子，扫进垃圾堆，地下有一小块血迹，宋来香用洗衣粉、消毒水擦洗了半天。那一天，外面温度是零下，他们搏斗得热火朝天，出了一身汗。

房里出现老鼠这个事实让焦海棠极为不爽。后来，虽然没有再看到老鼠，却仍不免杯弓蛇影，耿耿于怀。

仿佛就是这只老鼠开了个坏兆头，让一切变得不顺起来的。

先是母亲咳嗽持续了一个多月，打针吃药，中药西药轮番上场，也无济于事，一到晚上尤其咳得凶。焦海棠心急如焚，看到母亲那张一咳起来就紫胀的苦脸，无计可施，她是“老慢支”，这种病尤其要注意不能受凉，就是那天打老鼠，出了汗，脱了衣服，才引发的。断断续续，直到3月末天渐渐转暖，宋来香才痊愈。

母亲刚好，童童问题就来了，省第一次模拟考试，童童发挥得不理想，他情绪很不好。据说一模和高考的可比性最大，几乎就决定了自己在高考中的位置。童童这次班排名30，是高二以来最差的一次。这对童童打击很大。

一模之后，学校召开家长会。班主任把全班同学的成绩都公布了，包括在班级、年级乃至全市全省的位置都注明了。过去的家长会也会发成绩，也排名，但都是以工资条形式发，家长只能看到自己孩子的，看不到别人的。对比没那么强烈，而这次，排序清清楚楚。

“都到了这个时候了，还是应该让家长们清楚，也不必隐瞒，高考确实很残酷，我们不得不面对。自己孩子处于什么位置，还有哪些不足和上升的空间，可以从这上面反映出来。”班主任是教数学的，特别注重以数字说话。他对每个学生都做了点评。说到童童时，老师说：“这孩子认真刻苦、学习踏实，但灵活性不够强，还要再努力一点，再多做题，否则考试遇到未做过的题就可能碰壁。”

“高三跟高一高二不同，全面复习，综合性强，题量大，是拼毅力、拼体力、拼智商，也拼心理的时候。一定要坚持。坚持到底取得最后胜利。我们做家长的在督促孩子学习同时，要多关心孩子，做好后勤保障工作。也不要太过施加压力，毕竟身体是最重要的。”老师最后说道。

开完家长会，焦海棠和童童一道回家，一路上童童一语不发。焦海棠故作轻松，说这次没考好，没有关系，还有两个多月。

童童脸色阴沉，也不说话。

“你这次数学和生物没考好，没达到你的真实水平，如果多加10分，你就是15名了。”

“不要再说了！”童童好像很不耐烦一样，一脚将地上的一只饮料盒踢飞。

焦海棠又惊又气，可又不敢骂他，她知道他此刻心里极度烦躁，只得忍着。

到了家，宋来香已经做好晚饭。童童视而不见，冲到房间。

“童童，吃饭啊。”宋来香喊道。

“不吃。”

“他考得不好。不想吃就算了。”焦海棠生气。

“再不好，也得吃饭啊。人是铁饭是钢，一顿不吃饿得慌。不吃菜就凉了。到底考多少啊？”宋来香叫唤他。

童童“啪”一下将房门重重关上。他居然这样对外婆。

“妈，别管他，我们吃吧。”焦海棠对母亲说道。

母女俩坐在饭桌前，捧着碗，一口也吃不下。

过了一会儿，焦海棠推开房门，童童垂着头坐在里面，他带着哭音说道：“我太笨了，我为什么这么笨？我为什么怎么努力都赶不上人家？”

焦海棠心一酸：“你不笨，你怎么会笨呢？你考上了这所中学，全春谷也没几个啊。”

“可是，我怎么努力都比不上潘小刚，比不上陈阳？”童童握着拳头，不甘地说道。

“还有两个多月，来得及。你不要急。”

好不容易将童童哄出来吃饭。晚上还有晚自习。童童走了之后，宋来香忧愁地跟女儿说：“这孩子这么要强怎么受得了？早知道真不该到这里来念书。”

焦海棠不耐烦：“就快高考了，你还说这样的话。说了三年，有什么用！”

“三年，你也知道三年！受罪的是我，他挂脸给我看，不是给你看。”母亲气冲冲地说，她也的确受够了。

焦海棠无话可说。是的，陪太子读书不是轻松的事。她亏欠母亲。

3

如果可能，焦海棠很想替下母亲，像林雪燕那样，不上班，专门陪读。可是，那份工作，她丢不得，不仅丢不得，还是个宝呢。

单位新近又有新动作，要搞考核竞争上岗。

“说得好听，什么竞争上岗，狗屁！是他们要安插一个领导子女进来。”

“啊？真的！他奶奶的，又来折腾我们！”

“进一个人，我们就要走一个。”

“走到哪里？”

“听说是发配到乡下供水点，在那里还要值夜班。”

那天，焦海棠一到公司就听到几个同事议论纷纷，大家神情紧张，围在一起叽叽喳喳、骂骂咧咧。

“老娘快50岁了，再过两年就退休。还考核，去他妈的球！”胡小花是水表工里年纪最大的，反应尤为强烈，她和焦海棠一样，没有靠山，但仗着时间长、资格老，有点倚老卖老。

焦海棠一听这消息，顿时如晴天霹雳。

“妈的，姓张的，花样真多！”胡小花咒骂着，“活着浪费空气，死了浪费土地！”

张经理的确不消停，什么上班打卡、按手印、重新规划抄水区域、定期公布各人的工作表现等。总之，自他来后，大家日子就不太好过。焦海棠跟他吵过几次架。前不久还吵过一次，她问经理拿记录纸，经理说没有。后来，她看见别人领到了，就冲进经理办公室，经理正在和外面来人说话，仿佛没看见她。等了两分钟，不理她，焦海棠把桌子一拍说：“张经理，我有话跟你说。”

那两个谈话的人被这一拍吓了一跳，张经理这才把眼睛投向她，冷淡地说：“我现在有事，你等会儿再说吧。”焦海棠又把桌子一拍：“我就现在说，我问你，我上午找你要抄写纸，你说没有，怎么李师傅要就有?”张经理张口结舌，焦海棠继续说道，“我要这个纸是工作，我又不会多要，多要也没用啊！难道能吃?”张经理解释说，一开始是没有，后来办公室小王拿来的。然后又批评焦海棠上个月工作没做好，抄的没有比别人多。焦海棠更加生气，她被安排在郊外边远地区，跑路都要别人多跑半天，哪能跟那些就在城关的人比？张经理一直给她穿小鞋。焦海棠脸涨得通红，说：“张经理，你不要欺负人，我快到更年期了，我要是被你气倒了，有个三长两短，做鬼也不会饶你的!”后来人把她拉开了。

焦海棠是把张经理给得罪上了，她其实从来也没想过要得罪他，哪个做下属的会故意得罪领导呢？张经理刚来时，别人都讨好他，她讨不上，还由于他相好的进谗，被不断地穿小鞋，受窝囊气。焦海棠一开始都忍着，忍到后来不忍了，反正境遇都已最差了，也不可能再坏，光脚的不怕穿鞋的，张经理权力再大，也不敢炒她鱿鱼吧，供水公司不是他家开的。焦海棠不是那种伶牙俐齿的人，从小到大，跟人吵架都吵不过人家，骂人的话都是吵完之后才想出来，正因为这样，她很少吵，一旦吵架，架势反而有点吓人。张经理领教几回后，反倒有点怕她。可是，贵人健忘，隔段时间，他就又要刺她一下。

没想到这次张经理搞出这一招，太阴了。

人手一份发了复习资料，要大家背，到时考试。

焦海棠好多年不学习不看书了，这密密麻麻的字看得她脑袋发晕，借了父亲的老花镜，看了 10 分钟，头昏目眩，直想吐。又不敢放松，只得硬着头皮死啃。为了对付这个考试，她连续两周不上网，不打麻将。直到胡小花告诉她小道消息，说陈凤娇要到大厅上班，不用抄水表了。她们那个考试不过是做做样子。

焦海棠松口气的同时，又生了一回气。

4

“冬天来了，春天还会远吗?”焦海棠别的诗句都记不住，唯独雪莱的这句记得特别牢。

这年的冬天特别冗长，春天眼看着来了，杨柳吐绿，大地返青，好不容易暖和几天，寒流仿佛不甘心自己末日似的重又杀回，一波接着一波，不肯退却，冬衣迟迟也脱不下。这些年气候就是这样反常，冬天拖泥带水，春天似有若无。不寻常反倒成了正常。

这样持续了好长一段时间，然后突然间天就热起来，连个过渡都没有，日子就进入了5月。童童的高考也逼近了。

这个周末，一大早，焦海棠又去弋江。今年以来，弋江去得特别频繁，路费都搭了不少。周三才刚刚来过，童童发烧，她接到母亲电话，放下正在抄的水表，火速赶过去。童童上学还没回来。母亲说，昨晚就开始发烧，今天要带他去医院，他不肯，说不想落下课。母亲急得跺脚：“我讲他也不听，人都烧成那样，还要去学校，看着难过啊，你说怎么办？我知道你在抄表，可是，你不过来，我也没主张了。”

“怎么好好地发起烧了呢?”焦海棠心急如焚。高三多么关键，高三是不能生病，不能出任何状况。

“唉，我也不晓得该怎么伺候了!”宋来香抱怨，“我这一把年纪，还在这里活受罪。我伺候不好，你们做父母的来吧。”

“我也没怪你。”焦海棠不满母亲，一遇到事情就慌张，就抱怨。

“吃了药没有?”

“昨天晚上烧的,天都黑了,药房都关门了。今天要带他去看病,他不去。”

焦海棠心里直冒火,就要往学校冲,宋来香也要跟着她去。

“你在家里等着,我去学校。”

也正好到了中午放学的时候,在潮水般的学生中,焦海棠一眼看到穿着黑色拉链外套、灰色绒裤的童童,脸色干干的,他正常地走着,跟别的孩子一样。焦海棠迎上去,童童也看见了妈妈。他略显害羞地站到一边。焦海棠把手往童童脑门上一放,童童赶紧偏开,左右看了一下。

焦海棠还是摸到了儿子的头,滚烫。二话没说,就拉着他,打了辆的士去最近的二院看急诊。

医生开了两天的针水,叮嘱要卧床休息,多喝水。

不过,童童只休息了半天,第二天的针水,是晚自习时吊的,还带了书本,一边吊水,一边看,弄得医生、病人都刮目相看。还有人拿手机给他拍了照,大约准备拿回家给孩子讲励志故事。

焦海棠在弋江守了一晚,第二天赶回去继续抄表。母亲说,烧已经退了,让焦海棠这个周末就别过来了,她也知道女儿两头跑辛苦,这些天正是抄水表的日子。焦海棠不放心,还是巴巴地赶过来了。

周末童童照例上课,高三现在只有半天休息。

“唉,作孽啊!”母亲皱着眉头地说,“从早到晚,没有一点空闲,吃饭喝水都在看书。哪有那么多书要看?”老人家理解不了,不知现在的教育怎么把一个活蹦乱跳的孩子变成这样了。

焦海棠收拾童童房间,书桌上厚厚的复习资料、写得密密麻麻的试卷,无论什么时候来,见到的都是永无穷尽的这些。焦海棠看到字就头疼，不知童童一天要做那么多题，看那么多小字，是什么样的感觉。老师竟然还说，做题做得还不够。到底要怎样才算够啊？老师说，因为命题老师水平都很高，你永远猜不到，他们会出什么样的题目来。所以，只有练习练习再练习，多多益善，最好能穷尽所有的题型。高考是一部悬疑大片，是看不见硝烟的残酷战争，险象环生，乾坤难料！在高考的跑道上，你唯一能做的，就是坚持、苦撑。

童童在艰难奔跑，大人们也跟着陪绑，大家都到了强弩之末，快要撑不下去的时候了。

白天，童童上学去了，焦海棠挽着母亲去沃尔玛。巷子里看到一个少妇抱着一小婴儿，宋来香停下来跟妇人拉呱。母亲在这里住久了，也有些熟人。焦海棠逗弄着小婴儿，小家伙也不认生，小眼睛神态自若地凝视着焦海棠，样子又萌又可爱，焦海棠被小婴儿既深沉又坦荡的眼神给逗乐了，她笑着跟婴儿逗话，婴儿也咧嘴笑出口水来，然后一扭头拱到他母亲怀里，拉着母亲的衣领，朝胸口直蹭，知道那里有吃的。妇人被小孩扯开一半胸脯，赶忙将婴儿手拉开。

“小家伙要吃了，快给他喂吧。”宋来香摸着小孩道。

“是的咯，宝宝饿了，要吃了，宝宝跟奶奶说拜拜，跟阿姨说拜拜。”

“真可爱。”焦海棠依依不舍地看着，婴儿趴在母亲怀里的姿势，是世上最优美的姿势，叫人看着心软眼馋。她也曾有过这一段最美的时光，只是那个时候怎么过来的，都已忘了。

妇人带着婴儿走远之后，母亲说，这妇人年纪跟焦海棠一样大，才生的小孩。

焦海棠不由得吸了口气，这么小的孩子，要一手一脚从头带起，多大的工程，多熬人的岁月。这么一想，又生出无限的欣慰，幸而童童长大了。小孩子可爱是可爱，还是看看就好了，不要让她从头带。

“你也快熬出头了。”宋来香安慰女儿，也是安慰自己。

“妈，等童童高考结束，我带你去北京玩一趟。”那是宋来香一辈子最想去的地方。

“好啊！”宋来香并不当真地笑笑。对她来说，外孙考完，谢主隆恩，她就可以好好待在春谷了。

5

命运是个好奇怪的东西，它总喜欢和人对着来。焦海棠很感慨，她天生平足，最怕奔波，然而这半生却总在不停地奔波。早年从太平镇到春谷来回跑，现在从春谷到弋江，永远在路上。最悲催的是，她在哪儿都没有自己的住地。这个感慨，在去了林雪燕家后更为强烈。

第一次去林雪燕家，焦海棠就感慨万千。簇新的房子，簇新的家具，布置得简洁温馨，虽然算不上豪华，也足够让焦海棠羡慕得直流口水了。

林雪燕现在也让她惊讶，这个曾经野心勃勃的学习尖子，如今变得那么贤惠，她热衷起女红来，织了左一条围巾，右一条围巾，还有手套、护膝等。上次还送了一条白围巾和一双露指手套给焦海棠和童童。过去都是她织毛衣送给林雪燕。

“你费那工夫干吗，商场里多的是，比你织的花样多多了，又不贵，有钱你什么买不到。”焦海棠说她。

“不然怎么打发时间啊，织毛线时间过得快，手头也有事干。现在什么都工业化，手艺活快失传了，我得继承起来。”

林雪燕也太闲得慌了，她说白天就她一个人，云瀚只晚上回来住一下。她巴望着有个说话的人。

“云瀚还好吧?”

“还好，就是不会笑。”

焦海棠见过云瀚几次，确实是个很严肃的孩子。“现在小孩子都没什么表情。”童童也很久没笑过了。真是的呀，这些孩子怎么都不会笑了呢？谁拿走了他们的笑容？

两个人在一起自然是要分享育儿艰辛的，焦海棠说起她表妹苏琼，很舒服，到处旅游，享受人生，孩子由保姆带。

“她能请得起。”林雪燕说道。

“你请不起？只是你放不下。和我一样，都太看重小孩，而表妹，她比较洒脱，想得开。她这样的，活得比我们潇洒。”

“是的，西方有一个作家也说过，女人是第二性的，并不是天生。可是，怎么说呢，我倒也不后悔，各人有各人的生活方式。做父母的本就是个累人的活，这个活没人能替代得了，也没有捷径可走。可千百年来，有哪一对含辛茹苦的父母会后悔亲手抚育自己的孩子呢？我们总觉得自己在付出，其实，孩子也带给我们许多。没有舐犊，哪来情深？这辈子，如果没有生育过，对人生意义的看法，大约绝对不会像现在这样。”

原来每个妈妈抱怨的背后都是心甘情愿。

她们在一起谈论最多的是孩子，有时也谈点别的。比如邱师傅。林雪燕知道他们的关系。同学中有对焦海棠指指点点的，她的传闻很多，林雪燕想，的确，贫穷不能带来美德。可是，谁又比谁高尚很多呢？包括她自己。“……你们中间谁是没有罪的，谁就可以拿石头打她。”《马太福音》里的话。

有个周末，焦海棠和邱师傅在一起。他们有段时间没有见面了，邱师傅给她拿了不少吃的，羊肉、香肠、辣椒酱，够童童吃上一阵子了。然后，他带焦海棠去阳光洗浴中心，那里吃喝玩乐一条龙。邱师傅会玩，只有和他在一起时，能够放松一会儿。

洗浴中心分男宾女宾，洗完澡，换上里面的休闲衣服，两人在餐厅会面，自助餐厅很大，食品丰富，有中式有西式，汤羹、饮料、水果，应有尽有。客人不算少，弋江人向来会享受生活，也有苦中作乐的天赋。

焦海棠给邱师傅和自己各端了盘鹅头凤爪，汤羹满满一大盘，他俩都爱吃这个。正吃着，电话响起来，是童童打来的，他已经打过一遍了，她没听见。

“你在哪儿?”

焦海棠心里一沉：“我在林阿姨家。”

“撒谎!”童童“啪”地把电话挂掉。

过了一会儿，电话又响起。他说：“你回不回来？你不回来，我就把手机砸掉!”

焦海棠脸一下子煞白：“童童，你不要乱来，我马上回家。”

迟了，焦海棠回到家的时候，手机已经砸掉。

去年买的，用了才一年。

母亲说，今天放学回来童童情绪就不佳，也不知他从哪里听来的消息，说一个地产商的儿子，学习很差，却已经获得了某名牌大学的名额，不知是真是假。吃饭的时候一个劲地说不公平。还说，不想学习了，只要有钱，就可以上好大学，学习没意思。

“你看这孩子，都什么时候了，还说这样丧气的话。人家有钱可以不学习，咱们没钱，不学习咋行。我这样跟他讲道理，他不耐烦，又问你去哪儿了，我说你去林雪燕家去了。他更不高兴，说你撒谎。说大家都在骗他。我在洗碗，还没来得及过去，就听他‘嘭’一下，把手机砸了。唉！作孽啊！你也是，就快考试了，你既然来了弋江，就在这多陪陪他，省得我担惊受怕。”母亲唉声叹气，忍不住就数落起女儿来。

焦海棠又气又急又心疼。

母亲又说起前两天发生的一件事：“那天童童晚自习回家，路上遇到一个30多岁的女人，那女子拉住他，说自己从外地来，钱包丢了，问他有没有钱，行行好，给她买点吃的。童童信以为真，给了她十几元，那个女的继续攀住他不放，问他到机场的路怎么走，打的要多少钱，她必须赶过去。童童就把身上仅有的50元钱，还是我给他准备买复习资料的钱，都给了她。那个女人把他手机号码抄下来了，说到时给他还话费。童童回来告诉我，我将他狠说了一通，这么简单的花招，他怎么就信了？几十元钱嘞！童童还不相信人家骗他，天天盼着手机上打话费来，结果等了这么久，也没有。他让我别告诉你。

“我不该骂他，几十元就几十元钱，就当喂狗去了。他却一直记在心上。这孩子心重。”

半夜里，焦海棠起来，她一直没睡。她知道童童也没睡。蹑步走了进去，童童正躺在床上，辗转摸着破碎的手机，眼角挂着泪。

焦海棠心里一酸，上去摸着儿子的头说：“坏了就坏了，我们明天重买一个。”

“我不要！”儿子的泪水洇湿了焦海棠的衣袖，“我不配。我浪费了很多钱。”

“你瞎说什么呀。这手机去年买的，也该换一个了。”

“学校里今天推荐了几个自主招生名额，我不在内。”

“没关系，我们不要推荐，我们自己考！”

“妈妈，我是不是很坏？你一定很不快乐吧？”

焦海棠眼泪夺眶而出。

“只要你好，妈妈就不会不快乐。”

6

“归去来兮，田园将芜胡不归？”父亲苍凉的唱腔隐隐约约从远处传来，在清晨低回盘旋。他总是起很早，去公园里吊嗓子。

胡不归？胡不归？

夏天到来了，童童的睡眠出了问题。

一天半夜，焦海棠正在熟睡，被童童电话惊醒，他带着哭音说：“妈妈，我睡不着。”

已经好几个晚上了，童童无法入眠。他平时写作业一般写到深夜，上床很快睡着，第二天6点就起床，看一会儿英语，睡眠总是不够，课间十分钟都能打会儿瞌睡。已经少得不能再少了，可现在，睡意不知怎么就消失得无影无踪，夜里躺在床上，能听到很远的声音，鼓楼的钟声、工厂机械的运转声，还有风吹树木的哗哗声、虫子鸣叫的声音……那些声音就像宏大的交响曲，在耳边不绝如缕地轰鸣。用被子蒙着脑袋，用棉花塞住耳朵，想尽一切办法还是无济于事，声音依然那么大，不停息，直往耳鼓里敲打。他摆各种姿势，数一万遍山羊，还是睡不着。

“妈妈，妈妈，我到底怎么了？我不知该怎么睡了。还不如死了好呢！死了就永远睡着了。”

焦海棠赶到弋江。童童小脸都瘦尖了，黑眼圈明显。而他还天天上课，怎么撑下来的？焦海棠心疼莫名。她请了几天假，专门在弋江陪儿子，去林雪燕介绍的一家中医馆，开了一些中药进行调理。那个老中医生说，最近来看病的考生特别多，各种问题都有，失眠也不少见，压力大，思虑多，加上家庭的、社会的各方面压力，都会造成。药只是辅助作用，关键还是要调整心理。“你不要给孩子太大压力。”

焦海棠说：“我现在不给他压力，我只要他好好的就行了。”去他妈的高考，请给我一个健康的孩子吧！焦海棠真想破口大骂。

晚上，她陪在童童身边，像小时候那样轻轻拍打。童童那么高，躺在床上，一张床都满了。焦海棠拍着儿子，就好像他又变回小时候的样子，缩成在子宫里的形状。

7

5 月 26 日，童童的生日。除了 10 岁那年，全家下馆子，很隆重地过了一次外，这些年都随随便便地过了。宋来香有一个观点，小孩子瞒着长，长得好。还在春谷的时候，每到生日的那一天早上，宋来香就会给童童煮三个荷包蛋。焦海棠呢，则给童童送个小礼物，礼物通常就是一支笔，或者一本笔记本、一只文具盒。偶尔贵重一些，一个书包、一双球鞋，或者一件新衣服，而这都恰恰是到了该给他添置的时候，借此机会让他高兴一下。后来到弋江念书，生日就没有概念了，功课太忙，想过都没时间。

这一次生日，焦海棠打算给儿子好好过一次。时间也凑巧，正好是星期天。

在美食街一家名为岁月的小酒店。焦海棠和母亲、儿子一起坐在一间火车卡座式的包厢里。柯大为本来也要过来的，因为一家物业正好通知他去面试，就没有来成。他给了焦海棠 200 元，说，如果面试通过了，就有工作，就可以赚钱了。“儿子 18 岁，也算成人了。你们吃好一点。”

清蒸鲥鱼、叫花童子鸡、西湖莼菜汤、醋熘三丝。

焦海棠精心选了几道特色菜，宋来香凑着头看价格，连连咂嘴，说太贵了，这么多钱在家可以做好几顿了。

“出来吃就不要想钱的事，今天就是要让你放松一天，贵就贵点，吃现成的，人家给你端菜倒水服务，不让你动手，又不要你洗碗。难得给童童过一次生日，也算是犒劳你这么长时间的辛苦嘛。”

穿着斜襟仿古褐色小褂的女服务员过来倒茶水，又递来三包湿纸巾。

“这个我们不要，湿纸巾不要。”宋来香把三包湿纸巾还给服务员。服务员微微一笑，笑容里有一丝嘲讽，恰巧被焦海棠看见了，她心里很不舒服，没钱的人更容易嘲笑没钱的人。

焦海棠对服务员说：“纸巾就放这儿吧。”

餐厅里人不少，“岁月”是步行街新开的酒店，杭帮菜为主。笑语声不时传来，酒香菜香弥漫在空气里，让人胃口大开。宋来香环顾着别人的饭桌，揣摩着那些菜的制作方法。

童童坐在焦海棠身边，脸上有一种困乏，明显睡眠不足，近段时间一直在喝中药，他说睡眠好点了。

快了，就 10 天了。

这次生日，既是纪念他的成人，也是为他高考鸣锣。

焦海棠要了两瓶啤酒，斟了三杯。

菜上齐了，焦海棠对着童童举起杯：“生日快乐。”

童童站起来，说：“我先敬你们。”他对着宋来香，“谢谢奶奶。”他一直称外婆为“奶奶”。

“好，好。我孙儿好。奶奶祝你生日快乐，考上好大学。”宋来香满怀激动地喝了一大口。

童童喝了半杯，又转向妈妈。

“谢谢妈妈。”

“儿生日，母难日。你妈妈生你时差点都没了命。是该好好敬一敬。”宋来香在旁边插嘴。

这一天的情形，一点一滴都在焦海棠的脑海里，忘不了，不能忘。

一切都是那么正常。

谁知道第二天会突然那样呢？

8

宋来香躺在医院里，童童出走的事实将她击垮。“他早上背着书包出门还好好的呀！”宋来香捶胸顿足，泣不成声，一遍又一遍地重复着这句话。

宋来香在医院输液，她完全不能进食。

焦海棠也崩溃了，接到母亲的电话就崩溃了。柯大为又护送她到了弋江。

学校也急得团团转。过来家访，又是安抚，又是联系公安，并让他们不要声张。弋江一中今年出了两起学生跳楼事件，他们不敢再有新的变故了。

焦海棠在童童的写字台上搜到一张字条，“奶奶，妈妈，我出去几天，你们别担心。我就是想出去一下。我会回来参加考试的”。

“等吧。我们一起等。要有信心。童童是个懂事的孩子。”班主任安慰道。

时间成了无尽的煎熬。

宋来香更加衰老虚弱，不能吃饭就靠输液。焦海棠强撑着，夜夜不能合眼，偶尔睡一会儿，又突然惊醒。头痛，心脏也痛，身体各个部位都痛起来，甚至连路都走不了。她捏着童童留下的那张字条反反复复地看，仿佛字背后埋藏着什么秘密，希望和绝望轮番轰炸着她，她想死，可是见不到童童，她不能死，死不瞑目。

他会去哪儿呢？他身上没有多少钱。焦海棠支撑着像女鬼一样，在童童的小房间里游荡，翻来找去，不甘心。书堆里偶尔夹着一些与学习无关的涂鸦，抽象画一样，看不懂。还找到了一篇作文，是写她的：

人们常说，父亲是山，父亲的臂膀是最有力的依靠，而我却认为母亲的怀抱则是心灵深处的归宿。

一直以来，我多数时候是和妈妈处在一起。这一路上，我所经历的幸福与困难都是和妈妈分享的。很小的时候，妈妈于我就是天，遇到困难我就会向妈妈求助。妈妈教我走路，教我认字，陪我玩等。所有对我来说，有印象和没印象的事，都是通过妈妈完成的。妈妈给我的印象是无所不能。上小学后，因为不放心我单独上学，接送的任务都是由妈妈负责。因为妈妈还要上班，所以在上学放学路上时间显得特别紧张。

仍然记得那时情形：一辆自行车，妈妈坐在前面，我坐在后面，伴随夕阳的余晖，回家的路上充满了欢声笑语，那时候的妈妈是我最知心的朋友。再后来，我上了初中，因为学业繁重的缘故，或是和同学交往多了，我和妈妈相处的时间渐渐少了起来，但这并不妨碍我和妈妈之间的感情，我会在我心情忧郁或是遇到困难时和妈妈交谈，将我的心事告诉她。吐露我的心声后，我会感觉轻松许多，而妈妈也会给予我最大的关怀。

现在我上高中了，作业更多，压力更大，我和妈妈交流少了。我觉得妈妈不再像过去那样什么都能。我甚至看不起她，嫌她没文化，嫌她没有好的工作，嫌她……

妈妈，对不起。

我的人生路还有很长很长的一段要走，我的成长必然伴随着妈妈您的衰老，可是不管怎样，妈妈是您为我支起了一片天空，是您尽心地呵护着您的孩子不让他受伤，是您用衰老的容颜换来我的茁壮成长。虽然我最终会离开您，去创造我自己的全新生活，想着您逐渐消失的背影，我想大声对您说一句：一路上有您，我很幸福。

这是什么时候写的？他从来没有给她看过，他是个话少的孩子，长这么大从没有说过爱妈妈的话。焦海棠眼泪滔滔地流着。

影集也叫人从家里拿来了，是童童从小到大的照片，她每次看每次哭，又不能不看。每一张，每一个神态，每一个情景，都让她回忆联翩，她的手一直不停地摩挲着。那照片上的孩子，她亲爱的小孩，她想抓住他，想紧紧抱在怀里。可是，她抓不住，抓不住。

尾章

一旦羽翼成，引上庭树枝，举翅不回顾，随风四散飞。——白居易

秋天又到了。柔和的阳光洒在江面上，波光粼粼，再好的阳光，到了秋天，都有一些凉意。

林雪燕要回深圳了，她一个人回。不久前老周查出胃部有问题，情况不太好，必须做进一步检查，有可能动手术。林雪燕被这突如其来的消息吓晕了。那样壮实的老周，那么生龙活虎的老周，那个从不知休息为何物的老周，怎么会生病呢？

林雪燕哭了几场，要你注意身体，要你请阿姨做饭，要你别那么搏命，怎么就不听劝呢？临走前，她和云瀚做了一番长谈。

老周让她别吓着孩子，暂时别告诉他，但林雪燕还是如实说了，云瀚听了脸色煞白，眼泪在眼珠里转，却还是拼命忍住了。

“还要做检查，结果也许没有那么坏。”林雪燕反过来安慰云瀚，“我最多一个月就回来，你不必回去。在这边安心学习。有外婆照顾你。”

云瀚低着头，半晌，哽咽着说：“如果不是我，你和爸爸就不会分开了，你就不会放弃工作，爸爸就不会生病了。”他终于号啕起来。

林雪燕瞬间眼泪迸出，她搂着儿子，此刻高出她一个头的儿子就像个无助的小孩，委屈伤心。

“不是的，不是。瀚儿，你是个好孩子，从来就是，是妈妈不好，妈妈对不起你。”

离别的日子到了，云瀚上学去了，下午的飞机。母亲已搬到了她的住处。“你放心，有我在，孩子饿不着。”

林雪燕伤心地反而笑了，在母亲眼里，孩子有的吃就行了。也是，从小她们姐妹就是这么被母亲拉扯大的，她整天种菜，干活，没得停息，什么都不管，唯怕她们饿着。

“乖宝，乖宝不哭，妈妈给你带吃的来了。”林雪燕又想起焦海棠，她喃喃自语的神情。病休在家，几个月了，神志时而清醒，时而糊涂。童童一直没有回来，焦天白突发脑溢血，经抢救救回一命，却只能坐轮椅了。宋来香头发全白了，她说：“我不能死，我死了这两人怎么办？我还要等童童回来。”

宋来香像抓住救命稻草一样抓住前来探望的林雪燕：“你说童童会回来吧？他什么时候回来？”

林雪燕不忍看宋来香的脸。

“会回来的，谁说他不回来？”半躺在床上，握着影集的焦海棠直起身，瞪着眼睛，突然激动起来，“童童跟我说了，他马上就回家，他昨天晚上告诉我的。他还说，他要去北京读大学，还要带我们俩去北京玩呢。”说着嘿嘿笑起来。

林雪燕眼泪滚了下来。她扶着焦海棠，哄道：“会回来的，当然会回来。你放心。也许是去了某个山寺，有一次听云瀚说童童曾跟他聊天时讲起过，在离弋江不远的地方，有一座古庙，四周有松涛，非常清静。他俩还约着哪一天一起去玩。”

“真的，那我要去找。”焦海棠眼睛泛出亮光。

“好的，我们一起去。”

可是，她还没来得及陪焦海棠，自己却要回深圳了。

离开的那一天，林雪燕先送儿子上学，直到他的背影在转角处消失，才眼眶湿润地回身。

苏南要开车送她去机场，她婉拒了。那个时间是他接女儿的时间，她不想耽误他，况且也没有这个必要。

人到中年已是秋。“回首向来萧瑟处，归去，也无风雨也无晴。”

长江变成了一条亮晶晶的细带子，一朵朵白云前呼后拥地蹿过来。飞机起飞了，天空如此辽阔。

后记

2015年我的中篇小说《宝贝》刊于《当代》，同年另一部反映学校教育题材的小说《潮湿的春天》发表于《清明》并被《北京文学·中篇小说月报》转载。这两篇小说的刊发，引发一些小小的关注，分别有人写了文学书评。在某大学师范学院，小说还被列为学生研讨篇目，有人针对这两篇小说反映出的教育问题专门刊文发表于学术刊物，一篇是《当下中国家庭的困顿和新生——论俞莉的中篇小说〈宝贝〉》，另一篇《教育异化的挚诚书写——论俞莉的中篇小说〈潮湿的春天〉》。这些书评有些我知道，有些则是我无意中在网上发现的，至今作者并不认识。

从事写作有不短的年头，在这之前已发表出版过一些中短篇小说，包括长篇。可是，似乎直到2015年教育题材的小说问世，才得到些微的关注。我想，这大概是因为小说触及了当今社会的一个热点话题——教育。正如文学博士李德南先生在《情感、教育与时代的精神状况》里说道："教育是她小说的一个关键词，她以敏锐的触角，捕捉到家长和学生的矛盾，教师与学生的貌合神离，学生与教育体制的抗争。更重要的是，她洞悉了这些人心底的焦虑与无助。"

早在《宝贝》写完之后，彼时《当代》的编辑于敏老师就曾建议我写一写亲子教育的长篇。身为母亲、作家、教师的三重身份，确实在这个题材方面有优势。之前，杨争光老师的《少年张冲六章》问世也给了我很大的启发，他关于教育的思考不断给我灵感，让我忍不住跃跃欲试。

写长篇不容易，能否写成是一回事，辛苦写成，能否达到期望值，顺利面世又是一回事。当然，当作者真正投入写作的时候其实也想不到那么多，只有一心一意地写，只问耕耘不问收获。

每次开始创作长篇，我都像要开启一个神圣而艰难的旅程，深吸一口气端坐桌前。我不知道，打开 Word 文档，能否从一片空白敷衍成一个壮观而鲜活的文字世界。写长篇是要酝酿好肺活量的，动工的第一个字，就像一个庄严的开工仪式，它决定文章的腔调和走向，仿佛有神秘色彩一样。当我写下开头的一段话之后，突然就获得了信心。脑海里一个一个人物形象慢慢成形，丰满、生动起来，他们争先恐后纷至沓来。

往下写之后，变得自然顺畅，当然，也会遇到不顺烦闷的时候，不过，长篇写作自有一份严谨和自律在里面，就像每天上工一样，必得完成一定的字数才作罢。

写长篇累人，不仅耗脑力，也耗体力，为了有力气写完，假期里每天上午写作之后，下午都要去我们小区的山上爬两圈，呼吸一下大自然的新鲜气息，活动一下僵硬的腿脚。

记不得哪位作家说过，写长篇其实也养人，因为每天有事可做，心是定的，保持着一种匀速和健康的状态。也的确如此。

《我和你的世界》这篇小说初稿完成花了半年时间，修改则用去了将近两年。长篇小说的修改是非常重要的。看过村上春树的一本书《我的职业是小说家》深有同感。第一遍写完，先放一放，过段时间再看，发现问题、漏洞，进行修改，让故事更顺畅。这样改了一遍之后，就请亲近的人看，这年头请人看小说也是很麻烦人的事。我自己就不是很喜欢，己所不欲，勿施于人。所以，很感谢那几个愿意读我小说的亲友。这里特别要感谢于敏老师和我的同乡文化学者胡野秋老师，他们给了很好的意见和建议。

我以前写小说不大愿意修改，现在正相反，每一次都觉得还有更多修改的余地，每一次拿起来重看，都会做些改动，哪怕是个别字词，简直到了强迫症的地步了。

当我投身这部小说里时，仿佛和书中的人物经历了共同的命运。我跟随里面的母亲一起纠结、一起焦虑、一起心碎，跟随孩子一起哭泣、一起迷茫、一起抗争。有段时间，我感觉自己都变得抑郁、心痛、无力自拔，入戏太深之故。当我看到那个可爱的小男孩，由于没考好，蹲在夜幕天台下，无奈地面对命运的安排，我难过到不可名状。当我写到最后，孩子离家出走，母亲失魂落魄，真是欲哭无泪。我责怪自己缔造了这样的故事，可是，我又知道，其实不是我，而是老天要这样，借我之手来呈现这一切，对这样的命运我无能为力。

在小说中我借林雪燕之口发出疑问：

“现在的教育到底怎么了？一个个都不快乐，孩子不快乐，家长不快乐，老师也不快乐，整个社会都不快乐。难道教育不是让人变得更好，人格更健全吗？现在呢？都学出病来了，各种各样的病。人人批判教育制度，可是教育状况依然如故。……中国的孩子太苦逼，仿佛一出生就进入一个比赛场，你追我赶，气喘吁吁，还不能输在起跑线上。中国的家长也陪绑，谁也输不起，谁也不敢输。

“悠悠万事，唯此为大。一元的价值观，唯一的通道。”

当然，我也不同意某些人轻飘飘的减负之说，所谓一刀切的减负，不过更加深了阶层固化。寒门学子路在何方？正如书中人所说：“高考也算是现在唯一相对公平的东西了，若取消这个，我们这样毫无特权的人更没有办法。不是吗？所以，现在，你不能垮，我们都不能垮，撑着，死撑到底，别泄气。”

教育的本质应该是促进生命个体的健康成长，是唤醒人的内在生命意识，“教育即生长”，生长就是目的，在生长之外别无目的。

但我们今天的教育，背离了这种目的。功利化的教育模式下，教育已成了一种生产工业产品一样的流水线。每个活生生的孩子，他们必须要适应这个流水线。这种“流水线”异化了人，也异化了教育。

教育到了畸形变态的地步，教师、家长、学生，所有人卷入其中，无一幸免，既是受害者，也是加害者。这是全社会的疯狂，大家都有病。

说到底，教育问题不仅仅是教育本身问题，更是一个社会问题。

在《潮湿的春天》创作谈里，我这样写道：

“很多时候，我们无法改变什么。我身边的老师们大多都非常敬业，令人敬佩。作为一名职员，我尊重这个岗位，也尊重我的教师同行。但，作为一名写作者，我不由自主地要批判要怀疑。毕飞宇说，写小说的人本质上是个弱者，他有悲观的倾向，对伤害有一种职业性的关注。

“是的。在这里我看到了伤害，看到了扭曲，看到了痛苦。我无法做什么，只能拿笔把它们呈现出来。”

教育虽是热点问题，关系民生，可是市场上畅销的多半是如《哈佛女孩刘亦婷》《好妈妈胜过好老师》这样的工具性励志书籍，正如编辑老师所说，大多数家长关心的是能不能让自己孩子赢。所以，这样一部反思教育问题的小说是不是有市场，还真的难说。

十分感谢花城出版社的眼光、气度和责任感，对于一个并不怎么知名的作家给予宝贵的肯定和支持。遇到知音是作家的幸福，能和心仪已久的花城出版社结缘是老天对我的厚爱。